ullstein

Das Buch

Psychologin Ina Grieg war immer gerne allein. In ihrer Freizeit ging sie am liebsten zum Kickboxen, und Kinder wollte sie nie. Bis sie überraschend schwanger wurde. Jetzt lebt sie mit ihren vierjährigen Zwillingen und ihrem fürsorglichen Mann in einem Vorort Oslos und versucht vergeblich, sich an das neue Familienidyll zu gewöhnen. Ina fühlt sich wie eine schlechte Mutter. Und doch gilt ihre größte Sorge den Zwillingen – Nacht für Nacht wird sie von Alpträumen heimgesucht, in denen ihre Kinder verschwunden sind.

Als in einer alten Kirchenruine ein Mann brutal ermordet wird und die Polizei Ina um Hilfe bei den Ermittlungen bittet, holt ihr altes Leben sie wieder ein. Denn ihr ehemaliger Kollege und Liebhaber Karsten Scheel wurde vor fünf Jahren auf ganz ähnliche Weise getötet, sein Mörder bis heute nicht gefunden. Und es sind nicht die einzigen Toten. Die Ermittlungen führen tief in die Vergangenheit, in eine kalte Polarnacht im Norden Norwegens. Die Jagd nach dem Serienmörder bringt schließlich auch Inas Familie in große Gefahr …

Der Autor

Lars Mæhle wurde 1971 geboren und arbeitete mehrere Jahre als Lektor. Seit 2002 ist er freier Autor. Seine Kinder- und Jugendbücher wurden mit zahlreichen Preisen ausgezeichnet, einige auch verfilmt. *Herz aus Eis* ist sein erster Roman für Erwachsene und der erste Band einer neuen Krimiserie um die Psychologin Ina Grieg.

Lars Mæhle

Herz aus Eis

Ein Fall für Ina Grieg

Aus dem Norwegischen
von Günther Frauenlob

Ullstein

Besuchen Sie uns im Internet:
www.ullstein-taschenbuch.de

Der Verlag dankt NORLA
für die Förderung der Übersetzung.

Deutsche Erstausgabe im Ullstein Taschenbuch
1. Auflage Januar 2015

Norwegian edition published by Det Norske Samlaget AS, Oslo
Titel der norwegischen Originalausgabe: *Den mørke porten* (Samlaget)
Umschlaggestaltung: ZERO Werbeagentur, München
Titelabbildung: Steven Nourse/getty images
Satz: Pinkuin Satz und Datentechnik, Berlin
Gesetzt aus der Sabon
Druck und Bindearbeiten: GGP Media GmbH, Pößneck
Printed in Germany
ISBN 978-3-548-28600-6

Sieh mit allen Deinen Augen, sieh Dich um!
Jules Verne, *Der Kurier des Zaren*

6

Maridalen, Sonntag, 5. Dezember 2010

Der letzte Tag.

Wie oft war er mit dem Gedanken aufgewacht, dass dies der letzte Tag war?

Ottar Heggvik lief ein Schauer über den Rücken. Er schlug gegen die knisternde Kälte die Arme um sich und erspähte endlich den Bus, der langsam auf ihn zukam. Ein rechteckiger Schatten vor dem rötlichen, fast orangefarbenen Licht, dem letzten Rest der Nachmittagssonne, die hinter den Bergkämmen im Westen am Himmel stand.

Der Bus fuhr in die Haltebucht, und die Türen öffneten sich.

Er stieg ein.

Noch einmal durchzuckte der Satz seinen Körper.

Der letzte Tag.

Heggvik versuchte sich zu sammeln und sich auf die kleinen konkreten Dinge zu konzentrieren. Den Hunderter in seiner Hand. Das Wechselgeld, das ihm der Fahrer gab. Die Schritte durch den Mittelgang. Er bemerkte die wenigen Fahrgäste, fand im hinteren Teil des Busses zwei freie Plätze und setzte sich ans Fenster. Seine Finger waren steifgefroren, zitterten aber trotzdem unkontrolliert. Die Angst, die ihm in den letzten Tagen in den Gliedern gesteckt hatte, lähmte ihn jetzt beinahe vollständig, so dass er es gerade noch schaffte, den Reißverschluss seiner Jacke zu öffnen.

Er schob die Hand hinein, zog den Kopfhörer heraus und setzte ihn sich auf die Ohren. Den Kopf nach hinten an die Lehne gelegt, ließ er sich vom Intro zu *Fembot* von Robyn davontreiben.

Was für ein Klang. Konnte es im Jahr 2010 reinere Töne geben?

Heggvik schloss die Augen, und der 51er Bus fuhr Punkt 15.31 Uhr von der Haltestelle Brekkekrysset ab. Genau nach Fahrplan. Die Räder drehten in dem lockeren Schnee leicht durch, als er auf den Maridalsveien fuhr, fanden aber gleich wieder Halt – und rollten ruhig weiter.

Als sich das Gelände öffnete, lag das Maridalen vor Heggvik. Im Winterlicht, dahinter glühte der intensive Rotschimmer des westlichen Himmels. Der weiße Schnee, der nach dem Unwetter am letzten Wochenende liegen geblieben war, vervollständigte das Bild. Danach war die sibirische Kälte gekommen – viel früher als sonst.

An diesem Tag waren es unten in Oslo 15 Grad minus, aber hier oben war es sicher noch kälter.

Hinter ihm lag die Stadt mit ihrem Lärm, ihren hektischen Menschen, dem Stress und der verdreckten Luft. Diese verfluchte Stadt! Der Ort seiner Niederlagen. Was er dort alles nicht geschafft hatte. Eine Frau zu finden, die richtige. Eine Familie zu gründen.

Es war immer alles schiefgegangen.

Heggvik sah sein Spiegelbild in der Fensterscheibe und schlug die Augen nieder. Wie viel Zeit er hier vergeudet hatte, wie viele Erinnerungen verdrängt.

Diskret fischte er den Brief aus der Tasche, senkte den Kopf und las im Verborgenen. Seine Augen überflogen ein letztes Mal den kurzen Satz.

Es war wirklich wie verhext.

Dass das alles noch einmal zurückkommen musste! Er hatte diese Zeit komplett zu verdrängen versucht, die Gruppe, all das, was geschehen war. Aber das war ja auch die Abmachung gewesen, sie wollten weiterziehen und einander nie wiedersehen. Wer dagegen verstieß, sollte die Konsequenzen zu spüren bekommen.

Er war fast so weit gewesen, hatte den General so gut wie verdrängt, als das mit seiner kleinen Schwester passierte. Sie wurde mit einem stumpfen Gegenstand niedergeschlagen, in Vik auf dem Heimweg von einer Party. Aber das war viele Jahre später. Die örtliche Polizei hatte nichts verstanden. Die Tat für pure Gewalt gehalten. Den Täter hatten sie nie gefunden.

Dabei wusste Ottar Heggvik Bescheid. Der Abdruck auf der Wange seiner Schwester hatte ihm alles verraten. Das war das Zeichen des Generals.

Und dann, vor fünf Jahren, als er wieder kurz davor gewesen war, alles zu vergessen, tauchte wie aus dem Nichts dieses Päckchen auf. Den Gestank hatte er schon auf der Post gerochen, als er es abgeholt hatte.

Zu Hause in seiner Wohnung wusste er dann, dass er erledigt war. Kaputt.

Der Anblick der Katzenleiche mit der durchtrennten Kehle hatte sich in seine Netzhaut eingebrannt und würde ihn für immer verfolgen. Das leblose Bündel. Die Zunge zwischen den dünnen, spitzen Katzenzähnen, erschlafft im Augenblick des Todes.

Danach hatte er sich zurückgezogen und war kaum noch nach draußen gegangen. Er sah den General überall. Auf der Straße. In allen Gesichtern.

Heggvik rutschte auf dem Bussitz herum und fragte

sich, ob auch die anderen aus der Gruppe solche Pakete bekommen hatten. Oder betrachtete man nur ihn als einen, der den Mund nicht halten konnte? Er hatte keine Ahnung, was die anderen Leute trieben. Wo sie wohnten oder was sie jetzt machten. Ja, nicht einmal, ob sie noch am Leben waren.

Er hatte den Kontakt zu allen gemieden, genau wie sie es vereinbart hatten. Sollte sich das jetzt ändern, nach all den Jahren?

Der geheimnisvolle Brief des Generals hatte ihn total überrascht.

Erst hatte sein Herz zu rasen begonnen, dann war die Angst gekommen.

Dabei waren die Worte knapp und simpel:

Komm zur Margareta-Ruine, 5. Dezember, 16.00 Uhr.

General

Heggvik versuchte in den Rhythmen zu verschwinden, fand aber nur die Angst.

Die Kälte schlug ihm ins Gesicht, als die Schiebetüren sich öffneten. Jeder Atemzug brannte im Hals. Er schaltete den iPod aus, ließ aber die Kopfhörer auf den Ohren.

Die Ruine der Margareta-Kirche ragte vor ihm in die Höhe, sie war noch ein Stück entfernt. Er fuhr sich mit der Hand über die Augen, um besser sehen zu können. Das rote Licht war scharf, würde aber bald schwinden.

Bis zur Dämmerung dauerte es nicht mehr lange.

Heggvik sah sich um. Neben der Bushaltestelle waren zwei Bauernhöfe, aber bei der Ruine war kein Mensch zu sehen, eigentlich war nirgendwo jemand zu sehen.

Heggvik holte tief Luft und begann einer der zahlreichen Skispuren zu folgen. Die Kälte hatte den Schnee hart werden lassen, so dass er gut vorankam.

Noch immer war niemand zu sehen.

Er ging weiter und war nassgeschwitzt, als er endlich oben ankam, fror aber gleichzeitig wie ein Schneider. Seine Ohren fühlten sich an wie Eisblumen und stachen schmerzhaft. Er nahm den Kopfhörer ab und rieb sich mit den Handschuhen über die Ohren, während er die Wände der Kirchenruine musterte: grobe, solide Steinbrocken, die fast 800 Jahre überdauert hatten.

Er drehte sich um.

Niemand.

Nur ein einsamer Langläufer auf dem Maridalsvatnet. Heggvik blinzelte in Richtung des sich nähernden Schattens. Die Gestalt hatte etwas auf ihrer Brust befestigt.

Plötzlich begriff er, dass es ein Orientierungsläufer war, der eine Karte auf einer Halterung vor der Brust trug. Ganz schön verrückt, bei dieser Kälte draußen zu sein, dachte Heggvik. Aber der größte Idiot von allen war wohl er selbst. Wie hatte er nur vergessen können, sich eine Mütze aufzusetzen?

Gleichzeitig machte sich Erleichterung in ihm breit. Der General hatte ihm nur einen Streich gespielt.

Er war noch einmal davongekommen, noch einmal.

Er wollte sich gerade auf den Weg machen, als er einen Schatten an der Böschung unterhalb der Ruine bemerkte.

Der Langläufer. Er war auf dem Weg nach oben. Mein Gott, das war *er*!

Er war auf Skiern über den See gelaufen und kam jetzt zu ihm. Ottar Heggvik versuchte seine Angst unter Kontrolle zu bekommen, während er zusah, wie die Gestalt die Skier abschnallte und mit schnellen Schritten nach oben kam.

Der Mann blieb erst dicht vor Heggvik stehen. Sein Gesicht war noch immer von der Kapuze verdeckt. Das Gestell mit der Karte stand von seiner Brust ab.

»General?«

Das Zittern seiner Stimme verriet Heggvik. Er hatte Angst. Wahnsinnsangst. Der Schatten antwortete nicht, sondern hob beide Hände und zeigte mit dem rechten Zeigefinger auf den Eingang der Ruine.

Heggvik verstand und gehorchte.

Der letzte Tag.

Er trat durch die Öffnung.

Im Innern der Ruine streckte die Gestalt noch einmal ihren Arm aus. Dieses Mal zeigte sie auf die Ecke, an der die beiden höchsten Wände aufeinandertrafen.

Heggvik trat ins Dunkel. Drehte sich um. Der Schatten kam näher – o mein Gott.

»General?«

Der Schatten sagte nichts. Stand einfach da. Heggvik hörte nur seinen Atem. Endlich hob der Schatten die Hand, nahm, was auf dem Gestell lag – einen Zettel oder etwas Ähnliches –, und hielt es Heggvik hin.

Es war ein Foto.

Anfangs erkannte er das Gesicht nicht wieder – es war eine verzerrte, schrecklich entstellte Grimasse. Heggviks Augen klebten an dem Papier. Das Gesicht wirkte fremd, aber auch seltsam vertraut.

Der Junge …

Eine Eiseskälte rieselte durch seinen Körper, und seine Augen versuchten in das Dunkel der Kapuze vorzudringen. Und dann wusste Ottar Heggvik, wen er vor sich hatte. Die Ähnlichkeit war nicht zu übersehen.

Er spürte einen harten Schlag auf der Brust und taumelte nach hinten.

Jetzt hatte sein Warten ein Ende.

Dies war der letzte Tag.

Dies.

Hier.

Der letzte Tag.

1. Tag
Montag, 6. Dezember 2010

1

Es war derselbe Traum.

Die Kinder. Sie konnte die Kinder nicht finden.

Ina rannte suchend von Raum zu Raum, trat Türen ein, stürmte durch Zimmer, doch alle waren leer. Sie gab nicht auf, kämpfte sich weiter vor und erreichte immer neue Räume, doch nirgends war auch nur ein Möbelstück zu sehen. Überall starrten sie nur graue Wände an, während sie verzweifelt nach ihren Kindern Ausschau hielt.

Doch ohne Erfolg, so dass sie immer nur zur nächsten Tür laufen konnte.

Sie taumelte in das dahinterliegende Zimmer, und erst dort ging ihr auf, dass es der Raum war, aus dem sie gerade kam. Es war immer derselbe Raum, und sie trat immer dieselbe Tür ein.

Trotzdem machte sie weiter. Kämpfte sich wieder und wieder durch dieselbe Tür.

Aber Guro und Eline waren nicht da.

Sie hatte ihre Kinder verloren, und es war ihre Schuld. Amund würde ihr das niemals verzeihen. Sie versuchte nachzudenken, sich daran zu erinnern, wie und wo sie getrennt worden waren, aber alle Erinnerungen waren wie ausgelöscht.

Sie wusste nur, dass es um Leben und Tod ging.

Endlich änderte sich die Szenerie. Plötzlich stand sie in einem größeren Raum, fast ein Saal, an dessen Ende eine mächtige Doppeltür aus dunklem Metall war.

Ein dunkles Tor.

Sie ging langsam darauf zu. Aber das Tor war verschlossen, verriegelt, nicht zu öffnen. Keine Chance, es hinter sich zu lassen. Sie spürte ihre Verzweiflung, wusste aber ganz genau, dass sie irgendwie durch dieses Tor *musste*, schließlich konnte sie nur dahinter herausfinden, was mit den Mädchen geschehen war.

Aber sie zögerte, hatte eine Heidenangst vor dem Anblick, der sie erwartete.

Hinter dem dunklen Tor.

Sie begann zurückzuweichen, den Blick noch immer auf das Tor gerichtet.

Und zuckte zusammen. Denn plötzlich stand ein Mädchen direkt vor ihr. Ina erstarrte. Betrachtete das Mädchen ganz genau. Es trug ein weißes Kleid, stand da wie festgefroren und sah sie mit weit geöffnetem Mund an. Ängstlich wie sie selbst.

Dann erkannte sie das Mädchen. Es war Solveig, ihre kleine Schwester.

Langsam hob Solveig die Hand. Ina wich weiter zurück, weg von Solveig und dem Tor.

Kurz darauf spürte sie, wie sich kalte Finger in ihre Schulter bohrten.

Ina Grieg schrak aus dem Schlaf hoch und richtete sich im Bett auf. Aus der Ferne drang eine Stimme zu ihr, gedämpft wie durch Nebel.

»Mama! Aufstehen!«

Langsam fokussierte sie die Gestalt, die ungeduldig auf ihre Schulter tippte. Zwei kugelrunde Augen.

»Aufstehen, Mama!«, forderte die Stimme.

Eline.

Der Traum wollte noch nicht loslassen, er hing wie ein Schleier über ihren Gedanken und betäubte ihre Sinne. Sie warf einen Blick auf den Wecker.

05.14 Uhr.

Ina ließ sich nach hinten fallen und spürte, wie sich die Matratze weich gegen ihren Rücken drückte. Dann legte sie ein Bein auf die Decke, drehte sich auf die Seite, blieb einen Moment in Embryonalstellung liegen und horchte auf ihre schnellen, harten Herzschläge. Noch einmal huschten die Bilder aus dem Traum vor ihrem geistigen Auge vorbei: das Tor, ihre kleine Schwester, die verschwundenen Kinder. Wieder versuchte sie, sich selbst zu überzeugen, dass sie niemals in eine solche Situation geraten würde, sie würde ihre Kinder niemals verlieren.

Niemals, niemals.

»Aufstehen!«

»Ja, ja«, murmelte sie.

Rührte sich aber nicht vom Fleck.

Sie warf einen Blick über ihre Schulter zu ihrem Lebensgefährten. Amund lag wie immer auf dem Rücken, den Mund halb geöffnet. Er atmete mit leicht vibrierenden Nasenflügeln. Wenigstens schnarchte er nicht. Ina beneidete Amund um seinen Schlaf. Um seine Nächte. Sie selbst schlief nie, wenn alle anderen schliefen. Auch in dieser Nacht hatte sie wieder von drei bis vier Uhr wach gelegen und über die verrücktesten Dinge nachgedacht. Tagsüber hingegen konnte sie immer und überall einschlafen.

05.14 Uhr.

Verdammt.

So konnte das nicht weitergehen. Sie hielt das nicht länger aus.

Im Grenzland zwischen Schlafen und Wachsein verlor sie sich viel zu oft in den wildesten Phantasien, und manchmal zweifelte sie sogar daran, wirklich hier in diesem Bett in Nittedal zu liegen, als 40-jährige Mutter von vierjährigen Zwillingen, neben sich ihren Lebensgefährten Amund.

Das alles war ein hinterhältiger Trick des Schicksals.

Wäre es nach ihr gegangen, lebte sie noch immer ein Leben ohne Verpflichtungen irgendwo in Grünerløkka. So wie in den Jahrzehnten, bevor sie Amund kennengelernt hatte. Damals war sie von einem Mann zum nächsten gezogen und hatte jede Beziehung abgebrochen, sobald sie ihr zu eng geworden war. Bis sie irgendwann haltlos und unfreiwillig auf Amund zugetrieben war.

Eigentlich mochte sie keine Kinder, und es hatte eine Zeit gegeben, in der sie sich geschworen hatte, nie welche zu bekommen. Doch das Schicksal wollte es anders. Es hatte sie überlistet.

Einer der Menschen, der ihr am nächsten gestanden hatte, ihr langjähriger Liebhaber Karsten Scheel, war ermordet worden. Sein Tod hatte sie direkt in die Arme des sichersten Mannes der Welt getrieben. Amund war der 1,90 m große Sonderpädagoge der Rotnes-Schule, ein freundlicher, jovialer Teddybär, mit dem sie durch ihre Arbeit regelmäßig Kontakt hatte. Er war genau der Mensch gewesen, den sie gebraucht hatte, um Zuflucht zu finden.

Aber deswegen musste man doch nicht gleich schwanger werden!

Ina verstand es immer noch nicht. Was um Himmels willen war damals schiefgegangen? Hatte sie plötzlich das laute Ticken ihrer biologischen Uhr gehört? Oder hatten die schweren Zeiten und ihre Trauer sie so fürchterlich irrational handeln lassen?

Bei einer der ersten Ultraschalluntersuchungen war dann das volle Ausmaß der Katastrophe zutage getreten. Sie erinnerte sich noch heute an die trockenen Worte der Frauenärztin:

»Nun, da sind zwei.«

In diesem Moment war ihre Welt wirklich in Schutt und Asche versunken.

Während der Schwangerschaft hatte Ina darauf gehofft, dass die Dinge ihren natürlichen Lauf nehmen und dass bei ihr Muttergefühle erwachen würden.

Aber Fehlanzeige.

Dabei wusste sie die ganze Zeit, dass das zwanghafte Gedanken waren und sie wegen ihrer Einstellung in eine Therapie gehörte. Wer wusste das besser als sie?

Schließlich war sie von Beruf Psychologin.

Ina arbeitete schon seit einigen Jahren in Rotnes. Ihre beiden Kollegen, Jon Bork und Karsten Scheel, waren alte Studienkameraden von der Universität. Nach dem Examen hatten sie an unterschiedlichen Polykliniken in der Nähe von Oslo gearbeitet, Ina im Gefängniskrankenhaus. Bis sie von ihrem Examensprofessor, der Koryphäe Trygve Winther, wieder zusammengeführt worden waren.

In Nittedal gäbe es Bedarf an Psychologen, hatte er gesagt.

Rotnes und Nittedal waren nicht gerade Metropolregionen. Eher eine typisch ländliche Gegend. Aber der Ort war mit der Gjøvikbahn nur fünfundzwanzig Minuten von der Hauptstadt entfernt. Trotz ihrer Skepsis angesichts der Zusammenarbeit mit Karsten, ihrem Geliebten, hatte Ina eingewilligt und sich in die Aufgabe gestürzt. Vielleicht war ihre Ehrfurcht vor Winther ausschlaggebend gewesen. Er war einer der wenigen Menschen, auf die sie wirklich hörte.

»Aufstehen, Mama!«, nörgelte die Kinderstimme.

»Willst du dich nicht einen Moment zu mir legen?«

Amund bewegte sich neben ihr. Heute war es ihre Aufgabe, mit den Kindern aufzustehen und sie in den Kindergarten zu bringen. Amund konnte noch eine Stunde liegen bleiben. Mindestens. Dann konnte er duschen und in Ruhe selbstgebackene Scones mit Leberwurst, Salatblatt und Tomate frühstücken, bevor er sich in Richtung Schule aufmachte.

Sie hörte, wie er sich Ohropax in die Ohren steckte.

05.14 Uhr.

Die reinste Folter.

Eline kletterte auf das Bett, drängte sich zwischen ihre Eltern und blieb ruhig atmend liegen.

Aber nur fünf Sekunden lang.

»Mama! Willst du nicht endlich mal aufstehen?«

Aus dem anderen Kinderzimmer war ein Klicken zu hören. Guros Lampe. Das fehlte noch.

Ina hob die Füße aus dem Bett. Der Boden war kalt an ihrer Haut.

»Ich zuerst!«

»Ja doch«, murmelte sie. »Ich will mich nur erst anziehen.«

»Du hast es mir versprochen!«

»Ja.«

Sie nahm Eline an der Hand und führte sie aus dem Schlafzimmer. Draußen auf dem Flur begegnete ihnen Guros strubbelige Mähne.

»Mama?«

»Ja?«

»Gibt es Monster?«

»Nein, meine kleine Freundin, die gibt es nur hier oben …« Sie legte den Zeigefinger an die Stirn.

»… in der Phantasie«, fuhr sie fort. »Hattest du einen schlechten Traum?«

»Nein, heute nicht, aber morgen vielleicht wieder.«

»Aber dann war diese Nacht doch gut«, sagte Ina. »Es ist jetzt schon ganz schön lange her, dass du einen Alptraum hattest.«

»Und was, wenn es sie doch gibt?«, fragte Guro.

»Wen?«

»Na, Monster, wenn es sie wirklich gibt?«

»Nein, mein Schatz, das kann ich dir versprechen. Es gibt keine Monster.«

»Nicht mal Kapitän Säbelzahn?«

Ina musste lachen und zog die Kinder hinter sich her ins Bad.

»Nein, den auch nicht. Der macht doch nur heiße Luft.«

»Wie, heiße Luft?«, fragte Eline.

»Das heißt, dass er nur versucht, hart zu sein, in Wirklichkeit aber ganz anders ist.«

»So wie du?«

Die Antwort brachte Ina instinktiv dazu, ihr Spiegelbild zu mustern. Sie zuckte zusammen. Amund hatte recht. Sie war dünner geworden. Ihr Gesicht wirkte leblos. Nur die kleine Himmelfahrtsnase ragte wie üblich keck nach oben. Die grünen Augen hingegen sahen müde und farblos aus, und die dunklen Derrick-Säcke darunter sprachen für sich.

Sie wuschelte ihrer Tochter durch die Haare und versuchte zu lächeln, ohne großen Erfolg damit zu haben.

»So wie ich.«

Dann warf sie einen Blick auf das Thermometer an der Wand: 18,3 Grad drinnen, –22,4 Grad draußen.

»Anziehen!«, nörgelte Eline.

Guro folgte sofort dem Vorbild ihrer Zwillingsschwester. Die Quengelei der Kinder stach Ina in den Ohren. Ihr Kopf wollte nichts als Ruhe.

Plötzlich konnte sie nicht mehr.

Sie stürmte aus dem Bad, ließ die wild durcheinanderschreienden Zwillinge stehen, nahm ihren Parka vom Garderobenhaken, schob die Füße in die Tigerpantoffeln, die vor der Balkontür standen – und trat nach draußen in den dunklen, eiskalten Dezembermorgen.

Die frostige Luft prickelte auf ihrer Haut.

Mit leicht zitternden Fingern nahm sie die Zigaretten aus der Innentasche und zündete sich die erste des Tages an. Sie fror, aber das war ihr im Moment egal. Sie brauchte dieses Morgenritual, war abhängig davon, um zu funktionieren.

Nach einem langen, tiefen Lungenzug konnte sie endlich durchatmen.

Die Glut leuchtete rot. Einen Moment lang stand sie da und starrte abwesend auf die Zigarette, dann wanderten ihre Gedanken wie so oft zu Amund, oder besser gesagt zu all den Dingen, die sie an ihm störten. Mit der Zeit war das ganz schön viel geworden. Aber vermutlich hätte sie sich über jeden aufgeregt, der dumm genug wäre, mit ihr die Wohnung und das Leben zu teilen. Trotzdem fühlte Ina sich irgendwie betrogen.

Sie war mit dem Mannschaftsführer der lokalen Fußballmannschaft zusammen gewesen, dem Fels in der Brandung der Abwehr, und nun war sie bei einem weichen, modernen, brotbackenden Mann gelandet. Die meisten Frauen hätten das vermutlich toll gefunden, doch sie ärgerte fast alles an ihm. Besonders wurmte es sie, dass er bei den Kindern viel beliebter war als sie. Die Zwillinge vergötterten ihren Vater, waren ihr gegenüber jedoch deutlich reservierter. Er war geduldig und immer bereit, die Position der Kinder einzunehmen, während sie sich schnell aufregte, aus der Haut fuhr und laut wurde.

Ina nahm noch einen tiefen Zug von der Zigarette.

Plötzlich fühlte sie sich schlecht. Eigentlich wusste sie ganz genau, dass Amund in Ordnung war und – im Gegensatz zu ihr – umgänglich.

Sie blies Rauchringe ins Dunkel.

Manchmal verstand sie nicht, wie ausgerechnet sie Psychologin hatte werden können. Sie kriegte ja nicht einmal ihr eigenes Leben in den Griff. Aber im Job war alles ganz anders. Da konnte sie sich auf das Fach konzentrieren, den Menschen vor sich als einen Fall betrachten, als etwas, das mit ihr nichts zu tun hatte. Privat ging das nicht. Da war alles gleich existentiell.

Es vibrierte in der Tasche ihres Parkas.

Hege R, stand auf dem Display des Handys, das sie mehr als verwundert aus der Tasche zog. Hege Rimbereid, die Polizistin, um diese Uhrzeit?

»Hallo?«, murmelte sie.

»Hallo, Ina, entschuldige, dass ich so früh anrufe.«

»Du, ich bin grad mitten im …«

»Hast du heute schon einen Blick in die Zeitung geworfen?«

»Es ist halb sechs. Denk doch mal nach.«

»Ich habe mich ja schon entschuldigt. Du, es ist wirklich wichtig. Guck mal in die *Aftenposten*, und ruf mich dann zurück. Ich denke, das ist wieder unser Mann.«

»Unser Mann?«

»Lies erst. Und ruf mich dann zurück.«

Damit war der Anruf beendet. Was zum Henker sollte das denn?

Tausend Fragen gingen ihr durch den Kopf, dann fiel der Groschen.

Unser Mann? Fuck!

Ina Grieg stürmte ins Haus, hörte ihre Töchter im Bad streiten – »Ich zuerst!« –, kümmerte sich aber nicht darum, sondern rannte die Treppe hinunter. Vor der Haustür zog sie die Morgenzeitung aus dem Briefkasten.

Die Schlagzeile auf der Titelseite der *Aftenposten* stach ihr ins Auge.

Raubmord im Maridalen.

Unser Mann. Das durfte doch nicht wahr sein.

Der Alptraum fing von vorn an.

2

07.30 Uhr. Dicht über dem Boden des Tals lag eisiger Nebel. Unten auf der Landstraße fuhren die Autos vorbei, während Ina Grieg den Kinderwagen bergauf schob.

Die Kälte brannte auf ihrer Haut.

Die Zwillinge waren ungewöhnlich still. Eline saß im Schlafsack, Guro stand auf dem Trittbrett. Ina hatte sie dick in Wolle und Daunen gepackt und ihnen Schals um Hals und Gesicht gewickelt. Nur die Augen waren frei.

Es war noch immer dunkel und still. Nur ihre Schritte waren zu hören, ein rhythmisches Knirschen.

Krm-krm. Krm-krm.

Inas Gedanken machten sich selbstständig, und mit einem Mal war wieder *dieser* schreckliche Morgen vor fünf Jahren. Als sie von Karstens Tod erfahren hatte.

Dem Fall, den die Presse gleich als den »Hakadal-Mord« bezeichnet hatte.

Der Winter 2005 war sehr mild gewesen. Über null, monatelang. Sie erinnerte sich an die Stimmung, die Feuchtigkeit, die Wolken aus Wasser, die die Autos hinter sich herzogen, und an die ewig nassen Schuhe. Das Grau und der Nebel, der wie ein bleibender klammer Deckel über diesen Tagen gelegen hatte, hatten ihr schlechte Laune gemacht – auch daran erinnerte Ina sich noch.

Plötzlich war das Bild wieder da, der letzte Schnappschuss von Karsten, den sie in Erinnerung behalten hatte. Sein Rücken, als er aus dem Büro verschwand und dann vom Nebel unten auf dem Parkplatz vor dem Mosenzentrum eingehüllt wurde. Eine dunkle Silhouette, verwaschen, die zunehmend undeutlicher wurde, um noch einmal in einer Nebellücke klar in Erscheinung zu treten. Da war er, Karsten Scheel, der Mann, der so viele Jahre lang Inas Liebhaber gewesen war: ein mittelgroßer, nicht besonders attraktiver Mann, der aber klug und eigen war und seine Frau auf die gleiche wehmütige, fast verzweifelte Weise betrog, wie er Ina liebte.

Ina versuchte, sich an Karstens Gesicht zu erinnern, so wie es früher ausgesehen hatte, wenn er im Studium in ihr Zimmer gekommen war, oder später in der Wohnung in Gamlebyen oder in irgendwelchen Hotelzimmern. Aber es gelang ihr nicht. Nur flüchtige Eindrücke zogen vorbei. Ein seltenes Lächeln, seine ruhigen blauen Augen.

Sie versuchte, sich an seine angenehme Stimme zu erinnern. Aber auch diese Erinnerung hatte an Schärfe verloren, war wie mit Watte gepolstert und in Baumwolle gepackt.

Karsten war stumm geworden, und sein Gesicht hatte die klaren Züge verloren.

Die wenigen Dinge, an die sie sich erinnerte, waren intime Details. Wie zum Beispiel sein behaarter Körper, der Pelz an Rücken und Nacken. Aber den Geruch seines Aftershaves oder eine glückliche gestohlene Stunde zu zweit konnte sie in ihrer Erinnerung nicht wachrufen.

Karsten war undeutlich geworden.

Abgesehen von dem einen endgültigen Bild, das sie mit Tod, Verlust und Trauer verband. Der Umriss seines Rückens, mit dem dunklen Mantel, den Arbeitskittel in der rechten Hand.

Dieser letzte kurze Augenblick war von durchdringender Klarheit gewesen, bevor der Nebel Karsten Scheel für immer verschluckt hatte.

Ina hatte seine Leiche glücklicherweise nicht gesehen, wohl aber Hege Rimbereids deutliche Beschreibung gehört: Man hatte Karsten an den Altar der Hakadal-Kirche gefesselt aufgefunden, ein Dutzend Messerstiche in Bauch und Brust. Außerdem hatte er einen tiefen Schnitt im Hals gehabt, so dass etwas Blut auf den Kirchenboden gelaufen war.

Er war aber nicht in der Kirche ermordet worden.

Die Kriminaltechniker hatten herausgefunden, dass die Leiche aus einer Art Katakombe im Keller nach oben geschafft worden war. Unter der Kirche befand sich eine mittelalterliche Ruine. Im Keller fand man Reste von Kerzen, die jemand entzündet hatte.

Aber nicht für Karsten.

Die Ermittlungen hatten nichts ergeben. Den konkretesten und zugleich seltsamsten Hinweis hatte Ina in Karstens Terminkalender gefunden.

Er hatte nämlich an seinem Todestag nur ein einziges Wort in seinen Kalender eingetragen. »General« stand dort auf der ansonsten weißen Seite.

Ohne eine Zeit oder einen Treffpunkt.

Ein Wort, mehr nicht.

Leider konnte in Karstens Umfeld niemand etwas mit diesem Dienstgrad oder Spitznamen anfangen. Weder seine Witwe noch sein Sohn oder seine Kollegen. Der »General« war ein einziges großes Rätsel.

*

Ina lieferte die Kinder im Kindergarten ab, war an diesem Morgen aber geistig nicht anwesend. Die Frühstücksdosen hatte sie ebenso vergessen wie die Ersatzkleider, so dass sie ihre Schwiegermutter anrufen und sie bitten musste, die Sachen später noch vorbeizubringen.

Ina hatte eine Verabredung mit einem silbergrauen Passat.

Als sie das Tor des Kindergartens schloss, sah sie den Wagen bereits auf dem Parkplatz stehen. In Rotnes gab es nur eine Person mit einem solchen Auto. Dabei hatte sie es extra ausgesucht, um möglichst nicht aufzufallen.

Die Ortspolizistin Hege Rimbereid beugte ihren kräftigen Körper über den Beifahrersitz und kurbelte die Scheibe herunter.

»Du kannst alle Termine für heute absagen.«

Ina öffnete die Tür und setzte sich in den Wagen.

»Ach ja?«

»Du musst mit mir ins Präsidium nach Oslo kommen«, sagte Rimbereid.

»Du meinst, auf die Polizeidienststelle Oslo Grønland?«

Ina legte den Sicherheitsgurt an.

»Ist doch egal«, sagte Rimbereid. »Was ich sagen will, ist, dass du diesmal ganz offiziell deinen Teil zu den Ermittlungen beitragen darfst.«

»Ui, wie hast du das denn hingekriegt?«

»Das kam von ganz oben. Die Ermittlungsleiterin des Dezernats für Gewalt- und Sittlichkeitsverbrechen, Inger-Lise Lie, hat persönlich um deine Unterstützung gebeten.«

Ina sah Rimbereid lange an. Sie kannte die Schattierungen ihrer Augen mittlerweile in- und auswendig und war sich ziemlich sicher, dass sie ihr gerade eine blanke Lüge aufgetischt hatte.

Was nicht das erste Mal gewesen wäre.

Rimbereids solariumgebräuntes Gesicht verzog sich zu einem breiten Grinsen.

»Das ist wahr. Wart's nur ab.«

Ina musste lächeln, als sie die kräftige Frau auf dem Fahrersitz ansah. Auch Hege Rimbereid näherte sich inzwischen der vierzig. Sie war Single, wie sie es immer gewesen war. Ina hatte Rimbereid nur ein einziges Mal in Zivil gesehen, doch irgendwie hatte sie diesen Anblick nie vergessen: Ihr rundlicher Körper steckte in einem blauen Jeanskleid. Sie hatte die Haare zu einem Pferdeschwanz gebunden und ihre trockenen, vollen Lippen mit einem etwas zu roten Lippenstift geschminkt.

Manchmal konnte ein einziger Augenblick sehr viel über einen Menschen aussagen. Im Fall von Hege Rimbereid traf dies aber definitiv nicht zu. Sie war der lebende Beweis dafür, wie widersprüchlich ein Charakter sein konnte.

Rimbereid wirkte unordentlich, war aber eigentlich voll durchstrukturiert. Sie machte einen harten Eindruck, hatte jedoch nah am Wasser gebaut. Viele Regeln waren ihr komplett egal, trotzdem war sie der moralischste Mensch, den Ina kannte.

In erster Linie war Rimbereid aber hartnäckig und eigen. Wenn auch auf eine – aus Inas Sicht – positive Weise. Außerdem durfte sich Ina weiß Gott kein Urteil über die sozialen Schwächen der anderen erlauben. Schließlich war sie nicht minder eigen als Hege Rimbereid.

Ina dachte oft, dass sie vielleicht deshalb so gut miteinander auskamen, weil sie die eigenen Nerdtendenzen und Widerhaken in der anderen wiedererkannten.

Rimbereid trat ansonsten als höchst kompetente Polizistin hervor, wobei auch dies Probleme mit sich brachte. Das Arbeiten bis spät in die Nacht war eines davon. Sie hatte Schwierigkeiten mit einer ganzen Reihe von Kollegen und konnte sich von Fällen, die ihr wichtig waren, nicht ausreichend distanzieren. Wenn sie von etwas überzeugt war, blieb sie hartnäckig an der Sache dran, und das auch – ja, vielleicht gerade –, wenn sie aufgefordert wurde, die Ermittlungen einzustellen.

Aus diesem Grund war der Mord an Karsten Scheel ein Alptraum für Rimbereid gewesen. Der Fall hatte sie viele Nächte hindurch wach liegen lassen, insbesondere nachdem die Ermittlungen vorerst eingestellt worden waren.

Sie bekam Karsten Scheel ebenso wenig aus dem Kopf wie Ina. Sie beide würden erst Ruhe finden, wenn sie den Täter geschnappt hatten.

Ina spürte wieder das Adrenalin durch ihre Adern fließen. Endlich gab es etwas Neues.

Vor fünf Jahren hatte sie ihre Hilfe bei den Ermittlungen angeboten, doch damals hatte es geheißen, sie stünde dem Opfer zu nahe. Man traute ihr nicht zu, die nötige professionelle Distanz zu wahren. Ina hatte das so wütend gemacht, dass sie mit der Faust gegen eine Wand geschlagen und sich dabei zwei Finger gebrochen hatte.

Wie unglaublich unprofessionell man doch sein konnte!

Doch kurz darauf hatte Hege Rimbereid sie ganz überraschend kontaktiert, und ihre Zusammenarbeit hatte begonnen. Seither hatte sie Rimbereid heimlich unterstützt und dabei auch die Hilfe und die Ressourcen einer weiteren Person genutzt – Trygve Winther.

Diesmal durfte sie also offiziell an den Ermittlungen teilhaben. Ina lehnte den Kopf an und schloss die Augen.

Jetzt war sie endlich im Warmen.

3

Ina wachte von dem unnachgiebigen Tippen auf ihrer Schulter auf, öffnete die Augen und merkte, dass sie noch im Auto saß. Sie blickte in Rimbereids gutmütiges Gesicht.

»Wir sind gleich da.«

Ina war noch ganz benommen.

»Ich wünschte, ich könnte schlafen wie du«, sagte Rimbereid. »Du scheinst das ja wirklich immer und überall zu können.«

»Tagsüber ja. Dafür kann ich dann nachts nicht schlafen.«

Sie richtete sich auf und sah, dass sie schon auf der Ringstraße unterhalb von Sagene in Oslo waren. Am Nordre Gravlund. Rechts der Straße glänzten die bereiften Bäume weiß in der Sonne. Links lag Lindern, eines der versteckten schönen Viertel der Hauptstadt.

Rimbereid fuhr im letzten Moment über die Kreuzung, und das Auto hinter ihr hupte. Ina zuckte zusammen, während Rimbereid nur ihren Mittelfinger nach oben reckte und auf dem Geitmyrsveien Gas gab.

Rimbereid lachte leise.

»Bereite dich seelisch schon mal auf Inger-Lise Lie vor«, sagte sie.

»Warum?«

»Ich kenne sie noch von der Polizeischule. Damals wurde sie von allen nur ›die eiserne Lady‹ genannt.«

»Eine Thatcher in Uniform?«

»In gewisser Weise, ja. Sie ist dabei aber ebenso klug wie knallhart und offen für kreative Ideen. Wie zum Beispiel die, eine Psychologin ins Ermittlungsteam aufzunehmen – und das ist gut so.«

Rimbereid manövrierte den Passat in eine Parklücke, und sie stiegen aus.

Der Lärm einer Baustelle etwas unterhalb des Parkplatzes schlug Ina entgegen. Der Presslufthammer ließ den Asphalt vibrieren. Sie presste sich die Hände auf die Ohren und hastete hinter Rimbereids breitem Rücken her. Die Kälte war auch in der Stadt noch beißend, dachte sie, dabei war es sicher fünf Grad wärmer als oben in Nittedal.

Fast wäre Ina auf dem Bürgersteig ausgerutscht. Die dünne Schneeschicht über dem Eis war lebensgefährlich. Dann schlug wieder der Presslufthammer zu und schnitt mit seinem Lärm in ihre Seele. Sie hob den Blick und bemerkte vor sich ein blaugraues Gebäude.

Vor dem Hauseingang stand eine Frau und schlang die Arme um sich. Vermutlich war das die leitende Ermittlerin des Dezernats für Gewalt- und Sittlichkeitsverbrechen des Polizeidistrikts Oslo, Inger-Lise Lie. Ina musterte ihre großgewachsene Gestalt. Lie stand kerzengerade da. Sie trug eine dunkle Daunenjacke, eine schwarze Wollmütze und einen Schal. Die klobigen Sorel-Schuhe passten nicht recht in das ansonsten stilvolle Erscheinungsbild.

»Siebzehn Minuten zu spät«, sagte Inger-Lise Lie, zeigte auf ihre Uhr und sah Rimbereid vorwurfsvoll an.

Dann richtete sie ihre Aufmerksamkeit auf Ina.
»Das ist die Psychologin?«
Lie gab Ina die Hand und drückte fest zu. Ina stammelte ihren Namen.
»Guter Händedruck«, sagte Lie und hielt ihre Hand für zwei Sekunden fest, bevor sie sie losließ und einen Schritt zurücktrat, um Ina eingehend zu betrachten. »Ich erinnere mich an Sie. Sie haben doch vor ein paar Jahren in der Gefängnispsychiatrie gearbeitet.«
»Richtig.«
»Als ich die Anfrage bekam, ob Sie uns unterstützen können, wollte ich erst nein sagen. Wir haben auf diesem Fachgebiet eigentlich genug eigene Ressourcen.«
»Was hat Sie dazu gebracht, sich dann doch anders zu entscheiden?«
»Ihr Trick.«
Ina war gleich auf der Hut.
»Mein Trick?«
»Sie haben Zigaretten zu den Gefangenen hineingeschmuggelt«, erklärte Lie, »um so ihr Vertrauen zu gewinnen. Während das Ganze in Wahrheit mit der Leitung abgesprochen war.«
Ina lächelte. Auch sie war damals ziemlich begeistert von dieser Vorgehensweise gewesen.
»Sie sind doch auch schon in anderen Fällen als Sachverständige hinzugezogen worden, nicht wahr?«
»Das ist schon vorgekommen, ja.«
»Gut. Wir können kluge Leute mit einem frischen Blick wirklich gebrauchen. Jemanden mit Menschenkenntnis. Dieser Fall ist ungewöhnlich und schwere Kost, selbst für unsere erfahrenen Ermittler.«
Ina musterte die Ermittlungsleiterin und wandte einen

Trick an, den sie von Trygve Winther gelernt hatte. Es ging darum, die drei charakteristischen Eigenschaften eines Menschen festzuhalten, die einem als Erstes auffielen.

In Lies Fall lauteten die Stichworte: stark, genau, kontrollierend.

»Worauf warten wir eigentlich?«, meldete sich Rimbereid und wischte sich einen Tropfen von der Nase.

»Auf einen Freund von Heggvik«, sagte Lie. »Ingar Johnsrud. Er soll uns die Wohnung zeigen. Er ist einer der wenigen, die schon einmal da waren. Aber ausgerechnet bei dieser Scheißkälte müssen einen alle warten lassen.«

Lie durchbohrte die beiden mit ihrem Blick.

»Was wissen Sie über Heggvik?«, fragte Rimbereid.

»Ein Junggeselle um die fünfzig«, antwortete Lie. »Ein Hi-Fi-Freak oder so was.«

»Karsten Scheel hatte gerade mal einen CD-Spieler«, warf Ina ein.

»Es gibt andere Übereinstimmungen«, erwiderte Lie.

»Wie das mit der Kirche«, ergänzte Rimbereid. »Beide Morde sind in mittelalterlichen Kirchenruinen begangen worden.«

»Das ist das Auffällige«, sagte Lie und schlang wieder die Arme um sich.

»Gibt es irgendwelche Zeugen?«, fragte Rimbereid.

»Das einzig Interessante ist, dass jemand zu dem Zeitpunkt einen einzelnen Langläufer in einem roten Anorak gesehen hat. Mitten auf dem Maridalsvatnet.«

»Stammte Heggvik aus Oslo?«, fragte Ina.

»Nein, er ist in Vik am Sognefjord aufgewachsen.«

»Haben Sie ein Bild von ihm?«

Lie zog ein Foto aus der Tasche. Es zeigte zwei Männer, einen großen und einen kleinen.

»Welcher davon ist Heggvik?«, fragte Rimbereid.

»Der rechts«, antwortete Lie.

Ina sah ihn sich an. Ein recht kräftiger Mann, groß, aber irgendwie unbeholfen. Sein Blick wich der Kamera aus. Er musste beinahe zwei Meter groß sein, es sei denn, der andere Mann war wirklich sehr klein. Heggvik trug einen Vollbart, und sein Alter war schwer zu schätzen. Die Schirmmütze sollte vermutlich eine fortgeschrittene Glatze kaschieren.

Ina suchte nach drei Stichworten für Ottar Heggvik und kam nach einer Weile auf: Gigant, schüchtern und unwillig.

»Wo ist das Bild aufgenommen worden?«

»Auf einer Ton- und Bildmesse in Deutschland. Der andere auf dem Foto ist eben jener Ingar Johnsrud.«

»Wie ist er umgebracht worden?«, fragte Rimbereid.

»Mit einem Messer«, antwortete Lie. »Siebzehn Messerstiche in die Brust. Und ein tiefer Schnitt durch die Kehle. Danach wurde er an den Füßen aufgehängt, so dass er ausgeblutet ist.«

»Genau wie bei Karsten«, sagte Ina.

Wieder sah sie Karstens Silhouette im Nebel verschwinden und tat alles, um dieses Bild zu verdrängen – erfolglos, bis sie einen Mann in einer blauen Daunenjacke eilig auf sie zulaufen sah. Er musste Mitte dreißig sein. Klein, höchstens 1,70 m. Dünner Schnauzer und Backenbart. Er trug eine schwarze, enge Mütze mit einem runden Logo vorne auf der Stirn. Ein durchgestylter Typ, der auf Hege Rimbereid wahrscheinlich gekünstelt und aufgesetzt wirkte.

Der Mann kam auf sie zu, er war außer Atem.

»Inger-Lise Lie?«

Lie trat vor und reichte ihm die Hand. Ina erinnerte sich an den schmerzhaften festen Händedruck.

»Ingar Johnsrud.«

»Sie waren ein Freund von Heggvik?«

»Freund ist zu viel gesagt. Ich weiß nicht, ob Ottar überhaupt Freunde hatte.«

»Warum nicht?«, fragte Rimbereid.

Johnsrud wandte sich ihr zu.

Er ist nervös, dachte Ina. Seine Stimme klang hell und angespannt.

»Ottar war ziemlich introvertiert«, antwortete Johnsrud. »Er wurde oft als arrogant und desinteressiert wahrgenommen, aber eigentlich hatte er nur Angst vor anderen Menschen.«

Inger-Lise Lie nickte, als verstünde sie nur zu gut, was für ein Mensch Heggvik gewesen war.

»Fassen Sie da drin nichts an«, sagte sie und reichte allen Plastikhandschuhe. »Gehen wir rein, bevor ich hier noch am Boden festfriere.«

Inger-Lise Lie drehte den Schlüssel herum und drückte entschieden die Haustür auf.

Eine Wendeltreppe führte steil nach oben. Ina roch Neutralseife, dabei machte die Treppe weiß Gott keinen sauberen Eindruck. Nur in der Mitte der Stufen war die dünne graue Staubschicht unterbrochen.

Sie schaute hoch zur Decke. Mehrere Glühbirnen waren kaputt. Spinnweben hingen herab, und auch die hohen, schmalen Fenster zum Hinterhof waren verdreckt. Ina ließ auf dem Weg nach oben den Blick über die Klingeln schweifen. Im Erdgeschoss standen mehrere Namen, bestimmt eine Wohngemeinschaft.

Sie erreichten den ersten Treppenabsatz, und ihre Schritte hallten laut und rhythmisch von den Wänden wider.

»Wohnte Heggvik hier schon lange?«, war Lies dunkle Stimme von oben zu hören.

»Ottar hat sich 1990 die beiden Dachwohnungen gekauft«, erklärte Ingar Johnsrud. »Er hat sie zusammengelegt. Er hat immer alles selbst gemacht, mit den Händen war er echt ein Künstler.«

»Wie oft haben Sie ihn besucht?«

»Ich war nur einmal hier«, antwortete Johnsrud. »Das muss vor ... sechs oder sieben Jahren gewesen sein. Auf jeden Fall nach der Jahrtausendwende.«

Johnsrud wandte sich ihnen zu. In dem Moment erfasste eine Reihe von Zuckungen sein Gesicht, die wie Tics aussahen. Sein rechtes Auge zog sich mehrmals zusammen.

Seltsam, dachte Ina und fragte sich, ob das Zucken mit der Situation zusammenhing oder ob er unter Faszikulationen litt. Sollten die Zuckungen pathologisch sein, könnten sie auf ein neurologisches Leiden hindeuten. Sie bezweifelte jedoch, dass Johnsrud ein solches Leiden hatte.

»Damals war das eine ziemliche Junggesellenbude«, sagte Johnsrud schnell, wie um die Aufmerksamkeit von seinen Tics abzulenken. »Vermutlich hat sich das nicht geändert, eher noch verstärkt. Ottar hat sich in den letzten Jahren immer mehr zurückgezogen. Er ging fast nicht mehr raus, und wenn es stimmt, was ich gehört habe, hat er sich sogar die Lebensmittel liefern lassen. In der letzten Zeit gab es auch noch ein weiteres Gerücht.«

»Was denn für eins?«, fragte Lie.

»Ottar soll die eine Wohnung in einen Kinosaal umgebaut haben.«

Johnsrud holte tief Luft.

»Aber wir werden ja gleich sehen, ob das stimmt.«

4

Ein Anflug von Klaustrophobie erfasste Ina, als sie die Wohnung betraten. Sie wirkte leer, gleichzeitig aber auch seltsam beengend. Dunkel und düster. Es fehlte an Lichtquellen, zudem war die Tapete schwarz und der Raum so gut wie unmöbliert.

Sie gingen wortlos hinein. Die Luft war schwer und abgestanden. Es roch muffig.

Lie schaltete das Flurlicht ein. Die dünnen Strahlen von drei Spots richteten sich auf Wände und Boden.

Ina ging langsam weiter. Ließ den Blick wandern. Details finden. Einzelheiten, die aus der düsteren Monotonie herausstachen. Sie versuchte aus der Einrichtung abzulesen, was für ein Mensch Heggvik gewesen war: klare Linien, Minimalismus, Struktur. Nicht ihr Geschmack. Vermutlich war er mit diesen Vorlieben ziemlich allein: Alles war teuer und dunkel, gediegen und makellos. Der Flur war mit schwarzen Fliesen ausgelegt, unter denen eine Fußbodenheizung verlief, und überall hatte man Lautsprecher eingebaut.

Kalt, streng, mechanisch.

Sie wurde das Stechen in ihrer Brust nicht los. Das Gefühl, eingesperrt zu sein, rieb sie innerlich auf.

Ina warf einen kurzen Blick ins Bad. Auch hier schwarze Fliesen. Auf der Ablage stand nur eine elektrische Zahnbürste. Der muffige Geruch war hier stärker. Heggvik musste sich an diesen Geruch gewöhnt haben, bis er ihn nicht mehr bemerkt hatte. Auch im großen Wohnzimmer war es dunkel. Die Fensterfront zur Straße war von einer Leinwand verhängt, die kein Licht durchließ. Mitten im Raum stand ein einzelner Stressless-Sessel mit Fußstütze. Rechts daneben ein Tisch mit Glasplatte, auf der nur eine Fernbedienung lag. Unter der Decke hing ein großer Beamer. Die Regale an den Wänden waren bis oben hin voll mit CDs und DVDs. Es mussten Zehntausende sein, alle penibel geordnet.

Ina trat an eines der Regale. Die CDs waren nach Musikrichtungen aufgeteilt und alphabetisch geordnet. Ein Bereich für Pop/Rock. An der Schmalseite des Raums standen ausschließlich Jazzalben, und auch die Klassik hatte eine eigene Abteilung.

Ina versuchte zu ergründen, was für Musik Heggvik gemocht hatte. Aber er hatte alles besessen. Die Meilensteine aller Musikrichtungen. Sie fragte sich, ob Heggvik eine vollständige Bibliothek anlegen wollte.

Ina ging langsam weiter.

An der Wand ihr gegenüber standen DVDs. Größtenteils amerikanische und britische Klassiker.

»Sieht es bei Ihnen zu Hause auch so aus?«, hörte Ina Lie fragen.

»Nee, ganz sicher nicht«, antwortete Johnsrud.

Seine Stimme klang jetzt noch heller.

»Aber das ist nur der Vorgeschmack, das Kino steht uns noch bevor.«

Johnsrud ging zurück in den Flur und öffnete eine Tür.

Sie betraten einen kleinen Kinosaal. Fünf Reihen Sitze waren auf dem leicht ansteigenden Boden montiert worden. Johnsrud schaltete das Licht ein, und ein leises, bedrohliches Summen erfüllte den Raum. Vermutlich von einer Klimaanlage. Ganz hinten machte Ina zwei längliche Fenster aus, hinter denen sich das Abspielgerät befinden musste.

Johnsrud ging schnell nach oben.

Erst jetzt nahm er die Mütze ab. Sein Schädel war glattrasiert. Er duckte sich, als er in den Vorführraum ging, kramte einen Moment herum und kam schließlich mit aufgeregtem Gesichtsausdruck wieder heraus.

»Dachte ich mir's doch«, sagte er. »Ottar hat sich tatsächlich einen 70-mm-Projektor beschafft!«

»Ist das etwas Besonderes?«, fragte Lie.

»Um es mal so zu sagen: Es gibt in Norwegen noch sechs oder sieben weitere, wenn es hochkommt. Hier in Oslo jeweils einen im Colosseum, im Klingenberg und im Haus des Films. Und höchstens einen in den anderen großen Städten des Landes.«

»Und wie konnte er sich das leisten?«, fragte Rimbereid.

»Was Ton- und Bildtechnik angeht, konnte Ottar wirklich niemand das Wasser reichen«, antwortete Johnsrud. »In den 90ern ist er durch ganz Europa gereist, um für Sony Dolby-Digital-Soundsysteme zu installieren. In der Zeit hat er jedes Jahr Millionen verdient. Ich bin mir sicher, dass wir hier in dem technisch fortschrittlichsten Kinosaal Norwegens stehen. Echt schade, dass er …«

»… getötet wurde?«, vollendete Lie.

Johnsrud nickte.

Ina sah, dass er betroffen wirkte, vielleicht wurde ihm klar, dass er sich in Anbetracht der Umstände zu sehr für die Technik begeistert hatte.

»Das ist echt ... schrecklich«, sagte er.

»Warum haben ausgerechnet Sie ihn kennengelernt?«, fragte Lie.

»Ich glaube, er ... er hat mein Fachwissen anerkannt.«

»Die Tatsache, dass Sie sich mit Musikanlagen auskennen?«

»Ich arbeite bei Hi-Fi Klubben«, erklärte Johnsrud. »Ottar war ein Kunde von uns.«

Ina räusperte sich.

»Wie alt war Heggvik?«

»Um die fünfzig, glaube ich«, antwortete Johnsrud.

»Zweiundfünfzig«, präzisierte Lie.

»War er nicht ein bisschen alt, um sich so für Film und Hi-Fi zu interessieren?«, warf Ina ein.

»Ach, ist man erst mal von diesem Bazillus infiziert, wird man ihn so schnell nicht mehr los«, antwortete Johnsrud. »Ich kenne Ton- und Bildfreaks, die schon über siebzig sind.«

»Noch eine Sache«, sagte Rimbereid. »Heggvik war Junggeselle. Haben Sie ihn nie in Begleitung einer Frau gesehen?«

Ingar Johnsruds Wangen röteten sich ein bisschen.

»Nein, aber ich glaube nicht, dass er ... schwul war oder so. Er war einfach ein verdammter Nerd.«

»Und was hat Heggvik oben im Maridalen gewollt?«, warf Rimbereid ein. »Sie haben doch gesagt, dass er das Haus kaum noch verlassen hat?«

»Ich habe wirklich keine Ahnung«, sagte Johnsrud. »Das ist mir auch ein Rätsel.«

Ja, seltsam, dachte Ina und ließ ihren Blick durch den Kinosaal in Ottar Heggviks Wohnung schweifen. Es war bestimmt nur ein Detail, aber in einer Sache war sie sich ziemlich sicher: Es gab einen Grund dafür, dass Heggvik sich eingemauert hatte und in eine andere Welt geflüchtet war. Er wollte die Wirklichkeit vergessen.

Heggvik musste Angst gehabt haben. Todesangst. Trotzdem hatte er sich ins Maridalen locken lassen.

Plötzlich war Ina auch noch von einer anderen Sache überzeugt:

Ottar Heggvik war kein zufälliges Opfer gewesen. Ebenso wenig wie Karsten Scheel.

5

Nachdem Ingar Johnsrud die Wohnung verlassen hatte, blieben Ina und Inger-Lise Lie noch einen Moment in dem fast leeren Wohnzimmer stehen. Auch in dem großen Raum wich die Beklemmung nicht von Ina. Die Abwesenheit des Tageslichtes beunruhigte sie. Sie hätte nichts lieber getan, als an die Fensterfront zu treten und die große Leinwand nach oben zu lassen.

»Sehr merkwürdig«, sagte Inger-Lise Lie neben ihr. »Die Kriminaltechniker meinten, es sei hier drinnen beinahe klinisch sauber.«

»Es wirkt wirklich *zu* sauber«, sagte Ina. »Vielleicht haben sie etwas übersehen?«

Lie richtete ihren Blick auf Ina.

»Tja, wo hat er seine Geheimnisse versteckt?«

»Im Kellerverschlag?«

»Der ist von oben bis unten durchsucht worden. Da war nichts. Nur die leeren Kartons von all diesem ... Equipment.«

»Im Schlafzimmer«, sagte Rimbereid hinter ihnen.

Lie drehte sich um und schaute Rimbereid drei Sekunden lang ruhig an.

»Dann sehen wir uns das doch mal an«, sagte sie schließlich.

Das Schlafzimmer lag im Dunkeln, und Lie konnte an der Tür auch keinen Lichtschalter finden. Sie tastete sich suchend vorwärts und fand schließlich den Schalter einer einfachen stählernen Nachttischlampe. Ina ließ ihren Blick wandern. Über den Boden, die Wände, die Zimmerdecke und die Einrichtung. Auch das Schlafzimmer verriet Heggviks Interessen. An den Wänden standen DVD-Regale, und eine große Leinwand verdeckte das Fenster. Unter der Decke hing auch in diesem Raum ein Projektor. Ottar Heggvik hat die Außenwelt wirklich um keinen Preis zu sich hereinlassen wollen, dachte Ina.

»Ein Doppelbett«, sagte Lie und klopfte auf das Bettzeug. »Vielleicht hatte er doch eine Freundin?«

»Oder einen Freund«, sagte Rimbereid.

Erneut schaute Ina sich um. Abgesehen von dem Bett und den Regalen war der Raum leer. Kein Stuhl, auf dem irgendwelche Kleider lagen, nicht einmal eine Bettdecke.

Nichts.

Sie trat an das Regal und inspizierte die DVDs: Fellini, Goddard, Kieslowski, Malle, Scole, Truffaut. Sie erinnerte sich vage an all diese Namen, weil sie mal mit einem Filmnerd zusammen gewesen war, der nach dem Sex gerne über die verschiedensten Regisseure geredet hatte. Gott, war das ein nerviger Typ gewesen. Bestimmt hätte der auch Spaß an so einem Kinozimmer gehabt, wenn auch nicht in jedem einzelnen Zimmer.

Lie tippte Ina auf die Schulter.

»*Das* soll sein Geheimnis gewesen sein?«

Ina antwortete nicht, sie versuchte, den Raum zu verstehen und Zugang zu dem Menschen zu finden, der hier gewohnt hatte. Er hatte Angst gehabt. Vor irgendetwas hatte dieser Mann Angst gehabt.

Aber wovor?

Erst jetzt bemerkte sie den Kleiderschrank neben dem Bett. Ein eingebauter Wandschrank. Sie sah ihn sich näher an und öffnete die Schiebetür. Sorgsam zusammengelegte Pullover, ein eigenes Brett für Unterhosen und Socken und daneben eine Kleiderstange mit ausschließlich schwarzen Hemden. Sie hob einige Sachen an, doch unter ihnen war nichts verborgen.

Keine Geheimnisse.

Trotzdem war Ina sich sicher: Sie hatten etwas übersehen. Ein Detail, einen Kratzer im Lack. Finde den Fehler! Wenigstens für Karsten, ermahnte sie sich selbst. Finde den Fehler!

Wo hätte sie etwas versteckt, was niemand sehen sollte?

Mit einem Mal erinnerte sie sich an eine Szene aus ihrer Jugend. Sie hatte in ihrem Zimmer ein Pornoheft versteckt, das sie bei irgendeiner Party hatte mitgehen lassen. Irgendwie musste sie es bei einer Freundin im Schlafzimmer der Eltern in die Finger bekommen haben. Am nächsten Tag, als sie mit einem schrecklichen Kater darin geblättert hatte, bekam sie beinahe einen Schock. Die Bilder waren roh und abstoßend, gleichzeitig aber auch faszinierend.

Das Heft hatte sie anschließend unter ihrer Matratze versteckt, und natürlich hatte es ein gehöriges Donnerwetter gegeben, als ihr Vater es schließlich gefunden hatte. Er hatte Ina eiskalt ins Gesicht geblickt und sie als perverses Flittchen bezeichnet, woraufhin sie die Kontrolle verlor und vor Wut und Verzweiflung nur noch weinte. Das Schlimmste war das Gefühl gewesen, dass ihr Vater in einen zutiefst privaten, geheimen und – ja – schmutzigen Raum eingedrungen war.

Ina versuchte die beklemmende Erinnerung abzuschütteln, trat an Heggviks Doppelbett, kniete sich hin und warf einen Blick darunter.

»Suchen Sie nach Staubmäusen?«, fragte Lie hinter ihr.

Ina stand auf.

»Könnten Sie mir helfen, das Bett zur Seite zu schieben?«

Lie und Rimbereid waren gleich zur Stelle. Aber das Doppelbett war so schwer, dass sogar drei Erwachsene es kaum von der Stelle brachten. Schließlich gelang es ihnen aber doch, das Bett schräg in die Mitte des Raumes zu bugsieren.

Das Eichenparkett war unter dem Bett eine Spur dunkler als im restlichen Raum.

Aber das war auch schon alles. Unter dem Boden verbarg sich kein geheimer Raum. Als sie das Bett wieder zurückschoben, spürte Ina, wie enttäuscht sie von sich war. Heggvik war ein ebenso großes Mysterium wie bei ihrer Ankunft in seiner Wohnung. Sie hatte versagt, hatte es nicht geschafft, diesem Höhlenmenschen in die Seele zu blicken. Lie war von ihrer Menschenkenntnis sicher alles andere als beeindruckt.

Die Chefermittlerin klirrte hinter ihr mit den Schlüsseln.

»Yes, sollen wir dann gehen?«

In Gedanken versunken blieb Ina am Bett stehen. Dann schob sie, wie einer Eingebung folgend, die Hand unter das Spannbetttuch, fand den Reißverschluss der Matratze und zog ihn mit einer langen Bewegung auf.

Ihre Finger ertasteten eine seltsame Konstruktion. Ablagefächer, die Heggvik für das Innere der Matratze gebaut haben musste.

Ina schob den Arm tiefer in die Matratze, bekam eine Art Griff zu fassen und zog das Ding langsam heraus. Eine Reihe von Kästen kam zum Vorschein. Rimbereid und Lie beugten sich über ihre Schulter und entzifferten im selben Moment die Beschriftung.

»Pornos!«, sagte Rimbereid.

Es waren rund zwanzig Schachteln, alle beschriftet. Zierliche, fast feminine Buchstaben auf weißen Aufklebern.

Lie nahm die ihr am nächsten liegende Schachtel. »Playboy 1965–1970.«

Sie öffnete den Deckel. Und ganz richtig. In der Schachtel lag ein Stapel alter Playboy-Ausgaben. Lie blätterte durch die Seiten.

»Ordentlich war er schon«, sagte sie. »Sogar die Pornos sind katalogisiert.«

»Na ja, der Playboy ist eigentlich ziemlich brav, also verglichen mit anderen Sachen«, sagte Rimbereid.

»Schon, aber hier sind auch noch andere Sachen.«

Lie öffnete eine andere Schachtel und nahm den Inhalt

heraus. Das Cover von *Deep Throat* kam zum Vorschein. Ina warf einen Blick auf den Aufkleber. »Klassiker – DVDs, 1970–1980.« Heggvik hat auch eine erotische Bibliothek angelegt, dachte sie. Vermutlich ein Archiv für die Höhepunkte der Pornogeschichte.

Ina bemerkte, dass Lie sie ansah.

»Einen Zehner für Ihre Gedanken«, sagte sie.

»Der Kerl muss unter einer Art Sammelmanie gelitten haben«, sagte Ina.

»Aber Sammler gibt es doch viele?«, fragte Lie.

»Ja, aber das hier … Ich meine, das ist schon speziell, das müssen Sie doch auch sehen. Er hat sich verschanzt und sich eine umfassende Bibliothek für Musik und Filme geschaffen.«

»Aber warum hat er die Pornos *so* gut versteckt?«, fragte Lie. »Er hat doch niemanden in die Wohnung gelassen. Die hätte ohnehin keiner gesehen.«

»Darauf gibt es zwei mögliche Antworten«, sagte Ina. »Eine lautet, dass er sich vielleicht nicht zu dieser Lust bekennen wollte.«

»Und die andere?«

»Dass er Angst hatte, für das Falsche in Erinnerung zu bleiben«, sagte Ina.

»Hm?«

»Würde ich plötzlich sterben«, sagte Ina, »müsste ja jemand meine Sachen durchsehen. Wie wir es jetzt bei Heggvik machen. Niemand will für etwas Beschämendes in Erinnerung bleiben. Deshalb achten die meisten darauf, eine weiße Weste zu behalten, wie auch immer sie das anstellen.«

»Zum Beispiel, indem sie den Mist besonders gut verstecken«, warf Rimbereid ein.

Lie richtete ihre Aufmerksamkeit wieder auf die Fächer und schob ihre Hand noch tiefer in die Matratze hinein, bis nur noch eine Schachtel in dem Gestell war. Sie machte sich ganz lang und zog auch diese heraus.

Alle erstarrten, als sie sahen, was auf der Schachtel stand.

»Erst nach meinem Tod öffnen.«

Rimbereid und Ina drängten sich an Lie heran. Keine sagte etwas. Lie nahm die Schachtel und schüttelte sie sanft.

»Die ist ganz leicht«, sagte sie. »Ich denke, wir können das Risiko eingehen, sie zu öffnen.«

Langsam zog sie den Deckel auf.

In der Schachtel lag nur ein kleiner Zettel mit einem simplen, kurzen Satz.

Die Liebe, ist sie Beileid?
General.

Etwas durchzuckte Ina, und sie sah zu Rimbereid hinüber.

Rimbereid erwiderte ihren Blick und nickte kurz.

Den Namen kannten sie. Sie hatten ihn schon einmal gesehen: in Karstens Terminkalender, eingetragen für den Tag seiner Ermordung.

6

Ina stürmte atemlos in ihre Praxis am Mosenzentrum, gegenüber von Pepes Pizza. Ihr war kalt. Die Uhr an der

Wand zeigte 14.12 Uhr. Sie kam also zwölf Minuten zu spät zu ihrem ersten Termin.

Ina nickte der Arzthelferin am Empfang zu. Maria Souranta war 22 Jahre alt und kam aus Rommen im Groruddalen. Ihre Mutter war Finnin und ihr Vater Japaner, sie war in Norwegen geboren. Vor einem halben Jahr hatten Jon Bork und sie die junge Frau eingestellt. Sie hatte eine halbe Stelle und kümmerte sich während der Termine um das Telefon, so dass sie mehr Patienten annehmen konnten. Souranta wirkte auf den ersten Blick streng und unauffällig, mit Designerbrille und korrekter heller Bluse.

Aber unter der glatten Oberfläche lag mehr verborgen.

Sie hatte Ina schon ein paarmal überrascht, und das erste Mal, als sie sie in einem kurzen Rock gesehen hatte, würde Ina vermutlich nie vergessen: Souranta hatte sich einen Teufel auf das Bein tätowieren lassen. Außerdem konnten ihre braunen Augen jederzeit bei anderen ein Feuer entfachen. Mehr als ein Mann war in ihrer Nähe sichtlich verlegen geworden.

Jetzt musterten diese Augen Ina.

»Ihr erster Patient wartet schon«, sagte sie mit einem anklagenden Blick über die Brillengläser hinweg.

»Dachte ich mir.«

Ina hängte ihren Parka an den Garderobenhaken. Im gleichen Augenblick bemerkte sie den Zettel am Kaffeeautomaten.

»Kaputt.«

»Mist.«

»Der hat gestern den Geist aufgegeben. Erling hat es nicht geschafft, ihn zu reparieren. Er braucht irgendein Ersatzteil aus Deutschland …«

»Ist ja typisch.«

»Er hat aber eine Thermoskanne von zu Hause mitgebracht.« Inas Blick folgte Sourantas ausgestrecktem Zeigefinger, und sie entdeckte die Kanne auf dem Tisch.

»Gott segne unseren Hausmeister«, sagte sie und nahm sich eine Tasse.

Sie lehnte sich an die Rezeption und atmete tief durch, um zur Ruhe zu kommen, bevor sie sich auf den wartenden Patienten konzentrierte. Dabei wusste sie ganz genau, dass sie nicht auf ihn eingestellt war – nicht auf Karl Osberg.

Osberg war nicht irgendwer. Er war ein hohes Tier in einer Riesenbank, Ina wusste allerdings nicht, welche Position er genau hatte. Aber das war auch nichts, womit er in ihren Stunden prahlen würde.

Osberg kam zu Ina, um den Kontrollfreak in sich in die Schranken zu verweisen.

Sein ungeheurer Drang, sein Dasein zu strukturieren, hatte ihn karrieremäßig weit gebracht, dabei aber alles andere zerstört. Osberg war nach eigenen Aussagen ein Haustyrann, auch bei den kleinsten Details. Seine Kontrollsucht zeigte sich vor allem in einer übertriebenen Angst vor allem Schmutzigen.

Er wusch sich die Hände noch immer bis zu dreißigmal am Tag und hatte stets eine Flasche Desinfektionsmittel in der Tasche. Das Quälendste war aber die Beziehung zu seinen Kindern. Sie waren inzwischen erwachsen und hatten jeglichen Kontakt zu ihrem Vater abgebrochen. Als sie noch klein gewesen waren, hatte er sie mit seinen Forderungen terrorisiert: Sauberkeit! Ordnung! Gute Manieren!

Schon ein einfaches Nasebohren hatte ihn explodieren

lassen, und hatten sie sich den Mund mit dem Ärmel statt einer Serviette abgewischt, gab es eine Ohrfeige. Noch schlimmer war es, wenn sie sich in der Gegenwart von Gästen danebenbenahmen.

Die Kinder setzten sich zur Wehr, sobald sie groß genug waren. Heute wohnten die beiden Söhne in Göteborg, die Tochter in den USA. Seine Frau hatte pflichtbewusst zu ihm gestanden, solange die Kinder klein gewesen waren, doch nachdem alle drei ausgezogen waren, hatte auch sie ihre Sachen gepackt.

Das alles war für Ina ziemlich bekannter Stoff. Sie wünschte sich nur, ihr Vater hätte auch einen Psychologen aufgesucht.

Osberg war ursprünglich zu Karsten gegangen, und er hatte den Mord – wie auch seine anderen Patienten – sehr schwergenommen. Sie hatten allen angeboten, die Therapie bei Ina oder Jon Bork fortzuführen, und Osberg hatte sich für Ina entschieden.

An diesem Morgen wirkte er gereizt und ungeduldig. Er hatte noch nicht einmal den Mantel abgelegt und saß auf seinem Stuhl wie auf einem Nadelkissen. Sogar seine graumelierten Haare sahen etwas weniger gestriegelt aus als sonst.

»Sie sind eine Viertelstunde zu spät.«

»Machen Sie sich keine Sorgen. Ich habe trotzdem die vereinbarten fünfzig Minuten für Sie Zeit.«

»Gut«, sagte Osberg. »Haben Sie das mit dem Mord im Maridalen mitbekommen?«

»Ja.«

»Erinnert doch sehr an Scheel, nicht wahr?«

Ina wusste nicht recht, wie sie antworten sollte, aber

Osberg wartete gar nicht erst, sondern redete selbst weiter.

»Ich habe mich fast am Kaffee verschluckt, als ich das gelesen habe. Ich habe Sie dann gleich angerufen. Das ist wirklich fürchterlich!«

»Wollen Sie heute darüber reden?«

»Ja. Ich will wissen, was Sie denken. Gibt es da draußen einen Verrückten, der sich ganz zufällig seine Opfer aussucht?«

»Ich kann dazu nichts sagen, Karl. Die Polizei ermittelt in der Sache.«

»Die Polizei? Sie wissen doch, wie wenig die bei dem Mord an Karsten Scheel erreicht haben. Die sind doch total inkompetent und antriebslos.«

»Es steht mir nicht zu, darüber zu urteilen«, sagte Ina. »Es muss schlimm für Sie sein, das alles noch einmal zu durchleben, Karl. Aber ich glaube, es bringt uns mehr, wenn wir uns um *Ihre* Probleme kümmern. Haben Sie über das nachgedacht, was wir beim letzten Mal besprochen haben?«

»Die Ablenkungsmanöver, wenn ich mir die Hände waschen will?«

»Ja, darüber auch. Ich dachte aber eher an Ihren Großvater. Sie hatten begonnen, von einem Festtag zu erzählen … War das nicht ihr fünfter Geburtstag?«

»Ich will nicht darüber reden.«

»Nicht?«

Karl Osbergs Blick war düster und unergründlich geworden.

»Sie wollen nur zu einem Schluss kommen«, sagte er. »Dass meine Kontrollsucht mit einem konkreten Erlebnis in meiner Kindheit zu tun hat. Ich fühlte mich damals schmutzig, und ich fühle mich heute schmutzig – deshalb will ich mir so oft die Hände waschen.«

»Wir reden jetzt schon viele Jahre miteinander, Karl. Da kann es durchaus sinnvoll sein, sich bestimmte Geschehnisse in der Kindheit genauer anzuse…«

»Nein. Dieser Freud-Mist ist doch bloß ein Standardprozedere! Wir wissen doch überhaupt nicht, was im Inneren eines Menschen vor sich geht. Was, wenn ich lügen würde, zum Beispiel?«

Es lief Ina kalt den Rücken herunter. Sie räusperte sich. »Warum sollten Sie lügen?«

»Das Entscheidende ist doch, dass Sie das nicht wissen können. Vielleicht haben all die schrecklichen Erlebnisse ja gar keinen Einfluss auf uns Menschen. Vielleicht steckt das Böse ja schon von Anfang an in uns. Vielleicht schlummert es in unseren Genen und wartet nur darauf, geweckt zu werden.«

»Da sprechen Sie einen wichtigen Punkt an, Karl. Unsere Gene haben großen Einfluss auf uns. Aber vielleicht können Sie in Ihrer Kindheit und Ihrem Umfeld ja trotzdem Antworten finden – andere Antworten? Vielleicht irgendetwas, das in einem größeren Zusammenhang steht?«

»Dafür bezahle ich doch wohl Sie? Und in der Zwischenzeit läuft da draußen jemand rum, der Leute umbringt. Und wenn wir nicht ganz genau aufpassen, sind bald auch wir an der Reihe, Grieg.«

Osbergs Blick wurde noch düsterer.

»Hm, ich verstehe, dass das nicht leicht für Sie ist, Karl«, sagte Ina schließlich. »Aber ich bin wirklich davon überzeugt, dass es gut für Sie wäre, über Ihre Kindheit und …«

»Dafür ist mir mein Geld zu schade!«, unterbrach Osberg sie.

Er stand unvermittelt auf.

»Wollen Sie für heute schon Schluss machen?«

»Sieht wohl so aus, oder?«, antwortete Osberg trocken.

»Übrigens, ich habe kürzlich etwas über Sie gelesen, in der *Aftenposten*. Sollen Sie nicht irgendeinen Preis bekommen? War das der Sankt-Olavs-Orden?«

Osberg lachte.

»Nicht ganz. Es handelt sich um eine Auszeichnung für eine lange Dienstzeit und hohe Verdienste im Bankwesen. Die Verleihung findet nächsten Freitag in der Festung Oscarsborg statt.«

»Das muss doch ein tolles Gefühl sein. Ihre Arbeit wird geschätzt.«

»Meine Arbeit, ja«, sagte er lachend. »Das ist eine leichte Übung. Ich bin jetzt seit mehr als zwanzig Jahren in der Führungsriege, vermutlich fühlen sie sich da verpflichtet, mir einen Blumenstrauß in den Schoß zu werfen. Aber darüber will ich nicht mit Ihnen reden.«

»Nicht?«

»Nein. Mir sind diese Stunden mit Ihnen wichtig, um über das Monster in mir zu reden.«

Ina bekam Gänsehaut auf den Oberarmen.

»Ich kann Ihnen nicht ganz folgen, Karl.«

»Ich glaube, dass manche Menschen schon böse auf die Welt kommen. Und ich habe die Befürchtung, dass ich so ein Mensch sein könnte.«

»Oh, ich glaube nicht, dass es sich so verhält, Karl.«

»Sie würden sich doch gar nicht trauen, etwas anderes zu sagen. Die Alternative wäre viel zu beängstigend.

Aber wissen Sie was, Grieg: Sie haben gar keine Ahnung, ob ich nicht tatsächlich der größte Unmensch bin, den Sie je getroffen haben. Das können Sie gar nicht wissen.«

»Kein Mensch ist ein Monster, Karl. Auch Sie nicht.«

Karl Osberg beugte sich plötzlich zu Ina vor und starrte ihr in die Augen. Eine kalte Hand legte sich um ihr Herz, ein Gefühl, das sie nur selten im Umgang mit Patienten hatte, das ihr aber immer signalisierte, dass der Mensch vor ihr vielleicht gefährlich war und zu einer Bedrohung werden könnte.

»Und wenn es genau so ist, wie ich sage?«, fragte Osberg ruhig. »Was, wenn ich tief im Inneren ein Monster bin? Was sagen Sie dann?«

Ina wollte etwas antworten, hielt sich aber zurück.

»Es gibt keine Monster«, sagte sie stattdessen und richtete ihren Zeigefinger auf die Stirn. »Die gibt es nur hier drin, in der Phantasie.«

7

»Bereit, einen Anfänger in die Schranken zu verweisen?«

Tore Vannebo boxte Ina kameradschaftlich in die Rippen. Der zwei Meter große Kahlkopf aus dem Østfold lächelte sie an und nickte in Richtung der anderen Ringseite. Ina warf einen Blick auf den Neuankömmling, einen jungen Typen in schwarzen Sportklamotten, der auf den Boxsack einhämmerte. Er konnte kaum älter als zwanzig sein.

»Wer ist das?«, fragte Ina.

»Keine Ahnung«, antwortete Tore. »Er ist heute Nachmittag einfach so hier aufgetaucht und hat gefragt, ob er mit uns trainieren kann.«

»Du willst also deinen üblichen Scherz mit ihm machen?«

Tore breitete die Arme aus.

»Macht doch jedes Mal wieder Spaß.«

Es war eine stille Vereinbarung zwischen ihnen. Kickboxen zog immer wieder junge Hitzköpfe an, die sich selbst nicht einzuschätzen wussten.

Tore liebte es, ihnen gleich zu zeigen, wo der Hammer hing. Deshalb forderte er sie als Erstes zu einer Sparringsrunde mit Ina auf. In der Regel stiegen sie voller Selbstbewusstsein in den Ring – den sie dann bald darauf auf allen vieren wieder verließen, um eine Lektion reicher: Unterschätze niemals deinen Feind. Egal, wie er oder sie aussieht.

Abgesehen von diesen Ausnahmeidioten entsprach das kleine Kampfsportmilieu überhaupt nicht den verbreiteten Vorurteilen. Die meisten glaubten, dass Kickboxer besonders aggressiv und alles andere als klug wären.

Inas Erfahrung zeigte genau das Gegenteil.

Die meisten ihrer Trainingskameraden waren nachdenkliche, wenn nicht gar verschlossene, eigensinnige Menschen. Keine Durchschnittstypen, aber Leute mit ganz nachvollziehbaren Motivationen für das Boxen. Junge Mädchen, die lernen wollten, wie sie sich verteidigen konnten, falls sie gemobbt oder attackiert wurden. Verschrobene Akademiker, die ihren Frust am Boxsack oder im Ring loswerden wollten.

Die meisten aber waren dabei, weil nichts so gut trainierte wie Kickboxen. Wieder andere, so auch Ina, kamen wegen Tore. Der 53-jährige sanfte Riese leitete das Training und begleitete Ina schon, seit sie als Jugendliche mit dem Kickboxen begonnen hatte. Anfang der 1990er Jahre waren sie sogar eine kurze Zeit ein Paar gewesen. Aber Ina hatte die Beziehung zu Tore abgebrochen, als er sich ernsthaft darauf einlassen wollte – wie bei so vielen.

Tore war schlecht darüber hinweggekommen, war heute aber einer ihrer besten Freunde. Alles in allem kannte er sie wesentlich besser als Amund. Tagsüber arbeitete Tore als Leiter eines Kindergartens, er war wirklich ein freundlicher Teddybär.

Aber einer, dessen Stärke man nicht unterschätzen durfte.

Ina suchte seinen Blick.

»Und, ist der gut?«

Tore klopfte ihr auf die Schulter.

»Den schaffst du.«

Ina musterte den jungen Mann am Boxsack. Er wirkte ziemlich kräftig, fokussiert, konzentriert. Und er schlug hart zu. Wer sich mit Kampfsport nicht auskannte, dachte oft, es käme nur auf die Schlagkraft, die Muskeln und die Aggression an.

Häufig gingen gerade diese Leute zuerst auf die Bretter.

Wenn Ina eines gelernt hatte, dann, wie essentiell es war, sein Temperament zu zügeln. War man wütend, verlor man die Kontrolle und machte es dem Gegner leicht, alle Finten und Ausfälle zu erkennen.

Taktik und Geduld waren wichtig.

Es kam darauf an, den Gegner zu lesen. Abzuwarten und zu beobachten. Man musste herausfinden, was für einen Menschen man vor sich hatte, und seine Schwachpunkte erkennen. Man musste den anderen zuerst agieren lassen, um dann, wenn die Chance sich bot, zum Gegenangriff überzugehen. Nur so konnte man Treffer setzen und die Wut seines Gegenübers steigern. Irgendwann würde er oder sie sich verwundbar machen, so dass man die Chance erhielt, gnadenlos und entscheidend zuzuschlagen.

Ina wusste natürlich, dass nur wenige Nicht-Boxer den Sport zu schätzen wussten. Amund war vermutlich derjenige, der ihr Hobby am meisten verabscheute. Er sah im Kickboxen eine Gewaltverherrlichung und nahm die brutalen Knockouts als eine Schändung des menschlichen Körpers wahr. Aber Ina wusste, dass er insgeheim nur Angst um sie und ihren Kopf hatte. Das war ihr allerdings egal.

Sie teilte Amunds Furcht kein bisschen, da sie in all den Jahren nicht ein einziges Mal ausgeknockt worden war, ja sie war nicht mal nahe daran gewesen. Für sie war Kickboxen alles andere als zerstörerisch, sondern die heilsamste aller Aktivitäten. Nur beim Kampfsport war sie wirklich mit allen Sinnen anwesend, nur dann hielten die destruktiven Stimmen den Mund, und sie hörte auf zu grübeln.

»Bist du bereit, Ina?«

Tores Stimme durchbrach ihre Gedanken. Sie sah seine Riesenarme an den Seilen des Rings.

Ina nickte.

»Stimmt irgendwas nicht?«, fragte er.

»Wie meinst du das?«

»Dein Blick ist so finster, als wolltest du jemanden umbringen.«

»Das ist nur …«

»Ja?«

»Ich bin mitten in einer Mordermittlung.«

Tore musterte Ina eindringlich.

»Doch wohl nicht diese Sache im Maridalen?«

»Doch, und der Fall scheint mit dem Mord an Karsten zusammenzuhängen.«

»Mein Gott«, sagte Tore. »Dann habe ich ja einen Treffer gelandet.«

Ina war zu sehr in Gedanken, um zu verstehen, was er meinte.

»Irgendwo da draußen läuft ein verdammt kranker Kerl herum«, sagte sie. »Ein selbsternannter *General*. Er ersticht seine Opfer mit einem Messer und hinterlässt kryptische Nachrichten.«

»Als wolltest du jemanden umbringen«, wiederholte Tore abwesend.

»Hm?«

»Das habe ich eben über deinen Blick gesagt. Dabei wusste ich gar nicht, dass du an einer Mordermittlung beteiligt bist. Schon seltsam.«

Ina starrte den muskulösen Kindergärtner verständnislos an.

Tore seufzte.

»Sei lieb zu unserem Anfänger«, sagte er nur.

»Hör endlich auf, dir Sorgen zu machen«, sagte Ina. »Hol ihn schon her.«

Eine Minute später stand sie von Angesicht zu Angesicht mit dem jungen Kerl im Ring. Er war einen Kopf größer als sie, aber das war sie gewohnt. Ansonsten war er kein besonderer Anblick: Pickel an Kinn und Hals. Blonde kurze Haare. Muskulös. Irgendwie humorlos. Er starrte sie auf eine aufgesetzt intensive Art an. Der hat zu viele Boxkämpfe im Fernsehen gesehen, dachte Ina, bei denen sich die Kontrahenten vor dem Kampf in den Boden zu starren versuchen. Lächerlich. Da versuchten sie, erwachsene Männer zu sein, und verhielten sich wie kleine Kinder.

Plötzlich grinste der Junge sie höhnisch an. Sein Mund ging auf, und der Zahnschutz kam zum Vorschein. Auch das noch.

Sie freute sich richtig darauf, ihm dieses Grinsen auszutreiben.

Ina spürte, wie ihr Körper kribbelte. Sie atmete ruhig. Jetzt war sie in ihrem Element. Im Gegensatz zu den meisten Lebensbereichen – und dem überwiegenden Teil sozialer Interaktion – war dies ein Gebiet, auf dem sie sich auskannte. Hier war sie die Beste. Hier hatte sie die volle Kontrolle.

Eine Glocke ertönte. Die Runde begann.

Der Junge kam rasch auf sie zu, hielt dann aber inne und beobachtete sie. Ina hob die Deckung an und wartete.

Und wartete.

Die erste Attacke erkannte sie gleich. Sie duckte sich und setzte einen Konter gegen den Körper des jungen Mannes. Er stöhnte, richtete sich aber gleich wieder auf und sah sie mit seinen blauen Augen an.

Es lief Ina kalt den Rücken hinunter. Dieser Blick. Den hatte sie schon einmal gesehen, aber wo?

Sie kam nicht dazu, weiter darüber nachzudenken, denn der nächste Angriff folgte rasch. Der Junge drehte sich um seine eigene Achse und schleuderte ihr seinen Fuß entgegen. Er war schnell, aber nicht schnell genug. Ina entging dem rotierenden Fuß, wenn auch nur knapp.

Der Junge lächelte.

Damit hatte sie nicht gerechnet. Zu diesem Zeitpunkt ging ihren Widersachern in der Regel auf, dass sie gut war. Wirklich gut. Dann begannen sie entweder zu zögern oder wild anzugreifen. Nicht so dieser Typ.

Dieser Blick, dieses Lächeln.

Beim nächsten Mal kam er schneller und zielgerichteter. Seine Schlagserie prallte an ihren Handschuhen ab, aber er konnte ihr einen Tritt gegen den Oberschenkel versetzen.

Schmerzen strahlten von ihrem Bein aus.

Verdammt!

Die Wut kochte in ihr hoch, und für einen Augenblick war sie unkonzentriert.

Das reichte.

Sein Schlag kam wie aus dem Nichts und traf sie direkt am Kinn. Ihr Kopf wurde nach hinten geschleudert, sie spürte einen bohrenden Schmerz im Gesicht und schmeckte Blut auf der Zunge. Es gelang ihr mit Müh und Not, sich auf den Beinen zu halten, sie brauchte aber einen Moment, um sich zu sammeln und ihre Deckung hochzuziehen, um den folgenden vernichtenden Tritt abzuwehren.

»Hey-hey«, rief Tore.

Was zum Henker war das denn?

Dieser Tritt hätte sie mit Sicherheit niedergestreckt und für einige Wochen außer Gefecht gesetzt. Dieser Junge war kein Anfänger. Aber geschlagen geben wollte sie sich nicht. Auf keinen Fall! Sie biss die Zähne zusammen.

Beim nächsten Schlag war sie vorbereitet. Sie tauchte ab und konterte mit einem extrem harten Schlag in die Rippen ihres Gegners.

Der Treffer saß.

Und zeigte Wirkung.

Der junge Mann stöhnte wieder, blieb aber auf den Beinen. Jetzt war auch ihm die Wut anzusehen.

Endlich.

Nun hatte sie ihn da, wo sie ihn haben wollte, und musste ihn in seiner Wut nur machen lassen. Sobald er unkonzentriert war, würde er verlieren. Und ganz richtig: Seine wilde Schlagserie endete in der Luft, während Ina mit ihrem Konter wieder einige Treffer setzen konnte. Aber sie hatte ihre eigene Wut nicht richtig unter Kontrolle. Für wen hielt dieser Typ sich eigentlich? Ihr Kinn brannte, und er grinste auch noch und wollte sie ausknocken. Sie schlug und trat und hörte auch nicht auf, als der Junge längst am Boden lag und die Hände schützend über sich hielt.

Die Glocke ertönte. Tore sprang zu ihr und zog sie weg von dem Jungen.

»Was ist denn mit dir los?«, rief er. »Willst du ihn umbringen?«

Der Junge rappelte sich auf und starrte Ina höhnisch an, während das Blut aus einem Riss in seiner Lippe tropfte.

Er spuckte den Zahnschutz auf den Boden, kletterte aus dem Ring und verschwand in der Garderobe.

»Jesus«, kam es über Tores Lippen. »Was hat den denn geritten?«

»Keine Ahnung«, sagte Ina. »Ich weiß nur eins.«

»Und was?«

»Der hat uns ganz schön verarscht.«

8

Als Ina endlich ihre Haustür aufschloss, war es bereits 23.15 Uhr. Sie zog sich die Jacke aus und blieb auf dem Stuhl im Flur sitzen. Ihr Kiefer schmerzte noch immer, das Zahnfleisch brannte, und ein Zahn im Unterkiefer schien locker zu sein.

Das war nun also die Strafe für ihren Hochmut.

Verdammt.

Ina versuchte sich an das verbissene Gesicht des Jungen zu erinnern, doch immer wieder kam ihr Karstens Gesicht dazwischen. Die im Nebel verschwindende Silhouette. Dieser Augenblick blasser Klarheit, bevor alles wieder unscharf wurde. Die Szene spielte sich wieder und wieder vor ihrem inneren Auge ab.

Irgendwann ließ ihre emotionale Wirkung nach.

Sie versuchte sich darüber klarzuwerden, was Karsten ihr wirklich bedeutet hatte, welche Rolle er in ihrem Leben gespielt hatte und warum sie immer wieder an ihn denken musste. Teile der Antwort erahnte sie:

Karsten hatte niemals davon gesprochen, seine Frau zu verlassen. Er hatte sich nie eine romantische Zukunft ausgemalt, in der sie eine Rolle gespielt hätte. Es gab nur ihre Treffen, diese fast verzweifelten, stillen Momente der körperlichen Liebe. Nur diese Augenblicke hatten sie verbunden. Sie waren es, die ihre Beziehung zu Karsten so befreiend, aber auch erschreckend anders hatten sein lassen. Tief in ihrem Inneren ahnte sie wohl, warum er sie so gut verstanden hatte. Karsten wusste, was Finsternis war, und erkannte sie in Ina.

Ina lief ein Schauer über den Rücken, und sie stand auf und ging in die Küche. Am Kühlschrank hing ein Zettel mit der gut leserlichen Handschrift ihres Lebensgefährten:

Ina, hab Lasagne gekocht. Sie steht im Kühlschrank. Bin schon ins Bett gegangen. Liebe dich. ☺

Ina seufzte.

Dieser Mann war einfach unglaublich *gut*. Irritierend gut. Er schien nicht einmal zu passiver Aggressivität fähig zu sein, während sie ein wandelndes Pulverfass war. Wenn sie ihm etwas vorwarf, reagierte er immer mit den gleichen Sätzen: »Jetzt beruhig dich doch«, »Komm, lass uns später darüber reden«, »Jetzt halt doch mal den Ball flach«.

Ina musste anerkennen, dass Amund unangreifbar war.

Trotz dieser Erkenntnis stieß sie sich an seiner Gutmütigkeit und machte ihn in jeder Diskussion zum Sieger. Der Fall war klar: Wenn einer von ihnen Psychologe sein sollte, dann Amund. Er war der Geduldige, der Verständige, derjenige, der zu trösten wusste.

Amund und Tore wären ein tolles Team. Vielleicht sollten Jon und sie ihre Praxis räumen und den beiden Platz machen. Sie amüsierte sich über den Gedanken und öffnete den Kühlschrank.

Tatsächlich stand dort ein Teller Lasagne unter Frischhaltefolie. Amund hatte das Essen mit Tomaten, Gurken und Salat so verziert, dass es wie ein lächelndes Gesicht aussah.

Ihre Laune wurde dadurch nicht besser, aber sie nahm den Teller und schlich die Treppe nach oben in ihr Arbeitszimmer, wo sie den Mac einschaltete, um ihre E-Mails zu lesen.

Sie hatte zwei Nachrichten bekommen. Eine stammte von Tore und lautete:

Ich MUSS mit dir reden. Triff mich morgen um 13.00 Uhr an der Autolackiererei in Alna!
Tore

An der Lackiererei? Was sollte das denn? Sie hatte Tore doch gerade erst gesehen, was konnte denn da so dringend sein? Außerdem wohnte Tore in Nordstrand, fast zehn Kilometer von Alna entfernt. Und arbeitete er zu dieser Zeit nicht im Kindergarten?

Ina spürte, wie sich ihr die Nackenhaare aufstellten. Das roch nach Ärger.

Andererseits bot eine Verabredung in Alna die Möglichkeit zu einem Besuch, den sie schon lange vor sich herschob, weil ihr davor graute.

Ihre Gedanken wurden unterbrochen, als ihr Blick auf einen Absender fiel, den sie kannte.

Trygve Winther. Auch das noch. Sie las die Betreffzeile noch einmal.

»Nimm mit mir über Skype Kontakt auf.«

Ina öffnete die Mail. Eine leere Seite strahlte ihr entgegen. Kein Hallo, keine netten Floskeln, nichts, was alle anderen gemacht hätten. Winther, wie er leibte und lebte.

Ina schaufelte die kalte Lasagne in sich hinein und versuchte nicht an Winthers eindringlichen Blick zu denken. Aber er hatte sich in ihre Netzhaut eingebrannt.

Alle Psychologiestudenten hatten eine Todesangst vor Trygve Winther gehabt. Er war weit über die Uni hinaus für seine messerscharfen Antworten bekannt. Winthers Blick drang bis in die Seele seiner Opfer, fand die Schwachpunkte und brachte sie an die Oberfläche. Ganz egal, wie viele Leute zuhörten.

Ina glaubte gelesen zu haben, dass Winther einer wohlhabenden Akademikerfamilie aus Oslos noblem Westen entstammte, die seit Generationen die Philosophieprofessoren der Universitäten hervorbrachte.

Winther hatte in den 1950er Jahren an der Sorbonne studiert und in den 70ern Karriere als Psychologe in Norwegen gemacht, bevor er sich der Forschung und der Arbeit mit den Studenten gewidmet hatte.

Privat war er, wie Ina wusste, geschieden. Er hatte sich im Studium in eine französische Kommilitonin verliebt, die er bei seiner Rückkehr nach Norwegen im Gepäck gehabt hatte – samt ihrer ungeborenen Tochter. Elsa war kurz darauf zur Welt gekommen, aber die Ehe war nur wenige Jahre später in die Brüche gegangen.

Frau und Tochter hatten ihn verlassen und waren in ein Reihenhaus oben in Kringsjå gezogen.

Als Ina im Examen Winther als Professor zugeteilt bekam, hatte sie ernsthaft erwogen, ein Jahr auszusetzen. Sie wollte nicht, dass ihr dieser Snob das mühsam aufgebaute Selbstvertrauen nahm.

Aber als sie ihn näher kennenlernte, wurde ihr bewusst, dass dieser Mann sogar liebenswert war. Er hatte Karsten, Jon und sie zu sich nach Hause zum Essen eingeladen und sich noch lange nach dem Abschluss um sie gekümmert. Mehr konnte man von einem Professor wirklich nicht erwarten.

Als Winther emeritiert wurde, hatte er sie erneut überrascht. Er traf sich von einem auf den anderen Tag kaum noch mit Freunden oder Verwandten und widmete sich stattdessen ganz der IT und den sozialen Medien. Langsam, aber sicher wurde er zu einem Technologienerd. Es war Winthers Verdienst, dass aus Ina eine Mac-Enthusiastin geworden war. Sie besaß einen iMac und war sehr zufrieden damit. Winther hatte sie überdies dazu gebracht, ein Programm zu nutzen, mit dem sie mehrere soziale Medien auf einer Plattform verknüpfen konnte. Sie hatte ihre Twitter-, Facebook- und GooglePlus-Konten synchronisiert, so dass ihre Posts in allen Medien angezeigt wurden.

Winther hatte auch versucht, sie von der Internettelefonie per Skype zu überzeugen, doch das lag ihr nicht. Sie bevorzugte die einfache Chatfunktion mit Profilbild und Text.

Winthers Profilbild war Harry Houdini, Inas Tjorven von Saltkrokan.

Ab einem gewissen Punkt hatte sie mit Winther allerdings nicht mehr Schritt halten können. Ihre Kommunikation war inzwischen bei einem Minimum angelangt. So lag ihr letzter Chat jetzt bereits Monate zurück.

Ina Grieg: Bist du da?

Zehn Sekunden vergingen. Dann:

Trygve Winther: Wo sonst?
I: Noch immer dieser trockene Humor?
T: Hinter den Ohren noch nicht ganz trocken, im Gegensatz zu gewissen anderen.

I: Verstanden. Was ist los?

T: Der Mord im Maridalen. Das ist derselbe Mann.

I: Nach dem Mord an Karsten hast du gesagt, es gäbe keine Serienmörder.

T: Nur höchst selten. *Hier bei uns im Norden. In der modernen Zeit.*

I: Gab es hier bei uns denn nie Serienmörder?

T: Doch, früher schon. John Ausonius, den »Lasermann«, in Schweden.

I: Und in Norwegen?

T: Arnfinn Nesset. Mehr nicht.

I: Und jetzt ist doch einer aufgetaucht?

T: Korrektur: Serien*täter* gibt es auch hier bei uns.

I: Und was zeichnet die in der Regel aus?

T: Sexuell gestörte oder von Drogen gesteuerte *Männer*.

I: Und warum gibt es keine Serienmörder?

T: Kein Mensch will tief in seinem Inneren ein Monster sein.

I: Und was ist dieses Mal anders?

T: Das Opferritual.

I: Und das heißt?

T: Er stellt das Opfer aus und zeigt auf diese Weise, dass es den Tod verdient hat.

I: Ein Rachemotiv?

T: Vermutlich. Außerdem: Das Ritual der Opferung ist auch bei Karsten wichtig.

I: Apropos Karsten. Erinnerst du dich an den Namen in seinem Notizbuch?

T: General?

I: Der Name ist auch hier aufgetaucht.

T: In welchem Zusammenhang?

I: In einem Brief an Heggvik.

T: Heggvik?

I: Das Opfer im Maridalen. Ottar Heggvik.
T: Was war das für ein Typ?
I: Ein ziemlicher Einsiedler und Hi-Fi-Freak.
T: Es wird doch wohl kein Patient von Karsten sein?

Ina erstarrte.

Natürlich hatten sie schon nach dem Mord an Karsten darüber nachgedacht, dass der Täter ein Patient von ihm sein könnte. Aber die Patientenlisten hatten ihnen nicht den kleinsten Anhaltspunkt gegeben. Zudem erschwerte die Schweigepflicht ein tieferes Eindringen in die Materie. Die erste Seite seines Patientenjournals war seltsamerweise leer gewesen, eines der größten Rätsel in dem Fall. Hatte Karsten selbst die Seiten entfernt, um etwas zu verbergen, oder war es jemand anders gewesen?

Zum Beispiel der Täter?

I: Das überprüfe ich.
T: Tatort?
I: Eine alte Kirchenruine im Maridalen. Aus dem Mittelalter.
T: Hakadal-Kirche?
I: Ein religiös motivierter Täter?
T: Nicht notwendigerweise.
I: Jemand, der zeigen will, wie gut er ist.
T: Schon eher. Der Mörder kann die Tat schon lange geplant haben.
I: Und wie lautet seine Botschaft?
T: Etwa so: Dieser Mensch verdiente es, zu sterben. Gott wird es verstehen. Gott wird vergeben.
I: Interpretierst du da jetzt nicht zu viel hinein?
T: Gesehen und verstanden zu werden = der eigentliche Wunsch des Täters. Das Motiv treibt ihn an.

I: Treibt es ihn so weit, dass er einen Mord begeht?
T: So ist es.
I: Glaubst du, Karsten hatte Leichen im Keller?
T: Was weißt *du* über Karstens Vergangenheit?

Ina begann, ihre Erinnerungen zu durchforsten. Hatte Karsten ihr jemals etwas erzählt, je irgendwelche Andeutungen gemacht? Eigentlich wusste sie, dass da nichts zu finden war. Karsten hatte nie über Privates geredet und schon gar nicht über seine Vergangenheit. Das war ja gerade der Grund gewesen, weshalb Ina sich auf eine Beziehung mit ihm eingelassen hatte.

Sie wandte sich wieder dem Bildschirm zu und schrieb:

I: Nichts. Aber der Täter, was ist das für ein Typ? Was meinst du?
T: Jemand, der sich ungerecht behandelt fühlt.
I: Warum?
T: Jemand hat in Bezug auf ihn eine Grenze überschritten. Karsten und …
I: Ottar Heggvik.
T: Ja, irgendetwas verbindet die beiden. Beide Opfer haben dem General irgendwann unrecht getan.
I: Aber wie?
T: Genau das musst du herausfinden. Du musst dich in den Täter hineinversetzen.
I: Das ist leichter gesagt als getan.
T: Konzentriere dich auf das Motiv.
I: Und wie kann das aussehen?
T: Wir wissen, dass irgendwann etwas mit dem Täter passiert sein muss.
I: Aber was? WAS? Sexuelle Nötigung? Mobbing? Demü-

tigung? Irgendeine Bagatelle, die mit der Zeit riesengroß geworden ist?

T: Du hast mit dem Puzzle gerade erst begonnen, Ina. Du musst Geduld haben.

I: Aber uns fehlen die Puzzlesteine.

T: Nicht ganz. Beginn mit den mentalen Steinchen, dem *Motiv*. Wenn du das findest, wartet der General hinter der nächsten Ecke.

5

Hakadal-Kirche, 5. Dezember 2005

Karsten Scheel stand im Nebel und atmete tief durch. Das Thermometer zeigte gerade noch fünf Grad, und die Feuchtigkeit schlug sich auf der Kapuze seiner Regenjacke nieder. Sein Herz klopfte wild. Er war nervös, viel nervöser, als er erwartet hatte, fast wie *damals*, vor all den Jahren.

Wieder tauchten die beiden Schlüsselworte seines Daseins auf:

Reue und Vergebung. Im Grunde war das alles, worauf wir hoffen konnten. Eine Spur Menschlichkeit – in uns selbst und in denen, die uns begegneten.

Scheel versuchte, ruhig zu atmen und sich auf das zu konzentrieren, was ihn erwartete.

Vor ihm lag die Lindenallee, die zur Hakadal-Kirche führte. Die Silhouette der Kirchturmspitze war bereits im Nebel auszumachen, das Gebäude hingegen verschwand vollständig in der blassgrauen Umgebung. Die Zweige der Linden standen still. Große braune Blätter faulten am Boden vor sich hin. Die mächtigen Bäume sahen aus wie traurige Riesen, eingehüllt in Nebelgewänder.

Er entfaltete den maschinengeschriebenen Brief. Las die wenigen Sätze noch einmal, während die winzigen Tröpfchen leicht auf das Blatt fielen:

Scheel. Jetzt sind nur noch du und ich und die Pinzette übrig. Jemand hat es herausgefunden. Wir müssen uns auf neutralem Boden treffen und besprechen, wie es weitergeht. Komm am 5. Dezember um 16.00 Uhr in die Hakadal-Kirche.
General

Schon beim Datum lief es ihm kalt den Rücken hinunter. Die Furcht lähmte ihn, und immer wieder sah er dasselbe Bild: das zerstörte Gesicht des Jungen, der vor ihm am Boden lag.

Der Schlagring, der immer wieder nach unten sauste …

Karsten Scheel atmete tief durch.

Die Reue würde ihn sein Leben lang begleiten. Wie auch die Furcht. Wenn es in seinem Leben zwei treue Gefährten gab, dann die Angst und das schlechte Gewissen. Aber er hatte mit ihnen zu leben gelernt, als krallten sich beständig zwei kleine Äffchen in seine Schultern. Durch den Brief des Generals und erst recht durch das bevorstehende persönliche Treffen waren die beiden Gefühle wieder intensiver geworden.

Scheel sah seinen Atem vor sich. Er quoll ihm in kleinen Wölkchen aus dem Mund. Dahinter ragte der Turm der Kirche in die Höhe.

Der Kies knirschte unter seinen Schuhen, als er langsam die Allee entlangging. Mit jedem Schritt wurden die Konturen der Kirche schärfer. Die weißen senkrechten Holzplanken. Die roten Ziegel. Die rechteckigen Fenster.

Alles kam jetzt deutlich zum Vorschein.

Er wusste, dass die Hakadal-Kirche auch als Laurenskirche bezeichnet wurde, benannt nach St. Laurentius, dem Heiligen der Armen. Die Kirche war eine der ältesten in der ganzen Gemeinde, vermutlich im gesamten Landesteil. Schon seltsam, dass die Menschen seit Jahrhunderten hierherkamen, um Trost zu finden. Und um Opfer zu bringen.

Ein Schauer lief ihm über den Rücken.

Auch die Pinzette war ein Opfer. Wie die anderen in der Gruppe. Aber Pinzette war am übelsten dran gewesen. Er hatte ganz unten gestanden. Das Schlimmste aber war, dass Scheel Pinzette beinahe komplett vergessen hatte. Jetzt stand sein Gesicht wieder klar vor ihm. Die dunklen Haare. Der große, etwas verwachsen wirkende Körper. Ansonsten wusste er von Heggvik nur noch, wie unsäglich ängstlich er damals gewesen war.

Wie die anderen auch.

Scheel fragte sich, was Pinzette jetzt machte. Gehört hatte er von ihm glücklicherweise nichts. Er war das schwächste Mitglied der Gruppe, da waren sich alle einig.

Am Leben war er also noch.

Die Tür der Hakadal-Kirche ragte vor Karsten Scheel in die Höhe. Seltsam, dass der General ihn *hier* treffen wollte. Er hatte nie sonderlich religiös gewirkt.

Scheel drückte die Klinke hinunter. Die Tür war unverschlossen.

Kurz darauf stand er im Mittelgang der Kirche.

Vorn am Altar flackerten kleine Kerzen, die Teile des Altarraums erhellten. In der hintersten Reihe schlief ein Mann, den Kopf auf der Rückenlehne vor sich.

Scheel ging weiter. Sah sich vorsichtig um. Dann fiel sein Blick auf die Altartafel. Das Motiv von Jesus am

Kreuz wurde mit jedem Schritt, den er machte, deutlicher. Die Nägel in den Händen. Die Dornenkrone.

Karsten Scheel schüttelte sich. In der sakralen Umgebung fühlte er sich noch kleiner, noch ängstlicher. Er ließ seinen Blick durch das Kirchenschiff wandern. Der General war noch nicht zu sehen. Seltsam. Es war doch schon nach 16.00 Uhr.

Scheel kniete vor dem Altar nieder und griff zu einem Liederbuch, das in der Nähe lag. Er blätterte es durch und spürte mit einem Mal, wie unkontrolliert sein Herz schlug. Er versuchte, ruhig zu atmen, sich zu beruhigen.

Genau in diesem Moment klopfte ihm jemand auf die Schulter.

Scheel zuckte zusammen.

Der Mann aus der hintersten Reihe stand plötzlich direkt neben ihm. Er hatte eine Hand ausgestreckt.

»Sorry, ich habe kein Geld dabei«, sagte Scheel.

Er hoffte, dass der Kerl bald ging. Was machte ein Bettler überhaupt an einem solchen Ort? Aber der Mann blieb stehen. Scheel konnte das Gesicht des Mannes nicht erkennen, er sah nur graue Bartstoppeln im Innern der roten Anorakkapuze. Langsam hob der Mann die Hand. Sein Zeigefinger deutete auf eine Tür hinter der Altartafel.

»Ich soll *da* hingehen?«, fragte Scheel.

Der Mann in dem roten Anorak nickte.

Scheel stand auf. Er wagte es nicht, sich dieser Aufforderung zu widersetzen. Der Dielenboden knarrte unter seinen Füßen, als er am Altar vorbeiging. Der Mann hinter ihm glitt scheinbar lautlos über den Boden, und erneut lief Scheel ein Schauer über den Rücken. Er drehte sich noch einmal um und versuchte, das Gesicht in der Kapuze zu erkennen.

»Bist *du* das, General?«

Die Gestalt hob die Hand. Weiter, sagte der Finger.

Scheel betrat die Sakristei, wo die sakrale Stimmung des großen Kirchenschiffs von einer beklemmenden Dunkelheit abgelöst wurde. Finger bohrten sich in seinen Oberarm und zogen ihn weiter.

Scheel nahm eine offene Luke im Boden wahr.

»Ist das denn nötig?«

Die Finger umklammerten ihn gnadenlos. Als er über die schmale Treppe nach unten in den Keller stieg, begann sein Herz wie wild zu hämmern. Die Augen des Mannes brannten in seinem Nacken. Was war er für ein Idiot, dass er das alles mitmachte, sich nicht zur Wehr setzte. Er ließ alles geschehen, fast wie *damals*.

Scheel zog den Kopf ein, als er den Kellergang erreichte. Raue Kälte schlug ihm von den Wänden entgegen. Er bemerkte einen Lichtschein ein Stück entfernt hinter einer Ecke. Das flackernde Licht einer Kerze warf Schatten an die Wand.

Er ging langsam weiter, Schritt für Schritt, bis er um die Ecke kam.

Der Anblick überraschte ihn. Vor ihm lag ein winzig kleiner Kirchenraum.

Das muss die ursprüngliche, mittelalterliche Hakadal-Kirche sein, dachte Scheel. Eine Krypta aus Stein. Auf der gegenüberliegenden Seite erkannte er eine Altartafel. Rechts und links daneben brannte je eine dicke Kerze. Sie warfen ihr Licht auf ein Foto, das an der Altartafel lehnte.

Scheel blieb stehen.

Und spürte im gleichen Augenblick einen Stoß im Rücken.

Er trat einen Schritt vor. Und noch einen. Erst jetzt sah er, was auf dem Foto war.

Ein Zucken ging durch Scheel, als er das Gesicht des Jungen erkannte. Die Hand grub sich in seinen Oberarm.

Eine Wahnsinnskraft steckte in diesen Fingern. Viel zu lange eingekapselte Wut. Schmerzen schossen durch Scheels Körper. Im nächsten Moment blitzte die Klinge eines Messers auf, und Licht fiel ins Innere der Kapuze. Karsten Scheel verstand. Er wusste, wer vor ihm stand und ihm das Messer in die Brust rammte. Ein letztes Mal erfassten ihn Wogen der Reue.

Aber die Vergebung blieb aus.

Nur Reue und Rache gab es an diesem Nachmittag.

2. Tag
Dienstag, 7. Dezember 2010

1

Grønland-Polizeistation, morgens um 9.00 Uhr: Inger-Lise Lie stand auf dem Podium des kleinen Auditoriums am Rednerpult. Ina studierte sie. Im Gegensatz zum vergangenen Tag trug Lie heute Uniform, so dass die natürliche Autorität, die sie ausstrahlte, noch verstärkt wurde.

Ina fühlte sich an einen Hühnerhabicht erinnert, wie den, den sie immer in Lyngså in Nordost-Jütland gesehen hatte, wo ihre Familie früher häufig Ferien gemacht hatte. Wenn sie abends an den Strand gegangen waren, um den Sonnenuntergang zu beobachten, stand immer ein Habicht über ihnen in der Luft. Zehn Meter über der Stelle, an der die Vegetation den Sand der Dünen durchbrach. Mit schlagenden Flügeln, aber vollkommen ruhigem Körper, schwebte er in der Luft, den Blick fest auf den Boden gerichtet, um kein Beutetier zu übersehen, sei es eine Maus oder ein Insekt.

Inger-Lise Lie lauerte exakt wie dieser Habicht dort oben. Ihr Oberkörper war leicht vorgebeugt und vollkommen ruhig, ohne dass es sie anzustrengen schien. Sie hatte die Kontrolle über die sechs oder sieben Polizisten, die in einem Halbkreis vor ihr saßen. Und sie wusste das.

Die Ermittlungsleiterin tippte auf das Mikrophon.

»Willkommen zur Morgenbesprechung. Ein kurzer Hinweis: Ich habe zur heutigen Sitzung auch die Polizeidienststellenleiterin Hege Rimbereid aus Nittedal und die Psychologin Ina Grieg eingeladen. Der Mord im Maridalen hatte große Ähnlichkeit mit dem Hakadal-Mord im Jahr 2005, so dass wir von ihrer Erfahrung profitieren können. Aber nun zur Sache …«

Lie drückte auf die Fernbedienung. Ein Bild erschien vorn auf der Leinwand.

Das Mordopfer. Ottar Heggvik (1958–2010)

»Kurz zu den bekannten Fakten«, sagte Lie. »Ottar Heggvik wurde 1958 in Vik im Distrikt Sogn og Fjordane geboren. Er wurde also 52 Jahre alt. Außerdem wissen wir über ihn, dass er Single und kinderlos war und ein ausgeprägtes Interesse an Hi-Fi-Anlagen hatte. Er war ein richtiger Nerd, ein Einsiedler.«

»Haben Sie sich seine Kindheit vorgenommen?«, fragte Ina.

Ihre Stimme zitterte hörbar, aber das war dann eben so. Sie hatte sich vorgenommen, sich nicht zu verstecken. Sie musste einen guten Eindruck machen, um ihren Platz im Ermittlerteam zu behalten.

»Da haben wir unsere Psychologin«, sagte Lie. »Unsere Kollegen in Sogn og Fjordane fahren heute nach Vik. Aber ehrlich gesagt zweifle ich daran, dass wir da etwas finden. Wie war das mit Ihrem Mann, Karsten Scheel? Er ist nicht zufällig dort oben aufgewachsen?«

»Nein, in Asker.«

»Hat Scheel Familie hinterlassen?«

»Ja«, antwortete Rimbereid. »Einen Sohn Anfang zwanzig. Seine Frau ist vor ein paar Jahren gestorben.«

»Der Sohn wohnt noch immer im Elternhaus in Asker«, ergänzte Ina. »Er ist, soweit ich weiß, unverheiratet. Ich habe versucht, Kontakt zu ihm aufzunehmen, aber ohne Erfolg.«

»Was leiten Sie sonst noch aus dem Ritualaspekt ab?«, fragte Lie.

»Das Ganze ist sehr speziell«, sagte Ina. »Die Opfersituation ist in beiden Fällen ähnlich. Die Wahl des Tatorts, heute wie damals symbolträchtige Kirchen, deutet darauf hin, dass der Mörder eine Botschaft an Gott und die Welt hat: Die Opfer haben ihre Leiden verdient.«

»Ich erinnere mich an einen anderen Mord in einer Kirche«, warf Rimbereid ein. »Oben in Alstahaug. Irgendwann in den 80ern. Ein übler Ritualmord, der auch nie aufgeklärt wurde.«

»Ja, ich kann mich auch daran erinnern«, sagte Lie, »aber das ist dreißig Jahre her, wir sollten jetzt weitergehen.«

Lie drückte auf die Fernbedienung. Auf der Leinwand erschien der geheimnisvolle Satz:

Die Liebe, ist sie Beileid?
General.

Lie schaute fragend ins Auditorium.

»Hat irgendwer eine Idee, was das bedeuten könnte?«

Niemand antwortete.

Ina glaubte, die Andeutung eines Lächelns auf Lies

Lippen zu erkennen. Mein Gott, wie dieser Habicht es liebte, dort oben zu stehen und sich in allen Blicken zu spiegeln. Aber Ina musste Lie zugestehen, dass sie wirklich Autorität ausstrahlte.

Sie würde eine exzellente Diktatorin abgeben.

Lie drückte ein weiteres Mal auf die Fernbedienung.

»Und dann gibt es noch das hier«, sagte sie. »Das haben wir in Ottar Heggviks Tasche gefunden.«

Auf der Leinwand erschien ein Gegenstand.

Ina dachte, dass es aussah wie ein Stern.

»Das ist ein Hexagramm, ein Stern mit sechs Zacken«, sagte Lie. »Das ist wirklich interessant, denn bei dem Opfer in Nittedal wurde ein Pentagramm gefunden – ein Stern mit fünf Zacken.«

Ina spürte das Adrenalin in ihre Adern schießen. Sie wollte gerade das Wort ergreifen, als Rimbereid ihr zuvorkam.

»Was soll das? Haben Sie uns diese Information bewusst vorenthalten?«

Eine leichte Verunsicherung huschte über Lies Gesicht, sie schien für einen kurzen Moment zu schwanken, ehe sie wieder die Kontrolle gewann und Rimbereid in die Augen sah.

»Ich glaube, mein Vorgänger hat sich nicht gern in die Karten schauen lassen. Solche pikanten Details haben eine gewisse Tendenz, auf Abwege zu geraten. Ich bevorzuge eine etwas offenere Linie. Aber um das einmal ganz klar zum Ausdruck zu bringen: Alles, was hier im Raum gesagt wird, bleibt auch hier. Verstanden?«

»Warum haben wir das nicht erfahren?«, hakte Rimbereid nach. »So etwas ist doch absolut essentiell für die Ermittlungen.«

Lie beugte den Oberkörper vor.

»Entschuldigen Sie, aber über die Beweggründe meines Vorgängers kann ich nichts sagen.«

»*Ich* erinnere mich sehr gut an Ihren Vorgänger«, sagte Rimbereid. »Er war ein Chaot.«

Inger-Lise Lie musterte Rimbereid schweigend. Fünf Sekunden lang. Alle Kommissare starrten zu Boden. Ina fluchte innerlich. Wenn Rimbereid jetzt nur nicht alles kaputtmachte.

»Wenn ich Sie wäre, würde ich mich ein bisschen diplomatischer ausdrücken«, sagte Lie schließlich.

Ina merkte, wie Rimbereid tief einatmete, und beeilte sich, die Situation zu entschärfen.

»Ohne die gestrige Tat hätten wir die Verbindung wohl kaum erkannt.«

Rimbereid machte ein überraschtes Gesicht und warf Ina dann einen beleidigten Blick zu.

»Stimmt«, sagte Lie, deren Brustkorb sich wieder beruhigte. »Gibt es noch Fragen?«

»Wurde die Mordwaffe gefunden?«, fragte einer der Kommissare.

»Nein«, antwortete Lie. »Aber es handelt sich um eine Stichwaffe, vermutlich ein Messer mit einer langen, dünnen Klinge. Das Opfer hatte siebzehn Stiche in der Brustgegend.«

»Andere Spuren?«, fragte Rimbereid. »Fingerabdrücke? DNA?«

»Nein.«

Es wurde still im Auditorium.

»Aber, na ja.« Lie räusperte sich. »Es ist wohl anzunehmen, dass wir es mit einem Serientäter zu tun haben. Wer sich an den Hakadal-Mord erinnert, der weiß, wie die Zeitungen das ausschlachten werden. Sie werden wieder Amok laufen und uns das Leben schwermachen. Die Medien können aber auch eine Hilfe sein.«

Ein leises Murmeln breitete sich im Raum aus.

»Ja, ich weiß«, sagte Lie. »Das wird anstrengend werden. Ich will nur sagen, dass die Presse manchmal wichtige Tipps von den Lesern bekommt. Viele Leute haben ja eine innere Hemmung, sich an die Polizei zu wenden.«

Lie schaltete den PC aus, und das Licht im Auditorium ging an.

»Gut«, sagte sie. »Gehen wir an die Arbeit.«

2

Ina stellte die Elektroheizung von Clas Ohlson auf die unterste Treppenstufe, lief nach oben, klingelte und ging dann wieder zwei Stufen nach unten. Dort blieb sie stehen und schlang die Arme um sich, während sie ihren Blick ruhelos über die Häuser im Toftdahls vei gleiten ließ.

Endlich war hinter der Tür etwas zu hören. Zwei Augen musterten sie skeptisch durch den Türspalt, und der Gestank von kaltem Rauch und Katzenpisse schlug ihr entgegen. Dann begann das umständliche Ritual mit den drei Sicherheitsschlössern oben und unten, bis ihr Vater schließlich vollständig sichtbar vor ihr stand: ein gebeugter 78-Jähriger in Jogginghose und grüner Strickjacke. Letztere war sein Markenzeichen, seit er pensioniert worden war. Ina fragte sich, ob er mehrere solcher Jacken besaß oder ob das noch immer dieselbe war.

Ein Schauer lief ihr über den Rücken.

Ihr Vater verschwand, ohne ein Wort zu sagen, im Haus. Ina hörte ihn irgendwo husten. Ihr Vater rauchte zwei Schachteln Zigaretten pro Tag, seit er fünfzehn war, so dass die Tatsache, dass er noch lebte, an ein Wunder grenzte. Aber vielleicht lag das ja in den Genen der Familie Grieg, dachte Ina oft. Vielleicht hatten sie ja ein dominantes Nikotin-Gen. Vater und Tochter frönten dieser Last jedenfalls gleichermaßen ungehemmt und systematisch.

»Ich habe dir die Heizung mitgebracht«, rief Ina und nahm den Karton mit rein.

»Ich seh's«, murmelte ihr Vater irgendwo im Haus. »Ich habe dich nicht darum gebeten. Die Strompreise sind total verrückt.«

»Du wirst dir noch eine Lungenentzündung holen.«

»Ich tue, was ich kann«, sagte der Vater. »Habe ich immer getan. Auch wenn das nicht immer einfach war.«

Nein, verdammt wenige Sachen waren einfach in dieser Familie, dachte Ina. Aber das komplizierteste Kapitel von allen war ihr Vater. Mit Riesenabstand. Der Major a.D. hatte beinahe unerfüllbare Ansprüche an sich selbst und seine Mitmenschen. Während ihrer ganzen Jugend hatte Ina ihrem Vater Bericht erstatten müssen: Hausaufgaben gemacht? Zimmer aufgeräumt? Langlauf- und Ringertraining absolviert? Andere Hobbys hatte sie in ihrer Jugend nicht gehabt.

Aber zufriedenstellen konnte sie ihren Vater nie.

Das Schlimmste aber waren seine ständigen Andeutungen gewesen, wie seltsam und schwierig Ina war und dass sie es in diesem Leben wohl nie zu etwas bringen würde. Major Gunnar Grieg, der eigentlich Hanssen hieß, aber den Namen seines Lieblingskomponisten angenommen hatte, wünschte sich zeit seines Lebens eine strebsame, ambitiöse, angepasste Tochter. Mit den ersten beiden Eigenschaften konnte Ina durchaus aufwarten.

Aber Mainstream war sie nie gewesen.

Aus der Sicht ihres Vaters war es die schlimmste Todsünde, aus der Herde auszubrechen. Man musste die großen Volksparteien wählen und seine Interessen nicht in den Randzonen verpulvern.

Ina hatte sich deshalb wie eine Saboteurin gefühlt, als sie mit vierzehn der Kommunistischen Jugend beigetreten war. Als wäre dieser Schock nicht schlimm genug für ihren Vater gewesen, hatte sie auch noch mit dem Kickboxen angefangen. Ihr Vater glaubte, dass sie sich dabei das letzte bisschen Grips aus ihrem Kopf herausprügeln lassen würde. Aber dazu kam es nicht, denn Ina war durch die harte Gunnar-Grieg-Schule gegangen und sehnte sich nur danach, bald das Handwerkszeug zu haben, um den alten Kauz auszuknocken.

Außerdem hatte er sich in einem Punkt geirrt, denn in der Schule war Ina von niemandem zu schlagen gewesen. Sie brachte fast in jedem Fach Bestnoten nach Hause, und in ihren Lieblingsfächern war sie richtiggehend brillant. Ab sofort sollte niemand sie mehr verprügeln, nur weil sie die Klügste war.

Allerdings fand sie unter diesen Bedingungen nur wenige Freunde.

Bewegte man sich am Rande der Gesellschaft, wurden die Leute um einen herum skeptisch, allen voran die eigene Familie.

Inas Jugend war ansonsten ein einziger Umzug gewesen. Die Mutter und Inas kleine Schwester Solveig waren dem Vater bei seiner wahnwitzigen und ziemlich verfehlten militärischen Karriere bedingungslos gefolgt. Von Garnison zu Garnison. Setermoen, Andøya, Kirkenes, Jørstadmoen. Trotzdem war ihr Vater auf der militärischen Karriereleiter nie besonders weit emporgeklettert. Obwohl es ihm an Ambitionen nicht gefehlt hatte. Ina glaubte die Gründe zu kennen.

Einer davon war, dass es Gunnar Grieg vollkommen an Empathie mangelte. Das hatte sie auch von Kollegen ihres Vaters zu hören bekommen. Grieg hatte viele Bekannte, aber kaum enge Freunde. Sein soziales Radar versagte häufiger, als dass es funktionierte.

Der zweite Grund hing damit zusammen. Ihr Vater gab – trotz seiner ethischen Ansprüche an andere – sehr viel auf Tratsch und Gerede und steuerte auch selbst reichlich dazu bei. Bis zu einem gewissen Grad mochte das ja in Ordnung sein. Aber wenn man zu viel über andere lästerte, wussten diejenigen, die gerade nicht an der Reihe waren, dass auch sie bald ein Opfer des Tratsches werden würden.

So schaffte man sich Feinde.

Inas Vater besaß ein seltsames Talent dafür, alles mitzubekommen, was in seinem Radius passierte. Zumindest war das bis zu seiner Pensionierung so gewesen. Danach war er verbittert geworden und hatte sich ganz in seine Blase im Toftdahls vei zurückgezogen.

Ina schob den Karton mit der Elektroheizung vor sich her ins Wohnzimmer. Das Thermometer an der Wand zeigte 15,7 Grad.

»Ich setz jetzt aber keinen Kaffee auf«, sagte ihr Vater, bevor er nebenan in der Küche wieder zu husten anfing.

Dann räusperte er sich und spuckte aus.

»Macht nichts«, rief Ina.

Der Kopf des Vaters tauchte in der Türöffnung auf.

»Jetzt komm schon her mit dem Ofen, wenn dir das Ding so wichtig ist.«

»Draußen herrscht Rekordkälte, Vater, und hier drinnen ist es auch nicht gerade warm.«

»Man muss sich nur richtig anziehen«, sagte ihr Vater und steckte sich eine Zigarette an.

Ina kämpfte mit der Verpackung der kleinen Heizung.

»Hast du ein Tapetenmesser?«

Der Vater deutete auf den Werkzeugschrank im Flur. Ina ging schnell nach draußen und wurde wieder vom Gestank der Katzenpisse überwältigt.

»Mein Gott! Du musst wirklich sehen, dass du diese Katze loswirst!«, rief sie.

»Der ist stubenrein!«, rief ihr Vater zurück. »Außerdem kommt außer dir ja niemand zu Besuch.«

Ach ja?, dachte Ina wütend. Dann entdeckte sie das Katzenklo unter dem Waschbecken im Bad. Es war randvoll mit Kot. Sie ging ins Bad, nahm den blauen Plastikbehälter und lief ohne zu atmen nach draußen in die Kälte, wo sie alles in den Straßengraben kippte.

Im gleichen Moment vibrierte es in ihrer Tasche. Mit dem Katzenklo in einer Hand holte sie das Handy heraus und warf einen Blick auf das Display.

»Kommst du?« Eine Nachricht von Tore.

»10 min«, tippte sie.

Wieder zurück im Bad, stellte sie die Plastikwanne ins Waschbecken, kippte das erstbeste Reinigungsmittel hinein, Neutralseife, und ließ das warme Wasser laufen. Danach wusch Ina sich gründlich die Hände.

Ihr Vater saß im Stressless-Sessel im Wohnzimmer und rauchte, die Katze lag zusammengerollt auf seinem Schoß. Ina schob die Heizung in den Raum. Aus den Augenwinkeln sah sie, dass ihr Vater jeden ihrer Schritte beobachtete.

»Du willst mich doch nur im Altersheim haben«, sagte er plötzlich.

»Was?«

»Ich sehe es dir an. Du verheimlichst mir doch was.«

»Wo du das schon ansprichst, sag mal ehrlich: Wann hast du das letzte Mal jemanden besucht?«

»Warum sollte ich denn jemanden besuchen? Du bist doch wohl auch nicht gerade das große soziale Genie, oder?«

»Du gehst hier drinnen doch langsam kaputt.«

»Und du? Hast du in letzter Zeit mal wieder jemanden über die Klinge springen lassen?«

Der Kommentar traf Ina wie ein Schlag. Sofort wurde sie von Wut und Verzweiflung gepackt. Das war wieder mal typisch. Ihr Vater ließ keine Chance aus, ihr ein Messer zwischen die Rippen zu stoßen.

Der Kommentar zielte auf die große Tragödie der Familie ab, als sich Inas kleine Schwester, Solveig, das Leben genommen hatte.

Mit nur sechzehn Jahren.

Solveig war damals schon viele Jahre in diversen psychiatrischen Kliniken gewesen. Trotzdem kam ihr Selbstmord für die Familie völlig überraschend. Ihre Mutter wurde nie wieder dieselbe. Sie schwebte wie ein Geist durchs Leben, bis der Krebs sie zehn Jahre später holte.

Auch Ina hatte all das den Boden unter den Füßen weggezogen.

Manchmal fragte sie sich, ob ihre Berufswahl ein trauriger Versuch der Eigentherapie war. Schließlich war es ihr nicht gelungen, den Menschen zu retten, der ihr am nächsten stand. Jetzt beglich sie diese Schuld, indem sie andere Menschen zusammenzuflicken versuchte.

Sollte sie sich einmal keine Vorwürfe wegen Solveigs Tod machen, würde ihr Vater sie schon daran erinnern. Der Grund dafür war ein kleiner und in Inas Augen unschuldiger Vorfall. Gemeinsam mit einer Freundin hatte sie ihre kleine Schwester im Badezimmer eingesperrt und ihr Fragen über Sex gestellt. Verdammt, sie waren damals Teenager gewesen. Solveig war zwölf und Ina drei Jahre älter. Sie erinnerte sich daran, dass Solveig irgendwann einen Anfall von Klaustrophobie bekommen und wie eine Verrückte gegen die Tür gehämmert hatte.

Sie hatten selbst Panik bekommen und sofort die Tür geöffnet.

Solveig hatte sich anschließend direkt in die Arme ihres Vaters geworfen, und Ina wurde mit einer Woche Hausarrest bestraft. Aber damit war die Strafe noch lange nicht zu Ende. Als ihre Schwester ein Jahr später zusammenbrach, gab der Vater Ina die Schuld. Er betrachtete die Episode im Bad als einen Katalysator für Solveigs Probleme. Bis heute behauptete er, dass sie noch leben könnte, hätte Ina sie nicht in die Krise getrieben.

Dabei konnte seine knallharte Erziehung ebenso gut die Ursache für Solveigs Probleme gewesen sein.

Ina schloss die Augen. Die Frage nach der Schuld würde sie ebenso wenig loswerden wie ihr schlechtes Gewissen. Sie verfluchte ihren Vater und schob die Heizung neben den Fernseher. Dort steckte sie den Stecker in die Steckdose.

Ihr Vater musterte sie eiskalt.

»Du bist mir noch eine Antwort schuldig.«

»Ich habe keine Lust, mit dir zu streiten.«

Ina blieb neben der Heizung stehen und strich mit den Fingern über die raue Oberseite. Das Metall war kalt.

»Du willst also nicht zu uns zu Besuch kommen?«, fragte sie. »*Das alles* ist lange her.«

Der Vater gab ein Brummen von sich.

»Ich glaube nicht, dass ich willkommen wäre.«

»Mein Gott, Vater.«

»Außerdem sind deine Schwiegereltern scheinheilige Arschlöcher«, sagte ihr Vater. »Und Amund würde doch nur wieder was kochen, was in keinem Kochbuch steht.«

»Du könntest deine Enkelinnen besuchen.«

»Du hast doch selbst gesagt, dass es draußen kalt ist. Rekordkälte.«

Ina schloss die Augen und zählte bis zehn.

»Guro und Eline fragen immer wieder nach dir«, sagte sie.

Da.

Ein leichtes Zucken ging über das Gesicht des mürrischen Alten. Ein Anflug von etwas Mildem, das aber gleich wieder verschwand.

»Das ist nicht der Grund«, sagte der Vater. »Aber jemand muss der Katze zu essen geben.«

Diese verfluchte Katze. Ina atmete schwer aus. Der Geruch von verbranntem Staub verbreitete sich im Raum.

»Jetzt wird es gleich wärmer«, sagte sie. »Ich muss los, Vater. Ich habe noch einen wichtigen Termin.«

»Ja, ja, aufs Abhauen hast du dich immer verstanden«, sagte er. »Das kann man dir nicht nehmen.«

3

Wie schrecklich heruntergekommen die Stadtviertel Bryn und Alna waren, dachte Ina, als sie in Höhe des Café Olsen nach rechts abbog. Der gute alte Toyota tauchte in den Schatten des Berghangs ein und folgte dem Jernbanevegen, der seinen Namen alsbald in Smalvollveien änderte, um größere Ausfallstraßen anzupeilen: die E6 und den Riksveg 4. Vor ihr lag die mit Abstand übelste Ecke Oslos, ein finsteres Gewerbegebiet mit zahllosen Containern, Autowerkstätten, Gokartbahnen, Schrottplätzen und baufälligen Fabrikgebäuden, vor denen Autowracks standen.

Hier wollte Tore sie treffen? Sie wusste, dass er sich für Motorräder interessierte, aber diese Gegend war nun wirklich nicht sein Stil. Warum traf er sie nicht in einem Café im Zentrum?

Endlich sah sie ein Schild mit der Leuchtschrift »Alna Autolackiererei«.

Ina bog in die Einfahrt ein, parkte den Wagen und stieg aus. Es roch nach frischer Farbe. Neben ihrem Toyota stand ein alter Opel, an dessen Karosserie Flammen emporleckten. Ina schüttelte sich und ging auf die große Werkstatthalle zu, als eine Hand auf ihrer Schulter landete.

»Schön, dass du kommen konntest.«

Ina drehte sich um.

Tore überragte sie. Er trug eine MC-Jacke und eine Sturmhaube und deutete wortlos in Richtung der Halle.

Ina machte zögernd einen Schritt, dann noch einen und schließlich einen dritten.

Der Gestank der Lösungsmittel stach ihr immer mehr in die Nase, und auch der Lärm nahm zu. Das Brummen von Maschinen. Metallisches Klopfen. Die Arbeiter in der Halle – allesamt Pakistani – hatten sie bemerkt und beobachteten sie misstrauisch. Aber sie schienen Tore zu kennen und akzeptierten seine Anwesenheit in der Halle.

Nach ein paar Metern blieb Tore stehen und nahm die Haube ab.

»So was«, sagte Ina, »eine Autolackiererei? Ziemlich romantisch.«

»Den Trick habe ich mal in einem Film gesehen.«

»Wovon redest du?«

»Geheime Treffen in großen, offenen Werkstätten abzuhalten, in denen es wahnsinnig laut ist. Nur da kann man sich sicher sein, dass einen niemand hört. Auch Mikrophone funktionieren da nicht.«

»Glaubst du, dass ich dich abhöre?«, fragte Ina.

»Nein, aber ich wollte ganz sichergehen. Du weißt ja noch nicht, was ich dir zu sagen habe. Aber erst musst du mir hoch und heilig versprechen, meinen Namen nicht der Polizei zu nennen.«

»Mein Gott, Tore, worum geht es denn?«

Tore deutete mit dem Kopf ins Innere der Halle.

»Du hältst das bestimmt für irgendeine kleinkriminelle Bude, nicht wahr?«

Ina zuckte mit den Schultern.

»Ich kenne den Besitzer gut, er heißt Hassan«, sagte Tore. »Er ist im letzten Jahr zum *Gründer des Jahres* gekürt worden. Seine Firma setzt Jahr für Jahr mehr als zehn Millionen Kronen um.«

»Aha, aber du hast mich doch wohl nicht herbestellt, um mir das zu erzählen?«

Tore zögerte einen Augenblick, ehe er sich aufrichtete.

»Es gibt eine Menge Dinge, die du nicht über mich weißt, Ina. Oder besser gesagt, über meine Jugend. Ich habe ein paar wilde Sachen angestellt.«

»Wie meinst du das?«

»Das war lange, bevor wir uns getroffen haben. Ich war gerade achtzehn.«

Tore sah sie voller Ernst an.

»Und gestern, als du diesen Namen erwähnt hast ...«, sagte er, »hätte ich mir fast in die Hose gemacht.«

»Du hättest was? Moment – von welchem Namen reden wir?«

»Der Name von diesem Typen, der den Mann im Maridalen umgebracht haben soll.«

»General?«

Tore nickte.

»Genau. Ich habe nämlich mal jemanden getroffen, der sich so genannt hat. Das ist jetzt aber sicher ... mehr als zwanzig Jahre her. Vergessen werde ich das trotzdem nie. Niemals.«

»Was?«

Ein Lastwagen fuhr in die Halle und rauschte an ihnen vorbei in die große Werkstatt. Tore wartete, bis er weit weg war, und atmete tief durch.

»Ich war damals in so einer Schlägertruppe«, sagte er dann.

»Du?«

»Als ich achtzehn war, hatte ich schon ein paar Juniorentitel im Boxen. Irgendwann nach einem Boxkampf wurde ich von einem merkwürdigen Typen angesprochen. Einem kleinen, aufgetakelten Kerl. Später hat sich rausgestellt, dass er illegale Kämpfe organisierte. Er hatte Kontakte zu einem ziemlich zwielichtigen Milieu, unter anderem zu verschiedenen Rockergruppen.«

»Du warst an illegalen Kämpfen beteiligt?«

»Damit konnte man echt viel Geld verdienen, auch als Kämpfer.«

»Von was für einer Art Kampf reden wir hier eigentlich? Boxen? Kickboxen?«

»Keine Regeln. Die reinsten Gladiatorenkämpfe.«

»Du machst Witze. Hahnenkämpfe mit Menschen? Auf die andere Leute ihr Geld setzen?«

»Ja. Kämpfe mit den bloßen Fäusten, bis einer den anderen besiegt hat. Aber denk dran, das war, lange bevor Mixed Martial Arts populär wurde.«

»Und du hast bei so was mitgemacht?«

Tore nickte.

»Na ja, die wenigen Kämpfe, die ich gemacht habe, habe ich gewonnen. Aber glücklicherweise habe ich mich da rasch wieder verabschiedet. Und zwar nach einem ziemlich grausamen Vorfall.«

»Bei dem der General ins Spiel kam?«

»Genau. Damals kursierte nämlich in der Szene das Gerücht, dass es Jahre zuvor einen Boxer mit dem Namen General gegeben haben sollte. Dieser Mann muss ein extrem brutaler Fighter mit enormer Schlagkraft gewesen sein. Einen seiner Gegner soll er komplett zerlegt haben. Angeblich hat er noch lange, nachdem der Ringrichter den Kampf beendet hatte, auf ihn eingeschlagen. Danach durfte er natürlich nicht mehr kämpfen. Sein Gegner soll nur knapp überlebt haben.«

Ina stand der Mund offen, und sie spürte die Wut in sich brodeln.

»Du weißt, wer der General ist?«, rief sie laut. »Da wird einer meiner besten Freunde umgebracht, und du sagst mir erst fünf Jahre später, dass du den Mörder *kennst*?«

Tore hob abwehrend die Hand.

»Lass mich zu Ende erzählen. Nach dem Vorfall wurden Ermittlungen eingeleitet. Aber als die Polizei den Kerl vorladen wollte, war er wie vom Erdboden verschluckt. Es kam heraus, dass er einen falschen Namen angegeben hatte. Der General war verduftet. Es kursierte aber das Gerücht, dass er unter einem anderen Namen lebte, einen ganz normalen Job hatte und ein Doppelleben führte: tagsüber ganz gewöhnlicher Bürger und nachts ein Kämpfer in der Unterwelt.«

»Und dann?«

»Also, es sollte damals ein großes MC-Fest organisiert werden – von den Rockern. Einer der größten Clubs hatte Mitglieder aus ganz Europa eingeladen. Ich bekam das Angebot für einen richtig fetten Kampf, das Honorar sollte unheimlich hoch sein. Es standen mehrere Kämpfe auf dem Programm, und als ich hinter der Bühne war, sah ich die Namen auf einem Plakat. Ein Name stach mir gleich ins Auge.«

»General«, murmelte Ina.

»Genau. Er war die Hauptattraktion. Ich habe ihn nie persönlich getroffen. Er hatte, im Gegensatz zu den anderen Kämpfern, eine eigene Garderobe und war nie hinter der Bühne. Und: Er hatte eine Bedingung für den Kampf gestellt.«

»Was für eine?«

»Er wollte den Kampf maskiert führen. Mit einer Maske aus Gold.«

Ina bekam Gänsehaut.

»Was ist dann passiert?«, fragte sie.

»Ich war als einer der Ersten dran und habe meinen Kampf knapp gewonnen. Die Stimmung war wahnsinnig aufgeheizt. Die Rocker bekamen den ganzen Abend über freie Getränke, und es lief eine Stripshow nach der anderen. Aber diese Gladiatorenkämpfe waren das Highlight des Abends.«

»Und wer war der Gegner des Generals?«

»Ein Osteuropäer. Auch nicht gerade ein kleiner Kerl. Er wirkte größer und kräftiger als der General, so dass die meisten ihr Geld auf ihn gesetzt hatten. Alle dachten, der geheimnisvolle Kerl mit der goldenen Maske wäre ein Aufschneider, obwohl die Rocker eigentlich seine Vorgeschichte kannten. Der Kampf war für Mitternacht angesetzt.«

»Und?«

»Nach der allerersten Minute war der Kampf schon zu Ende. Der General hat den Kerl ausgeknockt. Sein Schlag war so hart, dass dem Gegner die Zähne aus dem Gesicht geflogen sind. Aber damit war das Ding noch nicht gelaufen. Der General hat immer weiter auf den Osteuropäer eingeschlagen, als der schon längst am Boden lag. Im Saal war es mucksmäuschenstill, aber auch das schien dem General nicht zu reichen. Er schlug und schlug und schlug ... Irgendwann konnte ich mir das nicht länger ansehen. Ich bin raus in die Nacht und habe geheult.

Ich habe bis heute keine Ahnung, was mit dem armen Kerl passiert ist. Ob er überlebt hat. Danach habe ich das alles zu verdrängen versucht, ich wollte nichts mehr davon hören. Aber außer der Brutalität dieses Mannes erinnere ich mich noch an etwas anderes, und das waren seine Augen hinter der goldenen Maske. Dieser intensive Blick, bevor der Kampf losging …«

»Wie sah der General aus?«

»Sein Gesicht habe ich, wie gesagt, nie gesehen.«

»Hatte er andere Merkmale?«

»Dunkle, kurze Haare, etwa 1,85 m groß. Ziemlich kräftig. Aber nicht übertrieben.«

»Du musst zur Polizei gehen und aussagen«, forderte Ina ihn auf.

Tore lachte nur.

»Wenn du die Methoden der Leute kennen würdest, die diese Kämpfe organisieren, würdest du auch lachen. Aber deshalb erzähle ich dir das ja. Du musst was daraus machen – aber meine Identität geheim halten. Das *musst* du mir versprechen, Ina.«

In dem Moment hupte der Lastwagen hinter ihnen. Ina zuckte zusammen, sprang zur Seite und ließ ihn vorbeifahren. Dann sah sie Tore in die Augen.

»Mir gefällt das ganz und gar nicht, aber okay«, sagte sie. »Was ist eigentlich mit dem Typen, der da gestern im Training war. Was hältst du von dem?«

Wieder sah Tore sie ernst an.

»Ich habe keine Ahnung, wer das war«, sagte er. »Aber diese zeitliche Überschneidung gefällt mir überhaupt nicht. Das ist eine verdammte Scheiße.«

4

Ina verfluchte die Dunkelheit, die mit jedem Tag früher herankroch. Ein Blick auf die Uhr sagte ihr, dass es bald 16.40 Uhr war. Sie rutschte unruhig auf dem Fahrersitz hin und her und öffnete ihren Mund, um den Kiefer zu entkrampfen, als wollte sie sichergehen, dass nach dem gestrigen Schlag alles an seinem Platz war. Ihr Zahnfleisch schmerzte noch immer. Das war im Augenblick allerdings ihre geringste Sorge. Der Kindergarten schloss um 17 Uhr, und sie hatte Amund hoch und heilig versprochen, heute die Kinder abzuholen. Aber der Verkehr in Richtung Groruddalen kam nur im Schneckentempo vorwärts, Abgaswolken quollen aus den Auspuffrohren jedes einzelnen Autos.

So würde sie niemals rechtzeitig ankommen.

Ina schlug mit der Faust auf das Lenkrad, bekam dadurch aber nur rote Fingerknöchel.

Hinter dem Kreisverkehr am Gjelleråsen löste sich der Verkehrsknoten wie von Geisterhand auf, und kurz darauf fuhr sie ungehindert durch den Hagan-Tunnel und gab auf dem Hadelandsveien richtig Gas.

Um 16.55 Uhr war sie am Solkroken-Kindergarten, der idyllisch inmitten eines ruhigen, gemäßigt noblen Wohnviertels lag, kaum mehr als fünfhundert Meter Luftlinie von ihrem Haus entfernt.

Ina knallte die Autotür zu.

Es war eiskalt, aber ihr fehlte die Zeit, um sich den Schal um den Hals zu wickeln. Einen Moment lang kämpfte sie mit dem Tor des Kindergartens, der Riegel klemmte wieder, dann hastete sie durch das Freigelände zum Haus.

Auf dem Weg zu Guros Gruppe sah sie Janne bereits die Tür abschließen. Die Kindergartenleiterin drehte sich um und sah Ina verwundert an.

»Ich bin doch noch rechtzeitig?«, fragte Ina außer Atem.

»Hat Amund die beiden denn nicht abgeholt?«, fragte Janne.

»Hm?«

»Gegen zwei, als sie draußen waren?«

»Die Kinder waren draußen, bei der Kälte? Es sind doch minus zwanzig Grad.«

»Heute Mittag waren es nur minus zwölf. Die werden verrückt, wenn die den ganzen Tag drinnen sind ...«

»Moment mal: Sind die beiden wirklich abgeholt worden?«

»Ich bin mir nicht sicher ... Ich war selber nicht da ...«

Sie sah die Angst in Jannes Blick aufflackern, und ihr wurde eiskalt.

O mein Gott.

Ina nahm ihr Handy und rief Amund an, der nach dem vierten Klingeln abnahm.

»Hast du die Kinder abgeholt, Amund?«

»Die Kinder? Aber du wolltest doch ... Ich hatte doch die ganze Zeit Dienst in der Schule ...«

»Sie sind nicht im Kindergarten.«

Sie sah kurz zu Janne hinüber, die sich die Hände vor den Mund hielt.

»Was sagst du da?«, fragte Amund.

»Die beiden sind nicht mehr im Kindergarten! Guro und Eline sind nicht da!«

Ina versuchte, klar zu denken. Aber die Angst lähmte sie vollständig.

»Warte, Amund«, sagte sie dann, wieder etwas ruhiger. »Ich muss mit Janne reden. Keine Panik. Ich ruf dich gleich wieder an.«

Sie drehte sich um.

Janne hielt sich noch immer die Hand vor den Mund.

»*Wer* hat die beiden abgeholt?«

»Ich weiß es nicht«, hauchte Janne. »Wir waren so beschäftigt damit, die Kinder warm anzuziehen. Einige durften dann schon raus …«

»Ohne Aufsicht?«

»Aber hier draußen kann doch nichts passieren … und sie haben so schön gespielt. Ella meinte, Amund gesehen zu haben.«

»Aber das *war* nicht Amund!«

»Guro und Eline waren am Klettergerüst vorne beim Tor. Und irgendwann waren sie dann nicht mehr da. Wir waren uns sicher, Ihr Mann hätte sie abgeholt …«

»Wer verdammt …?«, murmelte Ina.

In dem Augenblick spürte sie das Handy in ihrer Tasche vibrieren.

»Ja?«

»Ich habe mit Mama gesprochen. Sie und mein Vater waren auch nicht am Kindergarten. Sie wissen von nichts!«

»Aber wer kann das denn gewesen sein?«

Ina drehte sich wieder zu Janne um und ließ die Hand mit dem Handy sinken.

»Ich habe keine Ahnung«, flüsterte sie.

»Mein Gott ...«

Sie hielt sich das Handy wieder ans Ohr.

»Amund, ich rufe jetzt Hege Rimbereid an.«

»Ja, tu das«, sagte Amund. »Ich komme zu euch runter.«

Inas Herz hämmerte, und ihr Körper war ganz steif. Panisch sah sie in alle Richtungen, ehe sie Rimbereid anrief. Die Stimme, die aus ihrem Mund kam und sagte, dass ihre Kinder verschwunden, von einem Unbekannten entführt worden waren, erschien ihr vollkommen fremd.

»Immer mit der Ruhe«, hörte sie Rimbereid sagen. »Bestimmt gibt es eine ganz einfache Erklärung.«

Die Worte prallten an Ina ab.

Plötzlich war sie in dem Traum, in dem sie von Zimmer zu Zimmer irrte und ihre Kinder suchte. Guro und Eline waren nirgends zu finden.

Der Alptraum war real und fand hier und jetzt statt.

Verdammt, wie leicht es war, in einen Kindergarten zu spazieren, sich ein oder zwei Kinder zu schnappen und zu verschwinden, ehe jemand etwas bemerkte. Man konnte die Kleinen einfach in ein Auto stopfen und abhauen und war schon in Schweden, bevor sie überhaupt vermisst wurden.

Für einen Moment verspürte sie einen Wahnsinnsdrang, Janne die Faust mitten ins Gesicht zu schlagen. Aber ihre Füße liefen schon weg von Janne, weg von ihrem aufgelösten Gesicht. Sie war auf der Flucht aus dem Kindergarten, war bereit, wie in ihrem Traum immer neue Türen aufzutreten. Das war die Strafe dafür, dass sie ihre Kinder nicht genug liebte, sich nicht genug um ihre Mitmenschen kümmerte und nicht genug aufgepasst hatte.

Ina hastete über das Freigelände des Kindergartens. Sie sah nach rechts und links, wartete auf ein Wunder, darauf, dass Guro und Eline hinter einem Schneehaufen auftauchten und alles nur ein Missverständnis war. Dass ein Großvater die falschen Kinder mitgenommen hatte und sie in diesem Moment zurückbrachte.

Sie konnte den Verdacht nicht abschütteln, dass diese Entführung etwas mit dem Fall zu tun hatte, mit dem Mord im Maridalen, mit Karsten.

Ihr Herz hämmerte. Ihre Füße flogen. Ohne Ziel und ohne Richtung. Sie verhielt sich wie in ihrem Traum, rannte und trat Türen ein, kam aber nicht weiter, bis sie irgendwann aus ihrer Trance aufwachte und Amund seine Teddyarme um sie legte. Erst als sie sich an ihn schmiegte und zu ihm aufsah, kamen die Tränen. In seinem Blick lag glücklicherweise keine Anklage, sondern nur Angst, die gleiche Angst, die auch sie verspürte.

Sie vergrub das Gesicht an seiner Brust, und ihr Körper zitterte.

»Wir haben sie verloren!«

»Nein, nicht doch«, sagte Amund und streichelte ihr über den Rücken. »Sie sind bestimmt bald wieder da. Ich bin mir hundertprozentig sicher, dass das nur ein Missverständnis ist.«

Seine Stimme hörte sich aber nicht überzeugend an.

Sie nahm seine Hand und zog Amund hinter sich her. Jetzt sah sie auch die blinkenden Blaulichter der Polizeiwagen oben am Hang. Die Sirenen rissen sie aus ihrer Umnachtung, als ihr plötzlich bewusst wurde, wer hinter dieser Sache stehen konnte.

Der junge Mann vom Kickboxen. Sein höhnisches Grinsen hatte sich in ihre Netzhaut eingebrannt.

Sie war fast schon überzeugt davon.

Dieser Kerl musste dafür verantwortlich sein.

5

Einige Erzieher hatten sich bald darauf vor dem Solkroken-Kindergarten eingefunden. Das Entsetzen stand auch ihnen ins Gesicht geschrieben.

Rimbereid kam zu Ina, umarmte sie und versuchte sie zu beruhigen. In ihrer Verzweiflung hatte sie das Gefühl, immer tiefer in einen endlosen Abgrund zu stürzen, ohne dem Boden näher zu kommen.

Sie ließ sich wegbringen. Antwortete mechanisch auf Rimbereids Fragen. Jemand hatte Guro und Eline abgeholt. Die Angestellten des Kindergartens hatten geglaubt, es wäre Amund gewesen.

Den Jungen vom Kickboxen erwähnte sie nicht. Sie wollte nicht wahrhaben, dass die Entführung etwas mit ihr und dem Mordfall zu tun hatte, und versuchte, die Geschehnisse zu verdrängen. Erfolglos. Sein höhnisches Grinsen und der blutige Zahnschutz, der auf den Boden fiel, huschten immer wieder an ihrem inneren Auge vorbei.

Als alle Fragen gestellt worden waren, bot Rimbereid an, Ina und Amund nach Hause zu fahren.

Amund nickte weinend, und Ina fragte sich, ob auch ihm der Gedanke gekommen war, dass es eine Verbindung zu den Morden an Karsten und Ottar Heggvik geben könnte.

Rimbereid dachte ganz bestimmt in diese Richtung. Dessen war Ina sich vollkommen sicher.

Auf der Fahrt nach Hause war sie vollkommen abwesend. Sie saß auf der Rückbank, klammerte sich an Amund und bemerkte kaum, dass der Passat von Rimbereid vor ihrem Haus hielt.

»Da brennt Licht, Ina!«, rief Amund.

»Licht?«

»Ja, im Haus!«

Rimbereid sah sie im Rückspiegel an.

»Glaubst du, dass ...«, begann Ina.

»Da oben ist *jemand*!«, sagte Amund.

Mit hämmerndem Herzen sprang Ina aus dem Auto. Rimbereid folgte ihr und gab ihr gestikulierend zu verstehen, dass sie leise sein und sich ducken sollte. Dann liefen sie gebückt im Schutz des Passats zur Eingangstür, dicht gefolgt von Amund.

Vorsichtig drückte Ina die Klinke hinunter.

Es war nicht abgeschlossen.

Langsam öffnete sie die Tür.

Sie gab Rimbereid und Amund ein Zeichen, und gemeinsam schlichen sie sich in den Flur. Aus dem Wohnzimmer waren Geräusche zu hören. Jemand redete. Unbekannte Stimmen.

Rimbereid nickte in Richtung Tür. Ina legte die Hand auf die Klinke, drückte sie lautlos nach unten und öffnete die Tür, gleich darauf schwang sich Rimbereid um den Türrahmen und stürmte ins Wohnzimmer.

»Ähhhhhhhhhhh!!!!«

Das Schreien schnitt in Inas Ohren und beruhigte sie ebenso wie das folgende Kinderweinen.

Guro und Eline.

Sie waren da.

In der nächsten Sekunde hing Eline an ihrem Bein. Im Hintergrund lief der Fernseher, *Küss den Frosch*, einer der Lieblingsfilme der Zwillinge.

»Ist die gefährlich?«, fragte Eline zwischen den Schluchzern und sah Rimbereid panisch an.

Ina nahm sie hoch und drückte den kleinen Kinderkörper an sich, aber Eline wollte runter und zu ihrem Papa, der inzwischen auch ins Zimmer gestürmt war. Nicht einmal jetzt wollten die Kinder zu ihr, und als sie zu Guro ging, um sie in den Arm zu nehmen, huschte auch sie in die tröstenden Arme ihres Vaters.

Schließlich standen sie alle vier engumschlungen da.

»Die ist nicht gefährlich, die ist ganz lieb«, sagte Ina zu den Kindern und zeigte auf Rimbereid. »Sie wollte nur auf euch aufpassen.«

»Du hast doch gesagt, dass *du* uns abholst!«

Guro sah sie anklagend an.

»Ich war doch da«, sagte Ina. »Aber ihr wart schon weg. Wer hat euch denn abgeholt?«

»Der nette Mann«, antwortete Guro.

»Und wo ist der jetzt?«

»Er musste gehen«, sagte Eline.

»Und wie ist er *hier* reingekommen?«, fragte Amund.

»Er hatte einen Schlüssel«, sagte Eline.

Ina und Amund warfen sich einen Blick zu.

»Er hat gesagt, dass er dich kennt, Mama«, sagte Guro schließlich.

»*Mich?*«

Amund durchbohrte sie mit seinem Blick.

»Ja, hat er gesagt, wirklich«, wiederholte Guro. »Und dass du den Brief lesen sollst.«

»Was für einen Brief?«

»Da auf der Kommode.«

Ina lief ans andere Ende des Wohnzimmers. Tatsächlich fand sie auf der Kommode einen kleinen weißen Umschlag.

Ihr Name stand darauf, allem Anschein nach mit einer alten Schreibmaschine geschrieben.

Sie wollte den Umschlag in die Hand nehmen, als sie Rimbereids Hand auf ihrer Schulter spürte.

»Warte!«

»Ich werde doch wohl meine eigenen Briefe öffnen dürfen!«, fauchte Ina.

Rimbereid zog ein Paar Plastikhandschuhe aus der Tasche, die Ina murrend überstreifte.

Ihre Finger zitterten, als sie den Brief aufmachte.

Im Umschlag steckte ein DIN-A4-Zettel mit zwei kurzen maschinengeschriebenen Sätzen:

Sie werden das verstehen. Sie haben selbst Kinder.

Ina erstarrte. Sie ließ die Hand mit dem Zettel sinken.

»Wie deutest du das?«, fragte Rimbereid.

»Ich habe keine Ahnung«, flüsterte Ina.

»Kennst du den Kidnapper, Ina?«, fragte Amund.

»Kann ich mir echt nicht vorstellen.«

»Der hat das aber gesagt!«, rief Guro.

»Ja, das kann ich mir denken«, sagte Rimbereid. »Aber eine ganz andere Frage, Guro: Erinnerst du dich noch daran, wie der Mann angezogen war?«

»Er hatte so einen ... Anorak an«, sagte Guro. »Und eine Mütze, weil es so kalt war. Die hat er auch hier drinnen bei uns nicht ausgezogen.«

Ina spürte, wie es in ihrem Inneren eiskalt wurde.

»Was für eine Farbe hatte seine Jacke?«, fragte sie ihre Tochter.

»Rot«, antwortete Guro. »Der Anorak war rot.«

6

Die Kinder waren eingeschlafen. Eline wie immer schnell, während Guro noch lange von den Geschehnissen des Tages wach gehalten worden war. Das Wenige, was sie verstanden hatten, reichte aus, um den Kindern Angst zu machen, und Ina wusste ganz genau, dass Guro in dieser Nacht einen Alptraum haben würde.

Wie wahrscheinlich auch sie.

Die Kälte hatte sich in ihrem Körper festgesetzt, und ihr Kiefer schmerzte noch immer. Ein seltsamer, hässlicher Bluterguss begann sich an ihrem Kinn abzuzeichnen. Ina versuchte sich auf die beiden Anhaltspunkte zu konzentrieren, die sie hatte:

Ein unbekannter Mann – der Mörder oder der Typ vom Kickboxen – hatte ihre Kinder vom Kindergarten abgeholt. Aber was fast noch schlimmer war: Derselbe Mann war bei ihr im Haus gewesen und hatte einen Schlüssel. Sollte der Betreffende vorgehabt haben, ihnen einen Schrecken einzujagen, war ihm das in jeder Hinsicht gelungen. Diesen Tag würde sie nie vergessen.

Sie hatten bereits einen Schlüsseldienst angerufen, der einen 24-Stunden-Service anbot, um ein neues Türschloss einbauen zu lassen. Sogar der sonst so ruhige Amund zeigte Anzeichen von Nervosität. Als die Kinder schon längst im Bett waren, hörte sie ihn unablässig oben herumlaufen, als müsste er sich alle fünf Minuten vergewissern, dass sie wirklich dort lagen. Er schaffte es erst, zu ihr nach unten ins Erdgeschoss zu kommen, als Rimbereid zurückkam.

»Wir haben die Nachbarn abgeklappert«, berichtete Rimbereid, die auf dem Sofa Platz genommen hatte, »aber keiner hat etwas Ungewöhnliches bemerkt. Allerdings haben wir noch nicht mit denen auf der anderen Straßenseite gesprochen.«

»Was ist mit den Rognes?«, fragte Ina.

»Die haben wir bisher noch nicht erreicht.«

»Aber wahrscheinlich haben die auch nichts gesehen«, meinte Ina. »Dafür sind deren Augen viel zu schlecht.«

»Na ja, aber um das mal zusammenzufassen«, sagte Rimbereid, »Guro und Eline haben gesagt, dass sie mit dem Auto gefahren sind. Der Mann soll unten auf der Straße geparkt haben. Und dann sind sie den schmalen Weg zu eurem Haus hochgegangen. Eigentlich sollten die Chancen, dass jemand sie gesehen hat, gar nicht so schlecht stehen ...«

»Das Schlimmste ist«, unterbrach Amund sie, »dass der Kidnapper sich versteckt und den Kindergarten beobachtet haben muss. Er muss auf seine Chance gelauert haben. Ich meine, er konnte ja nicht wissen, dass die bei der Kälte rausgehen. Er muss da unten geparkt haben. Für eine ganze Weile. Vielleicht hat jemand das Auto bemerkt?«

»Wir überprüfen das natürlich«, sagte Rimbereid. »Aber da ist noch etwas: Der Beschreibung von Guro und Eline nach müssen wir wohl davon ausgehen, dass es derselbe Mann war wie …«

Rimbereid räusperte sich.

»… wie im Maridalen.«

»Aber irgendjemand muss ihn doch gesehen haben!«, wiederholte Amund.

Sein Körper drückte sich zitternd gegen das Sofakissen.

»Wer hat alles einen Schlüssel zum Haus?«, fragte Rimbereid.

»Nur wir zwei«, antwortete Amund und sah Ina an. »Und meine Eltern.«

»Und die haben ihren Schlüssel nicht verloren oder so?«

»Nein«, sagte Amund.

»Habt ihr noch Ersatzschlüssel?«

Ina fiel es wie Schuppen von den Augen. Sie hatte einen Ersatzschlüssel. Und der war nicht irgendwo, sondern lag in der obersten, unverschlossenen Schublade ihres Schreibtischs in der Praxis. Aber sie hätte Amunds anklagenden Blick jetzt nicht ertragen und schüttelte deshalb nur leicht den Kopf.

In dem Moment spürte sie ein leichtes Vibrieren in ihrer Tasche. Ihr Handy. Sie nahm es heraus.

Geh auf Skype. Es eilt. Trygve.

Die Nachricht kam wie gerufen.

Ina stand auf.

»Was ist?«, fragte Amund.

»Ich soll Trygve Winther kontaktieren.«

»Jetzt?«

»Es ist wichtig.«

»Wichtiger als *das hier?* Mensch, deine Kinder sind entführt worden!«

Rimbereid räusperte sich auf dem Sofa.

»Lass Ina gehen«, sagte sie. »Es geht bestimmt um den Fall. Und damit auch um die Kinder.«

Sie sah den Ausdruck der Verzweiflung auf Amunds Gesicht, der alsbald von seinem beleidigten Geh-jetzt-nicht-Blick abgelöst wurde.

Aber genau das tat sie.

Das schlechte Gewissen traf sie, kaum dass sie den rechten Fuß auf die erste Treppenstufe stellte. Aber sie blieb nicht stehen, sie ging weiter, Stufe um Stufe, bis sie im Arbeitszimmer war und den Mac einschaltete. Kurz darauf schrieb sie Winther:

Ina Grieg: Ich hoffe, es ist wirklich wichtig.

Fünf Sekunden vergingen.

Trygve Winther: Hätte ich mich sonst gemeldet?
I: Unsere Kinder sind heute entführt worden.
T: Ich weiß Bescheid.
I: Woher das denn?
T: Hab's im Internet gelesen.
I: Mit Namen?
T: Nee, hab eins und eins zusammengezählt.
I: Glaubst du, das war derselbe Mann wie im Maridalen?
T: Hört sich so an, ja.
I: Er hat uns eine Nachricht hinterlassen. »Sie werden das verstehen. Sie haben selbst Kinder.« Was soll das bedeuten?

Es vergingen fünf Sekunden. Zehn Sekunden. Noch immer keine Antwort.

Dann:

T: Du solltest dich darüber freuen, Ina.
I: Freuen?
T: Die Nachricht ist keine Warnung.
I: Er hat doch wohl damit gedroht, uns die Kinder wegzunehmen?
T: Nein, im Gegenteil. Er will, dass du ihn verstehst, dass du erkennst, dass *das* sein Motiv ist.
I: Jemand hat *seinen* Kindern etwas angetan?
T: Jackpot.
I: Du irrst dich. Der »General« ist an einer ganz anderen Stelle aufgetaucht.
T: In was für einem Zusammenhang?
I: Illegaler Kampfsport in Oslo vor 20 Jahren. Gladiatorenkämpfe. Einen seiner Gegner soll er fast getötet haben.
T: Oh, und das ist derselbe General?
I: Es deutet einiges darauf hin.
T: Nehmen wir uns zuerst den Brief vor, der ist sehr interessant. Der lässt nämlich erahnen, dass du einen persönlichen Bezug zu dem Kidnapper hast.
I: Ausgeschlossen!
T: Du bist doch nur fünf Händedrücke vom König entfernt.
I: Aber was anderes: Rate mal, was bei der Leiche von Heggvik gefunden wurde?
T: ?
I: Ein Hexagramm. Und bei Karsten wurde ein Pentagramm gefunden. Nur, dass damals niemand darüber geredet hat.
T: Das ist jetzt *wirklich* interessant.
I: Was schließt du daraus?

T: Zahlen. Karsten = 5. Das neue Opfer = 6.

I: Und?

T: Zahlenfunde lassen auf System und Struktur schließen.

I: Ein Täter, der von Zahlen besessen ist? Aber was ist dann mit 1, 2, 3 und 4?

T: Gute Frage.

I: Äh …?

T: Zahlen können auch auf eine Gruppe von Menschen hindeuten.

I: (!) Sechs oder mehr Personen, die ein Unrecht begangen haben?

T: Gute Theorie.

I: Aber das passt doch nicht zusammen. Karsten und Heggvik sind vollkommen verschieden.

T: Es gibt viele Lebenssituationen, bei denen unterschiedliche Menschen zusammenkommen.

I: Schule? Sportverein?

T: Zum Beispiel.

I: Aber wenn die Zahlen wirklich auf eine Gruppe von Menschen hindeuten, wird es dann noch mehr Opfer geben?

T: Wenn es die nicht bereits gegeben hat.

I: Wie?

T: Es wäre doch wohl ziemlich ungewöhnlich, mit der 5 anzufangen, oder?

I: Wäre das denn nicht aufgedeckt worden?

T: Wir wissen doch nichts über den Verlauf.

I: Können die ersten Opfer versteckt worden sein?

T: Möglich.

I: Glaubst du wirklich, dass es noch vier weitere Morde gab? Von demselben Täter?

T: Ich weiß es nicht. Es ist eine Theorie. Die beste, die ich habe.

I: Du glaubst doch wohl nicht wirklich daran?

T: Doch. Die Zahlen werden uns bei diesem Fall den Weg weisen.

I: Und wie sollen wir an die Sache herangehen?

T: Untersucht frühere Mordfälle. Überprüft, ob es Übereinstimmungen gibt, andere Morde, bei denen Zahlen eine Rolle gespielt haben oder Kirchen oder ein seltsames Opferritual.

I: Läuft schon. Und ruhiger macht mich das auch nicht gerade.

T: Du kannst aber ruhig sein, Ina. Das hat dir der Täter heute mitgeteilt.

I: Die Botschaft könnte doch auch das Gegenteil bedeuten!

T: Nein! Aber noch eine andere Sache. Etwas so Offensichtliches, dass ich es gestern gar nicht erwähnt habe. Nämlich das Datum.

I: Was ist damit?

T: Es war dasselbe Datum!

I: ?

T: Heggvik & Karsten wurden beide an einem 5. Dezember umgebracht. Das ist sicher kein Zufall!

I: Wir sollen also nach Morden in der Vergangenheit suchen – begangen am 5. Dezember?

T: Gut aufgepasst, Ina. Das Datum wird euch sicher zum Motiv führen.

I: Du glaubst, die Morde wurden am 5. Dezember begangen, weil da auch die ursprüngliche Tat verübt wurde?

T: Ja. Meine Theorie lautet, dass es am 5. Dezember des Jahres XY irgendwo zu einem Übergriff gekommen ist.

I: Gegen den jetzigen Täter oder sein Kind?

T: Genau. Und das war für ihn so traumatisch, dass er die jetzige Barbarei für gerechtfertigt hält. Die schlimmste aller menschlichen Handlungen, Mord.

4

Norwegische Seemannskirche Lanzarote, 5. Dezember 1998

Die Palmwedel bogen sich im Wind, und der Regen peitschte den Asphalt. Die Winterstürme waren gekommen und würden einige Tage anhalten, bevor es wieder klar wurde und die Sonne an den Himmel stieg. Nur dass die Temperaturen dann niedriger sein würden, kaum mehr als fünfzehn Grad.

Per Erik Sande sah aus dem Fenster seines Büros.

Es war früh dunkel geworden.

Sande ließ seinen Blick über das Geländer des Balkons im ersten Stock zur Avenida de las Playas in Puerto del Carmen schweifen. Die Flaniermeile der Touristen, auf der sonst das Leben pulsierte. Die meisten kamen aus Großbritannien, es waren aber auch viele Skandinavier hier, und einige schauten tatsächlich herein, wenn sie das Schild *Norwegische Seemannskirche* sahen, auch wenn sie eigentlich gar nicht gläubig waren.

Hier werden alle aufgenommen, dachte er, arm oder reich, Sünder oder Heiliger. Hier findet jeder Zuflucht, einen Moment der Ruhe zwischen Partys und Strandleben.

Sande blickte auf das leere Blatt, das vor ihm lag.

Seine Predigt.

Er starrte jetzt schon seit einer halben Stunde auf das weiße Papier. Er hatte noch etwas Zeit bis Sonntag, aber es gab einen Grund, warum er immer zeitiger mit dem Schreiben der Predigten begann.

Die Worte kamen einfach nicht mehr so wie früher. Er war innerlich vollkommen leer. Sande fühlte sich irgendwie … na ja, verbraucht traf es ganz gut. Er sah keinen Sinn mehr darin, immer neue, bedeutungsschwere Sätze zu bilden, um andere vom Worte Jesu zu überzeugen. Denn waren diese Worte wirklich so überzeugend? War der Mann, der mit seinen zwölf Jüngern durch das Land gezogen war, wirklich der Sohn Gottes gewesen?

Was diese Frage anging, war Sande äußerst unsicher. Er hatte schon lange gezweifelt, aber seine Unruhe wurde immer stärker. Was, wenn Jesus nur ein Verrückter gewesen war? Jemand, der schlicht und einfach den Verstand verloren hatte?

Schließlich gab es auch heute noch Menschen, die sich für den wahren Messias hielten, nur dass die sofort in irgendwelchen psychiatrischen Kliniken untergebracht wurden.

Außerdem gab es an der zweitausend Jahre alten Lehre eine ganze Reihe von Aspekten, die Sande zunehmend widerstrebten. Das Unglaubwürdigste war sicher die unbefleckte Empfängnis Marias. Paradox war auch, dass diese nur im Matthäusevangelium erwähnt wurde, während die anderen kein Wort darüber verloren.

Seltsam.

Die Jesusgeschichte gab es in vier unterschiedlichen Versionen, erzählt von vier Evangelisten, die ihr Augenmerk jeweils auf andere Geschehnisse im Leben Jesu gerichtet hatten.

Manchmal beneidete er die Juden. Sie hatten nur ein

Buch, nur eine Wahrheit, zu der sie sich verhalten mussten. Dabei missfielen Sande die Schreckensszenarien, die sich im Alten Testament fanden. Aber auch im Neuen Testament gab es genug Beängstigendes, sogar aus dem Munde Jesu.

Einiges davon hatte sich in seinem Unterbewusstsein festgesetzt. Sande schloss die Augen und formte die Worte mit den Lippen:

Also wird es auch am Ende der Welt gehen: die Engel werden ausgehen und die Bösen von den Gerechten scheiden und werden sie in den Feuerofen werfen; da wird Heulen und Zähneklappern sein.

Matthäus 13, 49-50

Eine Windböe ließ die Fenster klirren. Der Regen klatschte gegen die Scheiben.

Sande öffnete die Augen. Was für ein Schicksal stand ihm bevor?

Das Höllenfeuer?

Sein Blick klebte auf dem weißen Blatt.

An diesem Sonntag würden nicht viele kommen. Anfang Dezember herrschte ein Touristenvakuum. Die Norweger waren zu Hause, um sich auf Weihnachten vorzubereiten. Unter den blinkenden Neonschildern auf der Promenade war es leer. Die Barkeeper saßen einsam auf ihren Barhockern und sahen fern.

An solchen Tagen kam fast niemand in die Seemannskirche. Allenfalls diejenigen, die aus irgendeinem Grund auch im Winter auf Lanzarote lebten – zum Beispiel Gicht- oder Schuppenflechte-Patienten. Oder ein paar wenige, die dem Weihnachtsstress in Norwegen aus dem Weg gehen wollten.

Der Mann mit dem Strohhut war vielleicht so einer.

In der letzten Woche war er jeden Abend in den Gemeinderaum gekommen, immer genau um 18.30 Uhr. Er hatte sich eine Tasse Kaffee geholt, im Korbstuhl an der Stirnseite des Steintisches Platz genommen und bis 19.00 Uhr, wenn sie zusperrten, Zeitung gelesen, bevor er wieder nach draußen in den Wintersturm verschwunden war.

Wie viele verlorene Seelen es dort draußen doch gab, dachte Sande. Seelen wie die seine.

Er schloss erneut die Augen.

Hoffnung ist etwas für die Einsamen und Verlorenen, dachte er, nicht für die Erfolgreichen. Alle Seelen können Erlösung finden, selbst die übelsten Sünder unter uns.

Sande spürte ein leichtes Zittern in seiner Hand. Mit einem Mal kamen die Worte, und der Stift flog über das Papier.

Jesus, Gottes Sohn, ist für unsere Sünden ans Kreuz genagelt worden. Gott, der Vater, hat das Kostbarste geopfert, das er hatte: sein eigenes Kind. Er hat seinen Sohn mit dem Auftrag auf die Welt geschickt, hinter uns aufzuräumen, die Spuren unserer Sünden zu tilgen und uns die Chance für einen Neuanfang zu geben, rein wie ein weißes Blatt Papier.

Aber wir haben diese Chance nicht genutzt. Die Menschen haben sich wieder und wieder für die Sünde entschieden. Warum ist das so?

Warum entscheiden wir uns beständig für den falschen Weg?

Die Frage führt uns zu einem anderen Paradoxon: Wie ist es überhaupt möglich, sich für die Sünde zu entscheiden? Warum sind wir bereit zu glauben, dass ein gütiger Gott uns immer wieder mit den übelsten Verlockungen herausfordert?
Lügen, fleischliche Lust, Trunksucht?
Wie ist es überhaupt möglich, sich für die falschen Wege zu entscheiden? Wege, die in Streit, Krieg und Konflikten enden?
Warum kommen solche Lösungen für uns überhaupt in Betracht?

Der Stift geriet ins Stocken. Immer wieder kam er in seinen Predigten auf das große Paradoxon zu sprechen: Warum entschied der Mensch sich für das Schlechte, wenn er auch eine gute Lösung zur Hand hatte?

Das Christentum lieferte viele Erklärungen dafür. Die naheliegende lautete, dass das ganze Dasein eine lange Reihe von Prüfungen darstellte, so dass am Jüngsten Tag die Guten von den Schlechten getrennt werden konnten und man, basierend auf den Entscheidungen seines Lebens, entweder im Himmel oder in der Hölle landete.

Klar und einfach. Das Erbe des Alten Testaments. Engel oder Teufel. Himmel oder Hölle. Schwarz oder weiß.

Sande schnaubte. Natürlich war das in Wirklichkeit viel komplizierter.

Wieder kratzte der Stift über das Papier.

Warum entscheiden sich die Menschen für das Schlechte?
Es gibt Tausende von Antworten auf diese Frage. Und es gibt Tausende von mildernden Umständen:

unglückliche Kindheit, schlechtes Umfeld, Armut, Unterdrückung. Unsere Herkunft, unsere Gene, all der Ballast, den wir freiwillig oder unfreiwillig mit uns herumschleppen, und nicht zuletzt die Umgebung, in der wir landen, bestimmen, wie wir auf bestimmte Situationen reagieren.

Das Wichtigste ist aber doch: Gott liebt uns als den Menschen, der wir sind.

Und wissen Sie, woran ich glaube? Ich glaube an einen Gott, der vergibt. An einen Gott, der versteht. An einen Gott, der unsere Sünden in einem größeren Zusammenhang sieht – und der keine blinden Entscheidungen fällt.

In Gottes Augen sind wir alle Sünder. Gleichzeitig versteht er aber, dass viele gar keine Wahl haben, weshalb er uns auch unsere Fehler verzeiht. Das Fehlermachen liegt in der Natur des Menschen.

Der liebende Gott sieht und liebt uns mit all unseren Fehlern.

Und deshalb müssen auch wir Gott lieben. Gott und all unsere Mitmenschen. Das ist der Tragpfeiler jeder Zivilisation.

Sande spürte, wie ihn seine eigenen Worte beinahe zu Tränen rührten.

Was wir Menschen alles gemeinsam haben, dachte er. Und trotzdem: wie unfassbar unterschiedlich wir sind, und welche Vielzahl von unterschiedlichen Konflikten wir heraufbeschwören können.

In dem Moment hörte er Schritte im Gemeinderaum. Er warf rasch einen Blick auf die Uhr.

Es war 18.30 Uhr.

Der Mann mit dem Strohhut.

Sande stand auf. Genug Schreibtisch-Christentum. Jetzt wollte er einen Menschen aus Fleisch und Blut treffen. Vielleicht war der Mann ja auf der Suche nach Gesellschaft? Vielleicht wartete er nur darauf, dass der Pastor einen Schritt auf ihn zuging?

Sande jedenfalls sehnte sich nach Gesellschaft. Das waren die üblichen Begleiterscheinungen der Dunkelheit und der Winterstürme. Sie erinnerten ihn an …

Es lief ihm kalt den Rücken hinunter.

Er ging schneller, lief die Treppe nach unten und betrat den großen Raum. Ganz richtig, der Mann mit dem Strohhut saß mit der aktuellen Ausgabe der *Aftenposten* im Korbsessel.

Sande näherte sich.

»Und, gibt es was Neues aus der Heimat?«

Der Mann mit dem Strohhut hob den Blick und sah ihn über den Rand der Zeitung hinweg an, doch statt zu antworten, schaute er wieder auf den Text.

»Entschuldigen Sie, ich werde Sie nicht mit dem Wort Gottes belästigen, wenn es das ist, was sie befürchten«, setzte Sande nach. »Lesen Sie nur in Ruhe Ihre Zeitung und trinken Sie Ihren Kaffee.«

Stille.

Sande faltete die Hände hinter dem Rücken und zog sich langsam zurück. Als er wieder an der Treppe war, hörte er die Stimme des Mannes hinter sich.

»Eines Nachts ist in Norwegen etwas Schreckliches passiert.«

Sande erstarrte.

Er drehte sich um und betrachtete den Mann genauer. Die Krempe des Hutes ließ ihn seine Gesichtszüge und die Bartstoppeln nur erahnen, aber die Augen des Mannes beeindruckten ihn. Ihr Blick schien tief in ihn einzudringen.

»Wirklich?«, fragte Sande.

»Ich bin hier, um Sie daran zu erinnern.«

Wieder lief es Sande kalt den Rücken hinunter. Die Stimme des Mannes klang seltsam angestrengt. Als ob ... als ob dieser Mann seit Jahren nichts mehr gesagt hätte. Es war eine Art Urstimme. Der Fremde erinnerte ihn an ...

Den Erlöser?

Sande räusperte sich.

»Ach ja?«

»Erinnern Sie sich an das Mädchen, Sande?«

Oha, schon dieser Dialekt ...

»Was für ein Mädchen?«

»Regine, das Mädchen im Wohnwagen.«

Sande zuckte zusammen.

»Sie hat Ihren Namen geflüstert«, fauchte der Mann mit dem Strohhut.

»Meinen Namen?«

»Rølvåg und Sande«, erwiderte der Mann mit dem Strohhut. »Rølvåg und Sande.«

Trauer stieg in Sande auf. Er senkte den Kopf. Der Mann mit dem Strohhut nagelte ihn mit seinem Blick fest.

»Sie müssen mir noch einen Namen nennen. Den letzten Namen.«

Der Mann hielt ihm einen Umschlag hin. Sande nahm ihn und riss ihn auf. Ein kleiner Zettel kam zum Vorschein. Sande hielt ihn ins Licht.

Nur ein einzelnes Wort stand darauf. Ein Spitzname. Trotzdem erstarrte er.

»Sie erinnern sich doch wohl an den General?«, fragte der Mann.

Sande erstarrte und suchte wieder nach den Augen des Mannes unter dem Strohhut. Das Gesicht und der eindringliche Blick waren jetzt deutlicher zu erkennen.

»Schreiben Sie den Namen dieser Person auf, sofort«, mahnte die Stimme.

Sande starrte ungläubig auf den Stift, den der Mann ihm hinhielt. Er verstand nicht, warum er den Namen aufschreiben sollte. Das ergab alles keinen Sinn. Schließlich nahm er den Stift und kritzelte den Namen aufs Papier, eilig, um es hinter sich zu haben.

Das Herz hämmerte in seiner Brust, als er dem Mann den Zettel reichte.

»Gut«, sagte er. »Ich wusste, dass Sie mir helfen würden.«

Der Mann las den Namen auf dem Zettel. Dann schloss er die Augen und bewegte den Kopf langsam hin und her, als wollte er sich den Namen einprägen.

Schließlich öffnete er die Augen wieder und bohrte seinen Blick in Sande.

»Erinnern Sie sich an den Jungen?«, fragte er dann und nahm langsam den Strohhut ab.

»Den Jungen?«

Der Mann antwortete nicht, sondern reichte ihm seinen Strohhut.

Im Innern lag ein Foto. Das Bild eines Jungen. Ein zu einer Grimasse verzerrtes Gesicht, als quäle ihn jemand mit Nadeln.

»Erinnern Sie sich nicht an ihn?«

Sande blickte zu Boden, nickte.

»Wie könnte ich diesen Jungen vergessen?«

»Glauben Sie an Himmel und Hölle, Sande?«

»Nein«, flüsterte er.

»Ich tue das«, sagte der Mann. »Ich war in der Hölle. Ich weiß, wie es da ist.«

Gleich darauf blitzte ein Messer auf.

»Jetzt ist es an Ihnen, in der Hölle zu schmoren.«

*

Das Kreuz, das der Mann Sande anschließend ans Bein band, wurde später von der spanischen Polizei gefunden – und in einem Nebensatz im Polizeibericht erwähnt. Es war schließlich nichts Besonderes, dass ein Pastor ein Kreuz trug.

Niemand brachte das Kreuz mit der Zahl Vier in Verbindung. Zweimal zwei Arme.

Später landete das Kreuz gemeinsam mit den Habseligkeiten von Per Erik Sande in einer kleinen Schachtel, die irgendwo in einem Keller in Puerto del Carmen verstaut wurde.

3. Tag
Mittwoch, 8. Dezember 2010

1

Im Besprechungsraum der Polizeidienststelle Oslo-Grønland war es so leise, dass man eine Stecknadel hätte fallen hören können. Hege Rimbereid hatte gerade den Bericht über den vergangenen Tag abgeschlossen: die Entführung von Inas Kindern, die überraschende Wendung, dass Guro und Eline von einem Unbekannten nach Hause gefahren worden waren und bei ihrem Eintreffen im Wohnzimmer saßen und fernsahen.

Ina spürte noch immer ein Kribbeln auf der Haut.

Sogar das Gesicht von Inger-Lise Lie schien von den Vorkommnissen gezeichnet zu sein. Tiefe nachdenkliche Falten zogen sich über ihre Stirn.

»Die Täterbeschreibung entspricht der Person, die im Maridalen gesehen wurde«, sagte Rimbereid. »Roter Anorak. Kann es sich um denselben Mann handeln?«

»Sie sind sich also sicher, dass es ein *Mann* ist?«, fragte Lie.

»Das haben Inas Kinder ausgesagt.«

»Die Spurensicherung soll nach Nittedal fahren, Arnholt. Es muss Spuren des Kidnappers geben ... Und überprüft, ob das Auto auf irgendwelchen Überwachungskameras zu sehen ist ... Was war das noch mal für ein Modell? Ein dunkler Ford?«

»Investieren Sie nicht zu viel Arbeit darin«, sagte Rimbereid. »Wir haben bereits das Kennzeichen.«

»Ach ja?«

»Inas Nachbarin hat es sich notiert.«

»So was.«

»Die Nummer lautet DC 35923.«

»Arnholt, überprüf das mal.«

»Ist nicht nötig«, sagte Rimbereid. »Es handelt sich um einen schwarzen Ford Mondeo S/W 1,8 Kombi. Gemietet bei Hertz in Gardermoen vor zwei Tagen. Der Wagen wurde heute Nacht im Ibsen-Parkhaus gefunden. Die Schlüssel steckten.«

Lie sah misstrauisch zu Rimbereid.

»Dann haben Sie womöglich auch schon den Namen des Mieters?«

»Jacob Wilhelm Nordan.«

»Nordan? Ein Phantasiename?«

»Nein, eine höchst reale Person«, antwortete Rimbereid, »nur dass Jacob Wilhelm Nordan schon seit über hundert Jahren tot ist.«

»Aber ...«

»Lassen Sie mich ausreden«, fiel ihr Rimbereid ins Wort. »Nordan war Architekt. Er lebte im 19. Jahrhundert. Sein bekanntestes Projekt war das Polizeipräsidium in der Møllergata – und die Arkaden am Youngstorget sind von ihm. Apropos: Jeder, der *Max Manus* gesehen hat, weiß, wie symbolträchtig dieser Bau während des Krieges war.«

»Das Polizeipräsidium war der Sitz der Gestapo«, sagte Kommissar Sørensen, »es wurde als Gefängnis und Folterkeller genutzt.«

Rimbereid nickte.

»Ich glaube aber nicht, dass das relevant ist.«

»Nicht?«, fragte Lie.

»Jacob Wilhelm Nordans Spezialität waren nämlich Kirchen. Er hat in ganz Norwegen über hundert Kirchen entworfen, unter anderem Sofienborg und Kampen in Oslo. Wichtiger in diesem Zusammenhang ist aber die Kirche in Nittedal.«

Ina spürte Lies zunehmende Verärgerung. Wenn Rimbereid sich nicht zurücknahm und ihren dozierenden Tonfall abstellte, würde sie bei dem Habicht ein für alle Mal in Ungnade fallen.

»Aber wie konnte der Kerl unter falschem Namen ein Auto mieten?«, fragte Sørensen. »Man muss sich doch ausweisen?«

»Gute Frage«, sagte Rimbereid. »Er muss die Hertz-Leute irgendwie übers Ohr gehauen haben.«

»Gut!«, rief Lie in den Saal. Das Stimmengewirr verstummte. »Unsere Gedanken sind bei Ihnen, Ina. Diese Entführung muss wirklich schrecklich für Sie gewesen sein. Ich gehe davon aus, dass wir entsprechend reagiert haben?«

»Ein Beamter ist im Kindergarten«, sagte Rimbereid. »Er arbeitet in Zivil als Kindergartenassistent.«

»Gut!«, sagte Lie und griff nach einem Exemplar der aktuellen Ausgabe der Zeitung *VG*. »Dann zu einer anderen Sache: Die Boulevardblätter baden heute in unserem Fall. Aber sagen Sie mir eins: Woher zum Henker hat die *VG* ihre Informationen? Hier steht sogar etwas von dem

Hexagramm, und darüber haben wir ausschließlich hier in diesem Raum gesprochen.«

Ein leuchtendes Rot zeichnete sich auf den Wangen von Inger-Lise Lie ab. Ihre Brust hob und senkte sich über dem Rednerpult. Ina spürte, wie die Spannung anstieg. Jeder im Auditorium hielt die Luft an.

Die eiserne Lady war im Begriff zuzupacken.

»Wir haben ein Leck. Jemand von Ihnen muss das ausgeplaudert haben«, sagte Lie. »Der Betreffende wird seinen Job verlieren, sobald ich ihn identifiziert habe. Und das werde ich.«

Niemand sagte ein Wort, und Lie beruhigte sich wieder etwas.

»Nun zu unserer Psychologin. Sie haben die Theorie, dass der Täter noch mehr Morde auf dem Gewissen hat?«

»Ja«, antwortete Ina. »Möglicherweise handelt es sich um vier weitere Morde, alle verübt am 5. Dezember.«

»Worauf basiert diese Theorie?«

»Die Morde im Maridalen und in Hakadal sind am gleichen Datum begangen worden. Das ist sicher kein Zufall. Außerdem wurden die Zahlen Fünf und Sechs auf den Opfern platziert. Wir glauben, dass es sich um eine Zahlenreihe handelt und dass es deshalb vier weitere Opfer geben muss.«

»Die auch in Kirchen ermordet wurden?«, fragte Lie.

»Das wissen wir nicht«, sagte Ina. »Es ist aber wahrscheinlich, dass derselbe Täter dahintersteckt. Ein geduldiger Mensch, der besessen ist von System und Struktur.«

»Mit *wir* meinen Sie sich und Kommissarin Rimbereid?«

Ina nickte. Sie wollte Winther nicht in die Sache hineinziehen. Lie suchte Antworten in den Blicken ihrer Beamten, und Ina bemerkte zum ersten Mal einen Anflug von Ratlosigkeit in dem sonst so selbstsicheren Gesicht.

»Ich danke Ihnen, Grieg«, sagte sie schließlich. »Was ist mit Ihnen, Halle? Was haben Sie über Heggviks Kindheit in Sogn herausgefunden?«

»Nicht viel«, antwortete Halle, ein großgewachsener Kommissar mit kurzen roten Haaren. Er war sichtlich nervös. »Ich hatte einen Telefontermin mit einem Kommissar aus der Polizeidienststelle Vik. Seine Aufgabe war nicht leicht. Es erinnert sich da kaum noch jemand an Heggvik.«

»Wie viele Menschen wohnen in Vik?«

»Knapp dreitausend in der ganzen Gemeinde.«

»Und trotzdem war er den meisten unbekannt?«

»Nun. Es ist mehr als dreißig Jahre her, dass er weggezogen ist«, gab Rimbereid zu bedenken.

Halle warf ihr einen dankbaren Blick zu.

»Seine Eltern sind tot«, ergänzte er. »Aber seine jüngere Schwester wohnt noch in Vik. Und da gibt es eine seltsame Geschichte ...«

Halle blätterte in seinen Aufzeichnungen.

»Der Kommissar in Vik erzählte mir, dass sie auf dem Rückweg von einer Party überfallen worden ist. Ihr wurden mehrere Zähne ausgeschlagen, und das Wangenbein war gebrochen. Von einem einzigen Schlag.«

Ina zuckte auf ihrem Sitz zusammen. Bruchstücke des Gesprächs mit Tore schossen ihr durch den Kopf.

»Einer unserer Quellen zufolge«, sagte Ina mit einem Räuspern, »soll der General eine extreme Schlagkraft haben. Kann er das gewesen sein?«

»Was ist das für eine Quelle?«

»Entschuldigen Sie, aber ich habe der Person volle Anonymität zugesichert.«

Lies Gesicht verriet, was sie davon hielt. Sie wirkte misstrauisch. Auch Rimbereid musterte Ina überrascht. Aber Lies Reaktion war heftiger, Inas Verhalten regte sie richtig auf.

»Vergessen Sie nicht, dass ich hier die Ermittlungen leite. Wenn ich herausfinde, dass Sie hinter meinem Rücken Varg Veum engagiert haben, geht es Ihnen an den Kragen. Außerdem können wir Sie verhören, wenn wir das Gefühl haben, dass Sie etwas vor uns verbergen. Verstanden?«

Ina spürte die Wärme in ihren Wangen, biss aber die Zähne zusammen und versuchte ein Lächeln aufzusetzen. Schließlich nickte sie. Sie musste sich mit Lie weiterhin gutstellen. Sie durfte sich jetzt nicht provozieren lassen. Glücklicherweise schien die Ermittlungsleiterin sich aber wieder zu beruhigen.

»Aber die Theorie ist interessant«, schloss Lie.

»Wann war dieser Überfall auf die Schwester?«, fragte Rimbereid.

Ina warf ihr einen dankbaren Blick zu.

»Vor langer Zeit. Irgendwann 1981«, antwortete Halle.

»Vergewaltigung?«, fragte Lie.

»Ein Schlag, mehr nicht. Es wurde spekuliert, dass der Täter einen Schlagring getragen hat. Das Wangenbein war richtiggehend zertrümmert.«

»Hat die Schwester das ohne Folgeschäden überstanden?«, fragte Ina.

»Rein physisch schon«, sagte Halle. »Aber vergessen hat sie das wohl nie, als Psychologin kennen Sie ja die Mechanismen.«

Ina nickte. O ja, die kannte sie nur allzu gut. Opfer von Überfällen entwickelten häufig Angstzustände. Sie gerieten in Spiralen negativer Gefühle und isolierten sich oft immer mehr, statt Hilfe zu suchen.

»Okay«, sagte Lie. »Hatte der Beamte in Vik noch andere Informationen über Heggvik?«

»Er hat Altersgenossen von Heggvik befragt. Ein Klassenkamerad hat Heggvik als nervös und sozial unangepasst beschrieben. Er soll in seiner Jugend mehrmals verprügelt worden sein, und das, obwohl er groß und stark war. Heggvik ist nie auf eine weiterführende Schule gegangen. Er hat ein paar Jahre als Elektriker in einem lokalen Betrieb gearbeitet. Sie haben ihn dort als technisches Genie beschrieben. Er soll aber ziemlich zurückgezogen gelebt haben. Irgendwann Ende der siebziger Jahre ist er dann weggezogen und für immer aus der Gegend verschwunden.«

Lie nickte und wandte sich an Ina.

»Was sagen Sie dazu, Grieg?«

»Der Überfall auf die Schwester ist interessant«, sagte Ina. »Solche Taten können Rachegelüste wecken. Was Heggvik selbst angeht, ist die Kombination aus physischer Kraft und sozialer Isolation interessant.«

Halle räusperte sich.

»Da Sie es erwähnen: Der Beamte aus Vik hat mir noch eine – gelinde gesagt – kuriose Geschichte erzählt, die ihm einer von Heggviks Klassenkameraden aufgetischt haben soll. Der Mann hat behauptet, Heggvik habe einen, wie es in der Fachsprache heißt, Schlupfpenis.«

»Was für ein Ding?«

Halle starrte auf die Tischplatte.

»Also, bei einigen ... sehr wenigen Männern zieht sich der Penis ganz in den Körper zurück, wenn er schlaff ist. Also fast wie bei einem Pferd.«

»Mein Gott!«, murmelte Lie. »Der arme Mann.«

Ina ahnte trotz dieser Bemerkung ein kleines Lächeln in Lies Mundwinkeln, bevor Lie sich rasch am Kinn kratzte, um ihre Reaktion zu verbergen.

»Okay, okay«, sagte sie dann. »Wir sollten jetzt zum Schluss kommen. Wir haben sicher mehr als genug, womit wir weiterarbeiten können. Halle: Sie suchen weiter in Heggviks Vergangenheit. Kümmern Sie sich um den Überfall auf die Schwester. Arnholt: Kontaktieren Sie den Sicherheitsdienst, der für das Ibsen-Parkhaus zuständig ist. Vielleicht haben die den schwarzen Ford auf Band. Und durchstöbern Sie mal unser Archiv nach dem 5. Dezember – Sie können ruhig weit zurückgehen. Mal sehen, was da auftaucht.«

Lie atmete tief durch und redete weiter.

»Sørensen: Ihre Hilfe brauche ich für die Medien. Der Druck ist kaum auszuhalten. Und dann dieses verfluchte Leck! Ich kann Ihnen allen nur raten, die Klappe zu halten!«

2

Ina steckte die Hände in die Taschen ihres Parkas und lief schnell hinüber zu ihrer Praxis im Nittedal-Zentrum, konnte aber nicht verhindern, dass die Kälte an ihrem Körper hochkroch. Bei jedem Schritt schmerzte ihr

Kiefer. Sie versuchte ihr Unbehagen zu verdrängen und sich voll auf den General zu konzentrieren. Sie musste Zugang zu der Person finden, die irgendwo im Dunkel dieses Falls operierte. Sie schloss die Augen und rief sich Tores Worte ins Bewusstsein: ... seine Augen hinter der goldenen Maske ... dieser intensive Blick ...

Sie hatte einen Patienten mit einem unergründlichen, bohrenden Blick. Ein großgewachsener Mann. Erst neulich war Ina aufgefallen, wie er sie mit seinem Blick festnageln konnte, und er war womöglich auch in der Nähe gewesen, als ihre Kinder entführt worden waren.

Sie spürte, dass ihr Puls stieg.

Der stechende Blick von Karl Osberg drängte sich mehr und mehr in ihr Bewusstsein.

Sie schloss die Tür auf und hastete zum Empfang.

Maria Souranta sah sie beunruhigt an.

»Alles in Ordnung, Ina?«

»Nein.«

Sie sah, dass Souranta noch unruhiger wurde, hatte jetzt aber keine Lust zu reden.

»Wie geht es deinen Kindern?«

»Die werden das überleben.«

Souranta schluckte.

»Jon hat eben angerufen«, sagte sie dann. »Bei ihm sind die Handwerker, aber er kommt gleich. Er hat sich Riesensorgen gemacht.«

»Hm.«

»Ich dachte, du hättest gestern all deine Termine für heute abgesagt«, sagte Souranta und fügte dann hinzu: »Das hättest du jedenfalls tun sollen.«

»Ich muss nur kurz was im Archiv nachsehen«, sagte Ina. »Apropos, hast du den Kellerschlüssel?«

Souranta suchte in ihrer Schublade.

»Hm … seltsam. Der Schlüssel ist nicht da. Aber ich glaube, Erling hat einen.«

»Ist er heute hier?«

Souranta deutete mit dem Kopf nach links. Erst jetzt bemerkte Ina Erling Kåven, den Hausmeister, der sich tief über die Kaffeemaschine beugte.

Ina ging mit raschen Schritten zu ihm hinüber.

»Oje, heute wieder kein Kaffee?«

Kåven richtete sich auf. In der rechten Hand hielt er einen Schraubenzieher. Seine Finger waren schmutzig.

»Blöde Sache«, sagte er. »Es fehlt nur ein winziges Teil. Aber der Hersteller hat das nicht auf Lager. Ich wollte sehen, ob ich das selber hinkriege, aber es scheint nicht zu klappen.«

»Tja, dann können wir unsere Patienten nicht mal mehr mit Kaffee beruhigen.«

»Blöd, ich weiß, keine Seelsorge ohne Kaffee«, sagte er mit einem Augenzwinkern. »Ich habe euch aber eine Kanne von zu Hause mitgebracht.«

Der Hausmeister zeigte auf eine große Thermoskanne, die auf dem Empfangstresen stand.

Ina lächelte.

Sie hatte Kåven schon immer gemocht. All die Jahre. Als sie mit Karsten und Jon die Praxis gegründet hatte und sie einen Hausmeister suchten, war sie als Erste seinem nordnorwegischen Charme erlegen. Karsten und Jon hatten sich Sorgen gemacht, er sei zu alt, aber Kåvens soziale Fähigkeiten hatten schließlich auch sie überzeugt. Ina wollte auf keinen Fall irgendeinen neugierigen Jungspund ohne Verständnis für psychische Leiden. Kåven hatte sich schon damals dem Rentenalter genähert, sich aber in der »Form seines Lebens« gefühlt, wie er sich beim Vorstellungsgespräch ausgedrückt hatte. Er hatte nicht zu viel versprochen.

»Ich müsste mal kurz in den Keller«, sagte Ina. »Sie haben doch einen Schlüssel, oder?«

Kåven legte den Schraubenzieher weg.

»Stimmt«, sagte er. »Kommen Sie mit.«

Kurz darauf waren Ina und der Hausmeister im Treppenhaus. Die Welt schien nur noch aus grauem Beton zu bestehen, keine Fenster, keine Farben. Nur Stufen, das schwarze Plastik des Treppengeländers und das harte, metallische Geräusch ihrer Schritte.

»Mit den Kindern alles in Ordnung?«

Ihr Herz stolperte und hämmerte im Takt mit dem Satz, der in ihrem Kopf kreiste.

Mit den Kindern ... alles in Ordnung? Mit den Kindern ... alles in Ordnung?

Ina fiel plötzlich der Schlüssel in der Schublade des Behandlungszimmers wieder ein. Konnte dieser Schlüssel wirklich von jemandem entwendet worden sein? Souranta? Kåven? Jon?

Das alles kam ihr vollkommen unwahrscheinlich vor.

Mit einem Mal bemerkte sie, dass Kåven sie anstarrte.

»Ja, doch, alles in Ordnung«, sagte sie.

»Wie man so was überhaupt tun kann. Die Kinder sind doch das Liebste, was wir haben.«

»Das war heute wohl Gesprächsthema Nummer eins?«

»Hm, stimmt schon.«

Kåven klirrte mit den Schlüsseln.

»So, da wären wir.«

Die Tür zum Kellerarchiv knirschte, als Kåven sie aufzog. Der Hausmeister betrat den Raum und versuchte, das Licht einzuschalten, aber der Schalter gab nur ein trockenes Klicken von sich, ohne dass es hell wurde.

Aus dem Flur fiel ausreichend Licht in den kleinen quadratischen Raum, so dass sich die Konturen abzeichneten. Ein metallischer, abgestandener Geruch schlug ihnen entgegen. Trockene, kalte Luft. Hinten an der Wand standen drei Metallschränke. Zwei davon waren mit Archivmappen gefüllt, die alphabetisch sortierte Patientenakten enthielten.

Die drei Psychologen hatten schon früh erkannt, welches Risiko elektronisch archivierte Akten bedeuteten. Sollten die Maschinen einen Virus bekommen oder gelänge es jemandem, sich Zugang zu ihren Computern zu verschaffen, hätte das katastrophale Folgen. Dann wären höchst sensible Patientendaten öffentlich. Deshalb hatten sie sich auf ein etwas ungewöhnliches System geeinigt: Patientendaten durften maximal ein Jahr elektronisch gespeichert werden. Danach musste der behandelnde Psychologe die Journale ausdrucken, im Keller archivieren und die digitalen Daten löschen.

Besonders Jon Borg lag dieses Verfahren am Herzen. Er war regelrecht paranoid, wenn es um einen Hackerangriff ging. Im Keller hatten Jon und Ina deshalb nun jeweils einen Archivschrank.

Der dritte stammte von Karsten.

Ina erinnerte sich noch gut an den Moment, in dem sie gemeinsam mit Rimbereid Karstens Archiv geöffnet und in die leeren Mappen gestarrt hatte.

Hatte Karsten den Schrank selbst geleert, oder hatte sich ein Unbefugter Zutritt verschafft? Natürlich war ihnen sofort der Verdacht gekommen, dass es etwas in Karstens Archiv gegeben hatte, das für irgendjemanden gefährlich war. Ob für ihn selbst oder für den Täter, das war die Frage.

»Ina? Ist es okay, wenn ich oben mit der Kaffeemaschine weitermache?«

Kåvens Stimme ließ Ina zusammenzucken.

»Ja, natürlich. Gehen Sie nur. Ich danke Ihnen.«

»Ich tausche hier nachher die Birne aus«, sagte er und zeigte auf die Lampe unter der Decke. »Viel Glück.«

»Danke«, murmelte Ina abwesend.

Hinter ihr entfernten sich die Schritte. Ina holte ihren Schlüsselbund heraus. Das Schloss des Archivschranks klemmte ein bisschen, gab schließlich aber doch nach. Sie zog die mittlere Schublade heraus, und ihr Blick huschte über die Reihe der Buchstaben: K ... L ... M ... N ...

Da.

O.

Osberg, Karl

Sie nahm die Mappe heraus und erschrak.

Sie war leer.

Im gleichen Moment war ein dumpfes Geräusch zu hören, und alles wurde dunkel. Jemand hatte die Tür zum Kellerflur geschlossen. Ina hörte einen Schlüssel im Schloss.

»Hallo!«, schrie sie ins Dunkel.

Niemand antwortete, aber sie hörte Schritte, die sich draußen auf dem Gang entfernten. Sie hämmerte mit den Fäusten gegen die Betonwände. Ohne jeden Nutzen. Sie hörte das Trommeln nicht einmal selbst.

Ina strich sich mit den Händen über die Oberarme, als sie die Kälte des Kellers herankriechen spürte.

3

Plötzlich fiel ein Streifen Licht in den Raum, und die schwere Tür öffnete sich knarrend. Inas Herz hämmerte wild. Sie hob die Fäuste und machte sich bereit. Dann drang eine Stimme in das Dunkel.

»Mein Gott, Ina. Was machst du denn hier?«

Jon Bork stand heftig atmend vor ihr.

»Verdammt, hab ich mich erschrocken!«

»Nicht nur du«, sagte Ina. »Du hast mich hier eingeschlossen. Wie lange wolltest du mich denn hier unten schmoren lassen?«

Jon sah sie an.

»Das tut mir wahnsinnig leid«, sagte er. »Sorry, sorry, sorry. Ich wollte nur mein Fahrrad in den Keller stellen, und da habe ich gesehen, dass die Tür offen stand. Ich habe dich gar nicht bemerkt.«

Ina spürte, wie ihr Herz sich beruhigte. Sie schaute sich ihren Kompagnon genau an. Jon fuhr die zwanzig Kilometer von Lørenskog jeden Tag mit dem Fahrrad, bei jedem Wetter und jeder Temperatur. Sogar noch bei zwölf Grad minus. Aber irgendwie war das typisch für den eitlen Mann aus Trøndelag. Der Abdruck des Helms auf seinen Haaren zeugte von der sportlichen Leistung.

In Inas Augen litt Jon Bork an der Midlifecrisis. Symptome dafür gab es genug: einen neuen BMW, einen Französischkurs, Extremsport und dreimal die Woche Fitnessstudio.

Jon war klein und ungewöhnlich austrainiert. Die

Fahrradhose schmiegte sich eng an seine muskulösen Schenkel, und er war wirklich kein schlechter Anblick, wenn auch nicht Inas Typ. Er war ihr zu monoman und aufdringlich.

Jon Bork stammte ursprünglich aus Trondheim. Er war mit der Pharmazeutin Tone verheiratet, und ihre gemeinsame Tochter, Jenny, ging inzwischen in die zweite Klasse. Ina und Amund waren zweimal bei den Borks zu Gast gewesen. Die drei Borks aber noch nie bei ihnen. Jon hatte alle Einladungen mit ausweichenden Entschuldigungen abgelehnt, so dass Ina inzwischen den Verdacht hegte, dass er unsicher wurde, sobald er soziale Anlässe nicht selbst kontrollieren konnte. Menschen wie er luden andere lieber ein, als selbst eingeladen zu werden.

Eines aber musste man ihm lassen: Er war ein verdammt guter, sehr intelligenter Psychologe, mitunter allerdings auch ein ziemlich nerviger Querulant, der an seinen kontroversen Ansichten festhielt. So hing Jon noch immer der Elektroschocktherapie an, wenn auch nur als Behandlung für Extremfälle, womit er im beruflichen Umfeld ziemlich allein dastand.

Ansonsten hatte er immer die richtigen Antworten parat und war bei jedem Gesprächsthema präsent und bestens informiert. Er konnte sich aus den kompliziertesten Konfrontationen herauswinden und war verbal jedem gewachsen, was im Umgang mit seinen Patienten natürlich ein Riesenvorteil war.

Jetzt sah Jon Ina wachsam an.

»Was machst du eigentlich hier unten?«

»Ich wollte nur etwas in einer Patientenakte nachschlagen«, sagte Ina.

Sie schloss den Archivschrank.

»Ich habe gehört, was deinen Kindern passiert ist«, sagte Jon hinter ihr, als sie sich dem Schrank zugewandt hatte. »Geht es ihnen gut?«

»Den Umständen entsprechend.«

»Du, Ina. Wollt ihr nicht mal wieder vorbeikommen, du und Amund ... Vielleicht morgen Abend? Es täte euch doch bestimmt gut, mal ein bisschen abzuschalten.«

»Ich weiß nicht ...«

»Du musst mal wieder unter Menschen. So bald wie möglich. An etwas anderes denken. Glaub mir, ich bin Psychologe.«

Das war ein Running Gag zwischen ihnen, der jetzt aber deplatziert wirkte.

»Wir können die Kinder jetzt nicht allein lassen.«

»Dann nehmt sie doch mit!«, sagte Jon. »Sie können auch bei uns schlafen. Wir haben ein großes Haus mit zwei Gästezimmern. Das würde euch guttun.«

Ina gab nach.

»Okay, ich bespreche das mal mit Amund.«

»Tu das, Ina. Gehen wir zusammen hoch?«

Sie seufzte.

»Ja, ich bin hier unten wohl fertig.«

Sie verließen den Archivraum, und die schwere Tür fiel hinter ihnen zu. Ina schloss ab. Nachdenklich starrte sie auf die Schlüssel. Konnte wirklich jemand den Hausschlüssel aus ihrer Schreibtischschublade genommen und dann die Kinder entführt haben? Hatte dieselbe Person Heggvik und Karsten umgebracht, wenn nicht noch mehr Menschen? Aber warum interessierte sich dieser Jemand ausgerechnet für *sie*? Ina verstand nicht, welche Rolle sie in diesem Drama spielte.

Sie gingen nebeneinander über den Flur.

»Du bist tagsüber ja kaum noch zu sehen«, sagte Jon und unterbrach ihre Gedanken. »Sind die Ermittlungen so zeitraubend?«

»Ja, sehr.«

»Habt ihr irgendetwas über Karsten herausgefunden?«

»Nicht viel, nein.«

»Das Ganze ist so schrecklich. Wahrscheinlich warst du deshalb unten im Archiv, oder?«

»Bin ich so leicht zu durchschauen?«

Jon öffnete die Tür zum Praxisempfang.

»Aber morgen kommt ihr dann, ja? Grüß Amund von mir und sag ihm, dass Anwesenheitspflicht besteht.«

»Ich weiß nicht, ob er kann, bestimmt muss er Sauerteigbrot backen.«

Jon warf Ina ein verschmitztes Lächeln zu und schüttelte langsam den Kopf.

»Naughty Ina, naughty, naughty Ina«, sagte er und bog in Richtung Garderobe ab, während Ina wieder an den Empfangstresen trat. Sie spürte, dass Jons letzte Bemerkung an ihr nagte. Er überschritt ihre Grenzen so oft, dass das kein Zufall sein konnte.

Ina drehte sich zu Kåven um, der wieder mit der Kaffeemaschine hantierte, und gab ihm die Schlüssel zurück, ehe sie schnell in ihrem Büro verschwand.

Sie schloss die Tür und ging mit raschen Schritten zu ihrem Schreibtisch. Ihr Herz raste, und sie versuchte, ihren Atem unter Kontrolle zu bekommen. Endlich war sie allein in ihrem Büro und konnte nachprüfen, ob der Haustürschlüssel noch da war.

Langsam öffnete sie die Schublade.

Der Schlüssel blinkte ihr entgegen.

Erleichtert atmete sie auf und schob die Schublade langsam wieder zu.

Dann erstarrte sie einen Moment, plötzlich irritiert. Irgendetwas stimmte nicht. Sie spürte es ganz deutlich. Eine Art Asymmetrie im Raum. Irgendetwas war anders als beim letzten Mal.

Ihr Blick fiel auf die drei Bücher, die sauber und ordentlich aufeinandergestapelt auf dem Schreibtisch lagen. Diese Bücher hatten nicht dort gelegen, als sie zuletzt in ihrem Zimmer gewesen war.

Langsam nahm sie das erste in die Hände.

Sie erkannte die Handschrift. Gleichmäßig und schwungvoll, mit leichter Neigung nach vorn. Ina hielt sich die Hand vor den Mund, als sie die Aufschrift auf dem Buch las.

Tagebuch Karsten Scheel 1966–1977

Ihr Puls raste. Mein Gott. Karstens gesammelte Geheimnisse. Wahnsinn. Aber wer hatte die Tagebücher hier auf ihr Pult gelegt?

War auch hier jemand eingebrochen?

Vermutlich nicht. Sie schloss ja nie ab. Andererseits war die Tür zur Praxis immer abgeschlossen. Sie versuchte sich zu konzentrieren, aber es gelang ihr nicht recht. Trotzdem meldete sich ein ziemlich klarer Gedanke:

Irgendjemand da draußen verfolgte jeden ihrer Schritte. Aber wer?

Das Schlimmste war, dass die Zahl der möglichen Kandidaten ziemlich eingeschränkt war. Einer ihrer Patienten oder ein Patient der anderen in der Praxis. Sicher war nur, dass ihr jemand Karstens geheimste Gedanken enthüllen wollte, die Geheimnisse, in denen sie selbst eine Rolle spielte.

4

Der silbergraue Passat fuhr mit gleichmäßigem Tempo über den Riksveg 4 im oberen Teil des Tals. Groruddalen lag dunkel zur Linken von Rimbereid und Ina, und am Horizont blinkten Tausende kleiner Lichter auf. Sie fuhren antizyklisch gegen den Stoßverkehr in Richtung Oslo. Ina war müde und erschöpft, Rimbereid hingegen pfiff gut gelaunt ein Lied mit, das im Radio gespielt wurde.

Vor fünfzehn Minuten hatte sie Ina vom Esstisch in Nittedal weggezerrt. Inger-Lise Lie hatte eine außerplanmäßige Sitzung einberufen.

»Darf ich rauchen?«, fragte Ina.

»Be my guest.«

Ina ließ das Fenster etwas herunter, zündete sich eine Zigarette an und inhalierte. Sie lehnte sich nach hinten, blies den Rauch in Richtung Spalt und schloss die Augen, um einen klaren Kopf zu bekommen. Aber wieder wurde sie heimgesucht von ihren Erinnerungen an Karsten. An den letzten Moment, in dem sie ihn gesehen hatte, bevor er vollends vom Nebel eingehüllt worden war.

Irgendwo in diesem Nebel hatte sein Mörder auf ihn gewartet.

Ina öffnete die Augen und blickte durch die Windschutzscheibe nach vorn. Sie sah die lange Reihe der

Lichter jenseits des Mittelstreifens, die gleichförmigen Karosserien, stumme Schatten, Stoßstange an Stoßstange.

Die nächste Rauchwolke wehte in Richtung Fensterspalt.

Wie viele Sehnsüchte schwirren da vorbei, dachte sie, ohne dass wir ihnen einen Blick schenken, einen Gedanken widmen. Aber irgendwo unter all diesen Menschen gab es einen, der wusste, was mit Karsten passiert war, einen, der ihm mit erschreckender Brutalität das Leben genommen hatte. Woher rührte dieser Hass? Was für ein Geheimnis barg Karstens Leben?

Ina spürte das Unbehagen in ihrem Körper. Sie drückte die Zigarette hart im Aschenbecher aus, obwohl sie noch nicht einmal zur Hälfte geraucht war.

»Kannst du ein Geheimnis für dich behalten?«

Rimbereid schielte misstrauisch zu ihr herüber.

»Klar.«

»Du musst mir aber versprechen, es Lie gegenüber mit keiner Silbe zu erwähnen.«

Rimbereid nickte kaum merklich.

»Weißt du, was heute auf meinem Schreibtisch lag?«, fragte Ina.

»Keine Ahnung.«

»Karstens Tagebücher, drei Bände.«

»Was? Wer hat dir die denn dahin gelegt?«

»Das ist die Frage. Sie kamen ohne Absender.«

Rimbereid wandte sich zu Ina und sah sie eindringlich an, ehe sie ihre Aufmerksamkeit wieder auf die Straße richtete.

»Einer deiner Kollegen in der Praxis?«

»Kann ich mir nicht vorstellen«, sagte Ina. »Eher ein Patient, wenn überhaupt.«

»Oder jemand, der bei euch war. Vielleicht unter irgendeinem Deckmantel, mit einem Auftrag? Ein Handwerker?«

»Das bezweifle ich.«

»In Nesbøs *Das fünfte Zeichen* verkleidet der Täter sich als Fahrradbote.«

Ina schüttelte den Kopf.

»Maria hätte ihn am Empfang aufgehalten. Sie hat die klare Order, niemanden zu uns reinzulassen. Da wir mit psychisch kranken Menschen arbeiten, die potentiell psychotisch sind, haben wir darin Routine.«

»Aber arbeitet diese Souranta denn Vollzeit?«

Nein, richtig, dachte Ina. Sie hatte nur eine halbe Stelle. Es *gab* tatsächlich Zeiten, in denen der Empfang nicht besetzt war. Andererseits war die Tür zur Praxis immer abgeschlossen. Und am Vortag war Maria die ganze Zeit über in der Praxis gewesen, abgesehen von der einen oder anderen dringenden Angelegenheit.

Ihre Schlussfolgerung beunruhigte sie trotzdem. Es deutete wirklich alles auf eine Verbindung zu ihr hin. Nur dass Ina diese Verbindung noch nicht sah.

»Weißt du, worum es in Lies Besprechung gehen soll?«, fragte sie.

»Nee, sie war ziemlich geheimnisvoll. Ich tippe, sie hat irgendein Ass im Ärmel, das sie uns dann gleich präsentiert. Sie hat es zu verbergen versucht, aber sie war stolz wie ein Hahn.«

In Inas Bauch rumorte es.

»Wir sollten uns beeilen«, sagte Rimbereid und gab Gas. »Sonst verpasst du auch noch die nächste Mahlzeit.«

*

Im Auditorium der Polizeidienststelle Grønland war erwartungsvolles Murmeln zu hören. Vorn am Rednerpult stand Inger-Lise Lie und blätterte nachdenklich in ihren Unterlagen. Endlich hob sie den Blick, reckte die Brust vor und verwandelte sich augenblicklich in den Habicht, bereit, die Beute zu packen.

Das Gemurmel verstummte.

»Okay. Ich darf Ihnen mitteilen, dass wir in diesem Fall vor einem Durchbruch stehen. Passen Sie jetzt genau auf.«

Lie drückte auf die Fernbedienung.

Ein älterer Mann mit Marinepulli erschien auf der Leinwand. Er saß in einem kleinen kahlen Raum und machte einen verwirrten, etwas nervösen Eindruck. Immer wieder drehte er den Kopf nach rechts und links. Sein Körper war recht ausladend, und seine Glatze wurde umrahmt von einem Kranz weißer Haare. Er trug einen beeindruckenden Vollbart.

»Ihr Name ist Anders Rønning?«, hörte man Lie fragen.

»Ja, das stimmt«, sagte der Mann mit Trønder Dialekt.

Rønning richtete sich etwas auf und sah in Richtung Kamera.

»Könnten Sie sich kurz vorstellen?«, fragte Lie.

»Also, ich bin pensionierter Polizeibeamter der Dienststelle Alstahaug und Leirfjord im Polizeidistrikt Helgeland. Ich bin vor zwei Jahren in den Ruhestand getreten.«

»Sie haben heute Kontakt mit Kommissar Arnholt aufgenommen. Warum haben Sie das getan?«

Rønning rutschte auf seinem Stuhl herum. Er räusperte sich.

»Also, ich habe mitbekommen, dass ein Polizist bei uns mit ihm gesprochen hat. Und ich habe die Nachrichten über den Mord im Maridalen verfolgt. Auf der Webseite der Zeitung *VG* stand heute früh etwas, was bei mir die Alarmglocken läuten ließ.«

»Fahren Sie fort.«

»Wir haben oben bei uns nicht viele schwerwiegende Fälle«, sagte Rønning. »Ich will uns nicht loben, aber unsere Aufklärungsrate ist sehr hoch. Eine Sache ist mir aber nie aus dem Kopf gegangen.«

»Der Alstahaug-Mord?«

»Genau. Ich hatte damals gerade erst meinen Dienst angetreten.«

»Wann war das?«

»Kurz vor Weihnachten 1984.«

»Am 5. Dezember?«

»Ja, das kann stimmen.«

Der 5. Dezember. Also auch da. Gott, dann hatte Trygve recht. Die Sache ging noch viel weiter zurück. Es ärgerte Ina, dass Inger-Lise Lie nun da vorn stand und die Lorbeeren allein einstrich. Schließlich war es Rimbereid gewesen, die die Polizei auf den Fall von damals gebracht hatte. Lies schlanke Silhouette hob sich vom unteren Rand der Leinwand ab. Die Chefermittlerin musste eine schlechte Pokerspielerin sein. Ihre Körperhaltung verriet, wie stolz sie war.

»Wer war das Opfer?«, fragte Lie weiter.

»Bjørnar Rølvåg«, antwortete Rønning. »Ein Fischer und Familienvater aus Dønna, einer Inselgemeinde nördlich von Alstahaug. Ich hatte so etwas noch nie gesehen.«

»Wie wurde er ermordet?«

»Rølvåg wurde eine ganze Reihe von Messerstichen

in der Bauch- und Brustregion zugefügt, außerdem ein Stich in die Schulter. Der Täter hatte ihn mit den Füßen an der Kanzel der Kirche festgebunden, bevor er ihm die Halsschlagader durchtrennt hat, so dass er mit dem Kopf nach unten hing, unter sich eine Riesenblutlache.«

»Was hat Sie dazu veranlasst, sich bei uns zu melden?«

»Nun, zum einen ist da natürlich die Mordmethode: die vielen Messerstiche in der Brust. Das war bei Rølvåg ja genauso. Aber um ehrlich zu sein, hat mich ein anderes Detail wirklich stutzen lassen – dieser Stern … dieses …«

»Hexagramm?«

»Ja.«

Ina beugte sich interessiert vor. Jetzt näherten sie sich dem Wesentlichen. Sie registrierte, dass Rønning schwitzte. Seine kräftige Hand zuckte nach oben, und er fuhr sich mit dem Handrücken von rechts nach links über die Stirn.

»Bei unserem Mord gab es nämlich auch so ein seltsames Detail«, fuhr Rønning fort. »Der Täter hatte Rølvåg zwei Striche in die Stirn geritzt. Keiner der anderen Ermittler hat dem besondere Bedeutung beigemessen, was angesichts all der blutigen Details verständlich war. Aber ich konnte diese beiden Striche nie vergessen. Sie wirkten so genau platziert. Als ich dann von dem Hexagramm las und dass es auf eine Zahl hindeuten könnte, auf eine Serie, ging mir ein Licht auf. Was, wenn die beiden Striche … die Zahl Zwei darstellten?«

Ina rutschte auf dem Stuhl nach vorn. Rønning hatte jetzt ihre volle Aufmerksamkeit.

»Es gab aber noch mehr?«, hörte sie Lie sagen.

»Ja, im Hals des Opfers haben wir ein Stück Papier gefunden.«

»Und was stand auf dem Papier?«

»›Die Liebe, ist sie Beileid?‹«

»Ah ja«, murmelte Lie.

»Wir haben uns damals natürlich gefragt, was das bedeuten könnte«, sagte Rønning. »Eine Hypothese lautete, dass Rølvåg einen anderen Fischer seiner Gemeinde betrogen hatte. Aber die lokale Bevölkerung hielt nichts von dieser Theorie.«

»Sie können das vermutlich ausschließen«, sagte Lie. »Die gleiche Botschaft haben wir auch bei dem Opfer im Maridalen gefunden. Und das war kein Fischer.«

»Ja, das verändert natürlich alles«, sagte Rønning.

»Sollten wir sonst noch etwas wissen?«

Rønning zögerte.

»Nein, ich glaube nicht. Es gab damals eigentlich nur eine Sache, die gut gelaufen ist.«

»Was?«

»Wir haben es geschafft, Rølvågs Familie vor der Presse abzuschirmen. Sein Name wurde nie in irgendeinem Zeitungsartikel erwähnt. Aber das Gerede in ihrer Gemeinde war sicher schon schlimm genug.«

Ina nickte still vor sich hin. Jetzt passte alles zusammen. Lies Stimme war wieder von vorn zu hören:

»Dønna liegt, wenn ich richtig informiert bin, ein ganzes Stück von Alstahaug entfernt. Was hatte Rølvåg veranlasst, an diesem Tag dorthin zu fahren?«

»Das habe ich mich auch gefragt, immer wieder. Rølvåg muss dieses Treffen sehr wichtig genommen haben. Seiner Familie hatte er aber nichts Genaues darüber gesagt – nur, dass er jemanden treffen musste.«

»Seinen Mörder.«

Rønning nickte.

»Aber über den Täter haben Sie sonst nichts herausfinden können?«, fragte Lie.

»Damals gab es ja noch keine DNA-Analysen und so weiter. Zeugen haben sich nie gemeldet. Überdies tobte an diesem Abend ein ziemliches Unwetter, bei dem die meisten zu Hause geblieben waren.«

»Dann gab es keine Spuren? Keine Personenbeschreibung?«

»Unter Rølvågs Fingernägeln wurden Hautreste gefunden. Aber wie gesagt, keine DNA.«

»Hm, verstehe«, sagte Lie. »Ich danke Ihnen, Herr Rønning. Das waren sehr wichtige Informationen für uns.«

Anders Rønning nickte.

Dann war die Aufzeichnung zu Ende.

Ein leises Murmeln ging durch die Reihen, und die Lampen im Auditorium wurden wieder eingeschaltet. Inger-Lise Lie sah aus, als wäre sie bereit, sich auf ihre Beute zu stürzen, als eine Stimme das unruhige Gemurmel übertönte.

Hege Rimbereid.

»Dann hatte das Leck ja durchaus etwas Positives!«

»Wie meinen Sie das?«

Lie nagelte Rimbereid mit ihrem Blick fest.

»Nun, hätte die *VG* nicht über den Fall geschrieben, wären wir vermutlich nicht an diese Informationen gekommen.«

»Wollen Sie damit sagen, dass Sie der Zeitung den Tipp gegeben haben?«

»Nein, aber Sie haben es doch gestern selbst gesagt. Manchmal kann die Presse durchaus eine Hilfe sein.«

Ina legte den Kopf schief. Nein, nein, nein. Rimbereid musste sich jetzt zurückhalten. Aus den Augenwinkeln sah sie, wie Lie sich am Rednerpult anspannte.

»Halten wir uns jetzt nicht länger mit dieser Sache auf«, sagte die Chefermittlerin. »Wichtig ist jetzt die Frage, was uns das sagt.«

»Heggvik ist die Nummer 6«, sagte Rimbereid. »Scheel war Nummer 5 und Rølvåg Nummer 2.«

»Dann fehlen uns noch 1, 3 und 4?«, fragte Sørensen.

»Sie haben den Nagel auf den Kopf getroffen«, sagte Lie. »Gibt es wirklich noch drei andere Morde, von denen wir nichts wissen?«

»Was, wenn es eine Nummer 7 gibt?«, warf Rimbereid in die Runde. »Ganz zu schweigen von den Nummern 8, 9 und 10.«

»Der Nächste wäre dann aber wohl erst nächstes Jahr an der Reihe«, sagte Sørensen. »Am 5. Dezember.«

»Verdammt!«, sagte Lie. »Arnholt, haben Sie einen Suchlauf mit dem Datum gemacht?«

»Der Alstahaug-Mord ist auf der Liste«, sagte Arnholt.

»Was haben Sie sonst noch gefunden?«

Arnholt richtete den Blick auf das Papier, das vor ihm lag.

»Ja, also, 1998 wurde ein junger Vater am 5. Dezember in einem Pub brutal niedergeschlagen. 1993 wurde ein Teenager in einer Scheune eingesperrt und allem Anschein nach mehrere Tage gefoltert. Er wurde lebendig gefunden, am 5. Dezember. 1987 hat ein eifersüchtiger Ehemann in Romerike seine Exfrau und die gemeinsamen Kinder getötet. Und 1984 geschah der Alstahaug-Mord.«

»Aha«, murmelte Lie.

»Ich habe aber auch mögliche Fälle im Ausland unter die Lupe genommen«, fuhr Arnholt fort. »1992 gab es einen grausamen Mehrfachmord in einer Schule in Schweden. Ein Schüler hat vier Mitschüler mit einer Schrotflinte erschossen, ehe er sich selbst das Leben nahm. Er war kurz zuvor bei einem Mädchen abgeblitzt, einem der vier Opfer. 1998 wurde ein norwegischer Pastor in einer Seemannskirche auf Lanzarote ermordet. Am 5. Dezember.«

Ina zuckte auf ihrem Stuhl zusammen.

»Aber ... Das mit der Kirche passt zu den anderen Morden. Vielleicht hängt dieser Mord ja mit unserem Fall zusammen.«

»Was haben Sie sonst noch über den Fall?«, fragte Lie.

Arnholt blätterte seine Unterlagen durch.

»Nicht viel. Der Mord geschah, wie gesagt, auf Lanzarote. In der Seemannskirche. Die spanische Polizei hat damals die Ermittlungen geleitet. Ein Täter wurde aber nie gefasst.«

»Wie hieß der Pastor?«, fragte Ina.

»Per Erik Sande. Ursprünglich aus Kristiansund.«

»Der Name ist vorher noch nicht aufgetaucht?«, fragte Lie. »Eventuell im Zusammenhang mit Heggvik oder Scheel?«

Niemand sagte etwas.

»Und an ihm wurde keine geheimnisvolle Mitteilung gefunden?«, fragte Lie weiter. »Kein Gegenstand, der irgendetwas mit einer Zahl zu tun haben könnte?«

»Davon steht da nichts«, sagte Arnholt.

»Falls doch, wäre das unsere Nummer 3 oder 4«, sagte Rimbereid.

»Ach ja?«

»Das liegt doch auf der Hand«, sagte Rimbereid. »Wenn Scheel 2005 die Nummer 5 war und Rølvåg in Alstahaug 1984 die Nummer 2, müssen Nummer 3 und 4 in der Zwischenzeit ermordet worden sein. Warum nicht 1998? Vorausgesetzt, der Mörder ist so systematisch, wie es den Anschein hat.«

Ina spürte förmlich, wie die Luft aus Lie entwich, und sie konnte nicht leugnen, dass sie ein bisschen schadenfroh war.

»Nun«, sagte die Chefermittlerin. »Ich will, dass wir uns jetzt voll und ganz auf den 5. Dezember konzentrieren. Sofern keine neuen Sachverhalte im Heggvik-Fall auftauchen, widmet sich jeder von Ihnen dieser Spur – ab morgen.«

5

Amund lag auf dem Sofa und schlief tief und fest. Im Fernsehen lief Werbung. Ina blieb stehen und betrachtete ihn. Ihren lieben, lieben Mann. Sie setzte sich lächelnd neben ihn und streichelte ihm über die Stirn. Kleine Zuckungen gingen über sein Gesicht.

Schließlich richtete er sich benommen auf.

»Wie spät ist es?«

»Bald Schlafenszeit.«

Amund unterdrückte ein Gähnen. Dann schien ihm etwas einzufallen.

»Wie laufen die Ermittlungen?«

»Schrecklich.«

»Warum?«

»Vermutlich haben wir es mit fünf oder sechs Morden zu tun. Von demselben Täter.«

Amund starrte sie entsetzt an.

»Und das ist der, der Guro und Eline entführt hat?«

»Das wissen wir noch nicht.«

»Bestimmt ist der das«, flüsterte Amund.

Ina blieb still sitzen und dachte über seine Worte nach. Sie wollte jetzt nicht mit Amund darüber diskutieren. Nicht jetzt. Es kreisten so schon genug Gedanken in ihrem Kopf.

»Nicht notwendigerweise«, antwortete sie. »Aber du. Ich muss noch mal nach oben ins Arbeitszimmer. Karstens Tagebücher lesen.«

»Jetzt? Kannst du nicht ein bisschen bei mir bleiben, Ina? Ich war den ganzen Nachmittag mit den Kindern allein. Ich muss mal mit einem erwachsenen Menschen reden.«

Ina wusste, dass sie etwas sagen musste, fand aber nicht die richtigen Worte. Nichts, was auch nur einigermaßen angebracht gewesen wäre.

»Ich brauche jemanden, der mich mal in den Arm nimmt«, fuhr Amund leise fort.

Mein Gott, ist er wirklich so fertig?, fragte Ina sich und sagte: »Ich brauche dich auch, da kannst du dir ganz sicher sein. Aber ich muss das herausfinden. Die Sache eilt.«

»Du hast nicht einmal fünf Minuten?«

»Bald ist Schluss damit, das verspreche ich dir.«

Verdammt, dieser Blick. Amund sah aus wie ein kleiner Junge und tat ihr auf einmal ungeheuer leid. Für einen Augenblick erwog sie tatsächlich, sitzen zu bleiben, doch dann hörte sie ihren Lebensgefährten flüstern:

»Du bist so hart. Manchmal wünschte ich mir, ich wäre auch so.«

Ina sah ihm in die Augen.

»Was soll das denn heißen?«

»Ach, vergiss es, ich bin einfach müde.«

Ina musterte Amund einige Sekunden lang. Er zog den Hals ein. Zum ersten Mal in den sechs Jahren, die sie sich kannten, hatte er ihr zu widersprechen versucht und war auf Konfrontationskurs gegangen. Wusste Amund mehr, als er sich eingestehen wollte? Zum Beispiel über sie und Karsten? Sie hatte Amund nie von ihrem Verhältnis erzählt, obwohl sie ja eigentlich nichts zu verbergen hatte.

Sie versuchte, die Situation durch ein Ablenkungsmanöver zu retten.

»Übrigens, Jon hat uns für morgen Abend zum Essen eingeladen. Er meinte, wir müssten mal wieder unter Leute kommen.«

Amund sagte kein Wort, aber Ina ließ sich dadurch nicht entmutigen.

»Und ich finde, er hat recht.«

Amund hob den Blick und sah sie an.

»Bist du dir sicher, dass das klug ist?«

»Wir können die Kinder mitnehmen. Denk mal drüber nach, Amund. Es wäre bestimmt gut, ein bisschen aus dem Haus zu kommen.«

»Ja, mag sein …«

Sie blieb stehen und musterte ihn ein oder zwei Sekunden. Dann verschwand sie lautlos über die Treppe nach oben.

»Im Kühlschrank steht Quiche für dich!«, rief Amund ihr nach.

*

Ina zog die geblümten Vorhänge zu und ließ sich auf den Bürostuhl sinken. Ihr Handy zeigte vier verpasste Anrufe. Alle von Trygve Winther. Nein, selbst Winther musste jetzt warten.

Sie richtete ihren Blick auf das zuoberst liegende Tagebuch.

Es war das letzte, das Karsten geschrieben hatte, und trug die Aufschrift *1995–* . Es war nicht vollgeschrieben worden.

Sie fuhr mit den Fingerkuppen über das kleine schwarz-rote Buch. Die Oberfläche fühlte sich rau an. Kratzer und Risse zogen sich über das Cover. Der rote Buchrücken knirschte, als sie das Buch öffnete.

Wieder tauchte Karsten aus ihrer Erinnerung auf. Aber dieses Mal waren es andere Bilder, neue Fragmente, die sich aufdrängten: Sein haariger Körper auf der Bettkante. Der rasierte Schädel. Der Dreitagebart. Das weiche, hintergründige Lächeln.

Ina richtete sich auf.

Sie spürte Angst. Weniger davor, in Karstens Gedanken einzutauchen, in seine Verzweiflung, seine Geheimnisse, sondern eher davor, in den Tagebüchern sich selbst zu begegnen.

Vor dieser Begegnung graute ihr. Wie hatte er sie gesehen? Hatte sie ihm überhaupt etwas bedeutet?

Ina schlug die erste Seite auf. Das Papier zitterte zwischen ihren Fingern. Seine Handschrift war ihr vertraut. Zierlich, für einen Mann ungewöhnlich sauber.

Die Buchstaben neigten sich konsequent nach rechts und hatten schwungvolle runde Bögen.

Sie las das erste Datum oben rechts auf der Seite:

25. Januar 1995

Neues Jahr, neues Buch, habe es nicht geschafft, früher zu schreiben. Kriege im Moment überhaupt nichts auf die Reihe. Diese schrecklichen Wintermonate. Diese Scheißkälte. Ich ertrag das nicht mehr. Meine Haut zieht sich zusammen. Wird blass und trocken. Mein Hautarzt meint, meine Haut sei lichtempfindlich. Oder besser gesagt, der Mangel an Licht mache sich bemerkbar. Vermutlich hat er damit den Nagel auf den Kopf getroffen. Ich ertrage die Dunkelheit nicht. Habe richtiggehend Angst vor dem Frost.

So hat sich das entwickelt.

Das Studium schleppt sich dahin. Finde keine Ruhe. Kann mich nicht konzentrieren, bin so verdammt rastlos …

Kirsti beklagt sich über meine Abwesenheit. Darüber, dass ich mich zurückziehe. Sie auf Distanz halte. Sie hat natürlich recht. Wenn sie nur wüsste. Wenn sie mich sehen würde, wenn ich angeblich arbeite und stattdessen auf dem Stuhl im Kinderzimmer hocke und heule. Wie so oft in den letzten Tagen. Es ist so schrecklich. Ich starre bloß an die Wand. In mein Inneres. In meinen ganz persönlichen Alptraum.

Gut, dass nächste Woche das Semester wieder anfängt. Es tut mir gut, Ina wieder zu treffen. Mit den Gedanken aus dieser negativen Spirale herauszukommen …

Der letzte Abschnitt traf sie wie ein Faustschlag.

Sie schluckte und blätterte weiter, ohne zu wissen, ob sie wirklich bereit war weiterzulesen. Der ganze Text, die Sprache, alles klang so unverwechselbar nach Karsten. Endlich hörte sie wieder seine Stimme. Endlich sah sie ihn wieder vor sich. Deutlich und klar, lebendig. All das löste eine ungeheure Wärme, aber auch Unbehagen in Ina aus.

Trotzdem zwang sie sich weiterzulesen. Ihre Augen folgten Karstens Handschrift, Seite um Seite. Wenige, aber lange Aufzeichnungen. Manchmal verging ziemlich viel Zeit, teilweise Monate, zwischen den einzelnen Notizen. Phasenweise hatte er öfter geschrieben, fast täglich. Ina übersprang einige Jahre, insbesondere die, in denen sie involviert war, und peilte den Schluss an, die Jahreszahl und das Datum, an dem alles ein Ende haben sollte.

5. Dezember 2005.

An diesem Tag gab es keinen Eintrag, wohl aber zwei Tage zuvor.

3. Dezember 2005 stand oben am Rand.

Mein Alptraum, meine Bosheit. Der Schlagring, der immer wieder nach unten knallt.

Der Brief. Mehr brauchte es nicht, damit alles wieder da war: der Schlagring, das Gesicht.

Jetzt sehe ich nichts anderes mehr. Nur noch den nach unten sausenden Schlagring.

Das Gesicht, das keines mehr ist.

Ich muss dieses Gesicht mit meinen Worten wegschreiben! Muss es aus dem Kopf bekommen, damit es nicht mehr so deutlich ist.

Der Schlagring. Vier Metallringe um die Finger. Die geballte Faust. Der schlagende Arm.

Wieder und wieder. Ich höre das Geräusch. Stahl auf Knochen. Bis sie zu Bruch gehen.
Wie konnte ich das vergessen?
Ich habe nichts vergessen.
Aber wie konnte ich die Augen verschließen?
Wir haben alles gesehen. Das alles hat sich direkt vor unseren Augen abgespielt.
Wie konnten wir das verschweigen? Nichts sagen?
Wir waren feige. Feiger, als Menschen es sein dürfen. Jemals.
Und ich war der Schlimmste von allen.
Opdahl war der Mutigste. Nur er hatte sich dagegen ausgesprochen und prompt den Schlagring zu spüren bekommen. Einen Schlag. Dieses Geräusch. Verdammt. Das Knacken der Knochen. Auch Opdahl war hinterher sicher nicht mehr derselbe.
Es ist wirklich erstaunlich, dass das keine Konsequenzen hatte. Dass niemand das herausgefunden hat.
Ich habe so viel darüber nachgedacht: Irgendjemand muss doch davon gehört haben. Irgendjemand muss es gewusst haben. Wurden diese Leute bedroht? Der General muss sich darum gekümmert haben. Mögen die Götter wissen, wie er sie unter Druck gesetzt hat.
Ich verstehe es noch immer nicht. Wie kann ein einzelner Mensch eine ganze Gruppe lähmen? Wie kann eine einzige Seele eine derartige Hölle heraufbeschwören? Wie können sich erwachsene Menschen zu so etwas hinreißen lassen? Wie können sie zulassen, dass sie sich in Monster verwandeln – in Werkzeuge des Bösen?
Die Psychologie des Krieges. Dabei greifen die gleichen Mechanismen. Wie schafft es ein Kriegsherr, seine

Leute zum Massenmord anzustiften? Zu ethnischen Säuberungen? Vergewaltigungen?
Es gibt, soweit ich weiß, zwei Antworten auf diese Frage: 1. Weil das Böse schon irgendwo in uns steckt. 2. Weil wir zu feige sind, uns gegen das Böse zu wehren. Ich weiß nicht, welche Alternative die schlimmere ist.
Dann dieses seltsame Treffen übermorgen. Ich habe gedacht, der General hätte sich geändert. Darauf hat einiges hingedeutet. Nach allem, was er gesagt hat, hat doch auch er so etwas wie Reue empfunden.
Aber dieser Mann hat mich schon früher hinters Licht geführt. Ich werde ihm nie mehr vertrauen.
Nie mehr, in meinem ganzen Leben.
Ich habe mich in der letzten Zeit immer öfter gefragt, wie ich den General beschreiben soll. Mit welchen Bildern ich ihm gerecht werde.
Eine Fußfessel.
Der General als eine lebenslängliche Fußfessel? Nicht nur für mich. Wir waren so viele. Wir haben uns weitergeschleppt, mit der Fessel des Generals an den Füßen. Frei haben wir uns nie gefühlt. Nie mehr. Jeder Schritt, den ich als erwachsener Mann getan habe, war ein Schritt der Unfreiheit. Wenn ich ihn übermorgen wiedersehe, werde ich ebenso gefangen sein wie früher. Aber vielleicht wage ich es ja, ihn zu fragen, was geschehen muss, damit sich meine Schritte wieder freier anfühlen? Was muss ich tun? Was muss ich tun, damit er meine Fußfessel löst und mich gehen lässt?
Aber ich kenne die Antwort bereits. Denn dazu wird es gar nicht kommen. Der General wird mich niemals gehen lassen.

Er ist groß geworden, dank der Unfreiheit der anderen. Darauf gründete sich schon damals seine Macht, und das ist heute noch so. Solche wie er laben sich an der Unfreiheit der anderen. Ließe er uns gehen, wäre er nur noch ein Nichts. Bekämen die Menschen die Freiheit, würden solche wie der General sich auflösen, zu Luft werden.
Ich glaube nicht mehr an Gott, aber ich bete trotzdem: Bitte, Gott, lass mich ein freier Mensch werden.

Ina spürte es am ganzen Körper kribbeln. Es *war* der General gewesen, den Karsten hatte treffen wollen. Es musste in allen Fällen derselbe Mann sein. Das konnte kein Zufall sein. Aber wie war Karsten mit so einem Menschen in Kontakt gekommen? Karsten im illegalen Kampfsportmilieu?

Ein absurder Gedanke. Karsten mit Schlagring? Sie kannte ihn als einen extrem harmoniesüchtigen Menschen. Das konnte natürlich auch nur eine Fassade gewesen sein. Er musste etwas vor ihr geheim gehalten haben, vor seinem gesamten Umfeld. Etwas, worüber er nur in seinem Tagebuch geschrieben hatte …

Karsten tat ihr so leid. Etwas hatte an seinem Herzen genagt. Aber was?

Ina rief sich die Meilensteine in Karstens Leben ins Gedächtnis. Sie wusste, dass er in zwei Etappen studiert hatte und dass sein Psychologiestudium im Erwachsenenalter einer Art Midlifecrisis geschuldet war. Von seinem ersten Studium auf Lehramt wusste sie beinahe nichts. Ganz zu schweigen von seiner Jugend. Karsten hatte sich nie in die Karten blicken lassen, wofür es ganz offensichtlich einen guten Grund gab.

Mein Gott, wie viele Geheimnisse wir alle voreinander haben, dachte Ina.

Wohinein kannst du dich verstrickt haben, Karsten? Hatte der General dich so fest in der Hand? War der Mist, den ihr gebaut habt, so schlimm? Ina blätterte eine Seite zurück.

2. Dezember 2005
Der General hat mir einen Brief geschrieben (!), er will mich persönlich treffen. In einer Kirche. Was treibt er denn jetzt wieder?
Ich dachte, unsere Gespräche hätten ihm gereicht. Habe ihm wirklich geglaubt, dass er ein anderer geworden ist. Aber das Böse ändert sich vermutlich nie. Es nimmt nur neue Formen an. Das Böse ist in uns. Immer. Die meisten lernen allerdings, es zu kontrollieren oder aus ihren Taten herauszuhalten. Mehr oder weniger. Und einige wenige kultivieren es.
Was bringt einen Menschen dazu, sich dem Bösen zu verschreiben? Wahnsinn? Eine schwierige Kindheit? Die Gene oder das Umfeld?
Die Gene UND das Umfeld.
Das Böse ist in beiden versteckt. Sowohl in den Genen als auch in der Umgebung. Das Böse gibt es überall. Überall um uns herum. Wir können ihm nicht entfliehen. Wir können uns nur selbst schützen – und unsere Nächsten –, so gut es geht.
Hakadal-Kirche.
Irgendwie passt das nicht zu dem neuen General. Zu dem alten würde es durchaus passen. Verdammt gut sogar. Habe von Leuten gelesen, die eine Persönlichkeit annehmen und wieder ablegen können. Was für

ein Ass hat er dieses Mal im Ärmel? Lockt er mich in eine Gefahr, von der ich noch nichts ahne? Schon wieder?
Aber ich muss ihn treffen. Ich komme nicht drum herum.
Muss es herausfinden.
Sonst würde ich niemals Frieden finden. Der General weiß alles. Auch, welche Knöpfe er drücken muss. Und sollte ich nicht gehorchen, würde ich die Konsequenzen zu spüren bekommen. Dann würde seine Wut sich auch gegen Kirsti und Jan richten.
In drei Tagen treffe ich ihn in der Hakadal-Kirche.
Und vermutlich wird dann alles anders sein …

Es lief Ina kalt den Rücken hinunter. Bedeuteten die Gespräche, die Karsten erwähnte, dass der General sein Patient gewesen war? Und dass es die schrecklichste Art Mensch gewesen war, die Karsten drei Tage später in der Hakadal-Kirche getroffen hatte? Und die sein Ende bedeuten sollte.

Ein Name tauchte aus ihrem Unterbewusstsein auf. Wieder und wieder.

Karl Osberg.

Er war Karstens Patient gewesen. Auch er war groß und stark. Und er hatte diesen durchdringenden Blick. Jetzt war er *ihr* Patient. So konnte er auch sie unter Kontrolle behalten.

Ina griff zum Handy und wollte Hege Rimbereid anrufen. Aber in der Sekunde begann es zu vibrieren. Wieder eine SMS von Trygve Winther.

Der Text lautete: »Jetzt lass uns endlich skypen!«

6

Trygve Winther: Warum hast du nicht geantwortet?
Ina Grieg: Trygve Winther = Nicht die einzige Person auf der Welt.
T: Du musst mich auf dem Laufenden halten.
I: Okay. Mord Nr. 2 = Bjørnar Rølvåg, Fischer aus Dønna. Alstahaug-Kirche, 1984.
T: Ich erinnere mich an den Fall. Alstahaug = Petter Dass.
I: Ja?
T: Uralte Kirche aus dem frühen Mittelalter. Sonst noch was?
I: Wir verfolgen die Spur 5. Dezember. Möglicher vierter Mord: ein norwegischer Seemannspastor, Per Erik Sande.
T: Wann und wo?
I: Lanzarote, 5. Dezember 1998.
T: Nein, passt nicht.
I: Que? Am 5. Dezember?
T: Die Jahreszahl.
I: ??
T: Achte auf die Jahreszahlen und lies langsam: 2 = 1984, 4 = 1998, 5 = 2005, 6 = 2010. Finde den Fehler.
I: Keine Ahnung.
T: Kein festes Intervall. 5 Jahre von 2010 bis 2005, 7 Jahre von 1998 bis 2005.
I: Der letzte Mord hätte eher stattfinden müssen?

Ina wartete lange auf eine Antwort auf ihre letzte Frage. Es tauchte aber keine Meldung auf. Zehn Sekunden vergingen. Zwanzig.

Dann endlich:

T: YES! DANKE! Es gibt tatsächlich ein System! Und du hast recht: Heggvik fällt aus der Reihe.

I: ?

T: Wie viele Jahre liegen zwischen 1984 und 1998?

I: 14. Na und?

T: 2 × 7. Der Mord an dem Seemannspastor könnte in die Reihe passen. Das Intervall beträgt sieben Jahre. 1984, 1991, 1998 und 2005. 2010 fällt heraus.

I: Und? Hilft uns das weiter?

T: Natürlich! Denn jetzt haben wir noch zwei weitere Daten.

I: 5. Dezember 1991? Der dritte Mord?

T: Und der erste am 5. Dezember 1977.

I: Wow!

T: Noch was? Hast du die Geburtsdaten der Ermordeten?

I: Nicht alle. Nicht hier. Ich kann sie aber besorgen.

T: Tu das. Sonst noch was?

I: Wusstest du, dass Karsten Tagebuch geschrieben hat?

T: Nein.

I: Die Tagebücher lagen heute auf meinem Tisch. Anonymer Absender.

T: Eine Theorie, wer das sein könnte?

I: 1) einer von uns aus der Praxis oder 2) ein Patient.

T: Vielleicht auch noch andere. Ein Schloss aufzubrechen ist ja so schwer nicht.

I: Mitten im Rotnes-Zentrum? Das wäre ziemlich dreist.

T: Rotnes ist nicht gerade der Nabel der Welt. Was steht denn in Karstens Tagebüchern?

I: Habe gerade erst zu lesen begonnen. Aber Karsten hat mehrfach über den General geschrieben.

T: In was für einem Zusammenhang?

I: Karsten könnte in einer Gruppe gewesen sein, die der General angeführt hat.

T: Wann?
I: Weiß ich noch nicht.
T: Was steht da sonst noch über den General?
I: Er hat wohl Schlagringe benutzt und irgendwann bei einem Treffen auch ein Gruppenmitglied zusammengeschlagen.
T: Dieser Extremkampfsport?
I: Möglich.
T: Aber Karsten in einer gewalttätigen Gruppe?
I: Passt nicht, nein. Trotzdem, irgendwann muss etwas Furchtbares passiert sein. Die Gruppe war dafür verantwortlich, der General führte sie an.
T: Kann dieses Ereignis unseren Mörder auf den Plan gerufen haben? Serienmord aus Rache?
I: Nein, hör doch zu, der General *ist* der Mörder.
T: Motiv?
I: Die Mitglieder der Gruppe verfügen über Informationen, die gefährlich für ihn werden könnten.
T: Logischer Fehler 1: Warum sollte ein brutaler Gangleader opfern?
I: Ein Ablenkmanöver, um uns zu verwirren?
T: Sag mal, hat Heggvik nicht auch einen Brief bekommen?
I: Stimmt. Mit einer ziemlich geheimnisvollen Botschaft.
T: Was?
I: Ach, bloß Nonsens: *Die Liebe, ist sie Beileid?*
T: Was?! Das hätte ich gleich wissen müssen, Ina!
I: Sorry …
T: Und ihr fragt euch, was das bedeutet?
I: Äh, ja?
T: Die Antwort lautet: nichts.
I: ?
T: Andererseits sagt es indirekt etwas über den Mörder aus.
I: Und was bitte?

T: Dass er einen Sinn für Rätsel hat.
I: ?
T: Die Nachricht ist ein Palindrom.
I: Ah! Ein Satz, den man von vorne und von hinten lesen kann? Wie »Ein Esel lese nie«?
T: Genau.
I: Ha!
T: Palindrome sind heutzutage eine in Vergessenheit geratene Kunst. In den 60er Jahren des vorigen Jahrhunderts waren sie hingegen sehr populär.
I: Als du ganz zufällig in Paris studiert hast?
T: Spar dir die Ironie. Aber verstehst du, was das bedeutet?
I: Nein.
T: Dass der Mörder das auch getan haben kann.
I: Dass er vor fünfzig Jahren studiert hat?
T: Der Mörder könnte in meinem Alter sein.
I: Aber über Palindrome schlaumachen kann sich doch jeder?
T: Schon, aber willst du wissen, was der alte Opa glaubt?
I: Ich kann es kaum erwarten. ☺
T: Okay. Hast du schon mal von Oulipo gehört?
I: ???
T: Die Gruppe wurde in den 1960er Jahren gegründet. Unter den Mitgliedern waren die Autoren Raymond Queneau und Georges Perec.
I: Und die hatten eine besondere Liebe zu Palindromen?
T: Yes. Die Oulipo-Autoren hatten eine Liebe für unmögliche sprachliche Aufgaben.
I: Wie zum Beispiel?
T: Perec hat seinen Roman *La disparition* als ein Lipogramm geschrieben, das heißt, teilweise ohne den Buchstaben »E«.
I: Und was nützt uns das?

T: Das Palindrom als solches nützt uns nichts. Das sind pfiffige, komplizierte Sätze, die aber keinen Sinn ergeben.

I: Dann sind wir so weit wie vorher?

T: Nein, einen großen Schritt weiter. Es sagt uns wenigstens, dass der Täter gebildet ist.

I: Und was noch?

T: Dass er vielleicht älter ist, als wir glauben? Denk dran, die Mordserie kann bereits 1977 begonnen haben.

I: Es gibt aber noch etwas anderes. Es ist durchaus möglich, dass der General ein Patient von Karsten war.

T: Ui, steht das in den Tagebüchern?

I: Zwischen den Zeilen. Wir haben es hier mit einem Monster zu tun.

T: Da wäre ich mir nicht so sicher. Alle Menschen haben verschiedene Seiten.

I: Erspar mir das. Es muss ein Mensch sein, der Karsten verfolgt hat, vermutlich über sehr lange Zeit. Das ist echt creepy.

T: Immer mit der Ruhe. Deine Kinder sind in Sicherheit.

I: Was weißt du denn? Nichts ist sicher, Trygve. Wir wissen doch nur, dass der General ein brutaler Mörder ist. Und dass er vor nichts zurückschreckt.

3

Tivoli, Kopenhagen, 7. Dezember 1991

Die weißen Pferde des Kinderkarussells starrten Jan Jakob Opdahl an. Das blasse Mondlicht fiel auf die Nüstern, das rote Zaumzeug und den goldenen Wagen, den sie zogen.

Es war bald Mitternacht.

Mochte seine Seele Frieden finden. Mochte die Ruhe einen Weg zurück in seinen Körper finden. Alles war so still. So schrecklich still. Trotzdem war er nicht mehr ganz so aufgeregt wie noch vor fünf Minuten. Der Mönch war nicht zu sehen.

Er war nicht hier.

Vielleicht hatte er es ja nicht in den Park geschafft.

Plötzlich wurde ihm bewusst, wie perfekt die Verkleidung dieses Mannes war. Jeder hatte ihn gesehen und erinnerte sich an die fromme Figur mitten in der Stadt. Aber trotzdem hatte niemand ihn *gesehen*. Ihn richtig gesehen. Das Gesicht im Innern der Kapuze.

In dieser Verkleidung konnte sich wer weiß wer verstecken.

Er glaubte jedoch zu wissen, wer dieser Mönch war.

Jan Jakob Opdahl strich sich mit den Fingern über die Narbe auf der linken Wange.

Der Mönch hatte es nicht geschafft, ihm zu folgen. Nicht bis hierhinein. Wer hatte schon einen Schlüssel zum Tivoli? Nachts hielt nur er sich dort auf.

Opdahl kannte den Vergnügungspark in der Dunkelheit in- und auswendig.

Er wanderte still weiter, verschwand im Schatten und kam bei den Losbuden und Cafés wieder zum Vorschein. Trotzdem wurde er nicht ruhiger und drehte noch eine Runde, um wirklich sicher zu sein, dass der grauenhafte Mönch für immer fort war. Er schlich an der Achterbahn vorbei, an den adventlich rot-weiß geschmückten Buden, die davorstanden, und schaute sich alles genau an. Die Karussells wirkten nachts so tot. So deplatziert und sinnlos ohne die jauchzenden Kinderstimmen, als hätten sie sich in ein geheimnisvolles Schneckenhaus zurückgezogen. Sich eine Tarnkappe übergestreift.

Jan Jakob Opdahl war dieser Anblick vertraut.

An den Schlüssel zum Tivoli war er ganz zufällig gekommen.

Einer seiner festen Kunden arbeitete hier. Er schuldete ihm Geld für mehrere Lieferungen und konnte nicht zahlen, so dass Opdahl kurz davor gewesen war, ihm einen der Osteuropäer auf den Hals zu hetzen. Aus Verzweiflung hatte ihm der Kunde den Schlüssel zum Tivoli angeboten.

Opdahl war so perplex gewesen, dass er ihn angenommen hatte, was sich inzwischen als wahrer Glücksgriff erwiesen hatte.

Der Tivoli war seine nächtliche Freistatt. Der einzige Ort, an dem er Ruhe fand. Am liebsten schlich er sich nach der ersten Runde der Wächter gegen halb zwölf in den Park. Dann hatte er mindestens zwei Stunden für sich, ehe sie die nächste Runde machten. Manchmal hatte er es sogar gewagt, in einer der Karussellgondeln zu übernachten. Er hatte eine Wolldecke über sich gebreitet und geschlafen – wie ein Kind.

An diesem Ort konnte ihn nichts und niemand erreichen. Nicht einmal seine Alpträume.

Opdahl erstarrte. Der Mönch! Der dunkle Schatten thronte oben auf der Anhöhe. Die Silhouette war unverkennbar. Opdahl machte auf dem Absatz kehrt und lief in die entgegengesetzte Richtung. Plötzlich war die Panik wieder da, sein Atem rauschte im Kopf, in der Brust, den Lungen und den Ohren. Er rannte so schnell er konnte, war aber schon nach wenigen Metern erschöpft. Die Drogen hatten seinem Körper zugesetzt, genau wie es alle vorhergesagt hatten. Opdahl schleppte sich weiter über das Tivoligelände.

In den letzten Tagen war der Mönch überall aufgetaucht. Beim ersten Mal, mitten auf dem Kongens Nytorv, hatte er ihn kaum beachtet, obwohl ein Mönch sicher kein alltäglicher Anblick war.

Beim zweiten Mal hatte der Mönch zwei Reihen vor ihm in der Metro gesessen.

Da hatte er gestutzt.

Und als er den Mann mit der Kapuze im Licht der Laterne vor seiner Wohnung stehen sah, wusste er, dass es um ihn ging, dass dies wieder einer der ganz üblen Trips war.

Aber selbst da hatte er es noch nicht verstanden.

Er hatte die Drogen in den letzten Monaten gemieden, hatte nur hin und wieder eine Line geschnieft, ohne jemals die Kontrolle zu verlieren. Wie damals, als er noch auf der Osloer Kunstakademie studiert hatte.

Ein Bild schoss durch seinen Kopf. Ein Motiv aus einem seiner Bilder, dem besten, das er je gemalt hatte und dessentwegen er in die Akademie aufgenommen worden war.

Die leere Uniform über dem nackten Mädchen.

Das Bild hatte Eindruck beim Aufnahmekomitee gemacht, und sein Leben hatte endlich eine positive Wendung genommen. In ihrer Beurteilung hatten sie hervorgehoben, wie gut es ihm gelungen sei, die Leere des Daseins auf originelle Weise darzustellen.

Wenn sie nur gewusst hätten.

Alle seine Gemälde waren Variationen des gleichen Motivs. Er malte nur leere Uniformen – ohne Körper oder Gesichter – in verschiedenen alltäglichen Situationen.

Leere Uniformen, die mit ihren Lebensgefährtinnen frühstückten.

Leere Uniformen in vollbesetzten Fußballstadien.

Leere Uniformen auf einem Friedhof bei einer Beerdigung.

Das Motiv wurde zu seinem Markenzeichen.

Bereits damals hatte er weiche Drogen ausprobiert, aber nie den Boden unter den Füßen verloren. Der Weg zu den harten Drogen – und der Demütigung des Dealens – war dann aber überraschend kurz gewesen.

Schließlich hatte er den Halt verloren und war dem Strom der Drogen in die Stadt des Königs gefolgt, wo er nun schon einige Jahre seine ziellosen Kreise drehte wie ein Verdurstender in der Wüste. Er hasste die Straßen von Kopenhagen aus tiefstem Herzen, kam hier aber trotzdem nicht mehr weg.

In der letzten Zeit war es dann wieder etwas bergauf gegangen. Wirklich! Der Mönch konnte kein Traum sein, kein Trugbild! Er musste real sein.

Opdahl rannte weiter. Die Sohlen seiner Schuhe klatschten auf den Boden, während er spürte, wie seine Kräfte schwanden. Seine Oberschenkelmuskeln brannten, und der Schmerz bremste ihn. Schließlich blieb er stehen und sah sich um. Als er hinter sich noch immer die Kutte ausmachte, fasste er einen blitzschnellen Entschluss und warf sich in den erstbesten Eingang.

Das Spiegelhaus.

Er floh ins Labyrinth und wurde sofort verfolgt von seinen eigenen Spiegelbildern, den verzerrten flüchtenden Schatten seiner selbst. Das ist die Strafe, dachte er, auf mich warten nur noch die Qualen der Hölle, egal, was ich tue.

Irgendwann konnte er nicht mehr, ließ sich mitten in einem der Räume des Spiegellabyrinths zu Boden sinken und rollte sich wie ein Säugling zusammen. Dann schloss er die Augen, wartete und faltete die Hände zu einem Gebet an einen Gott, an den er nicht glaubte:

Lieber Gott, lass mich in Ruhe. Lass den Mönch verschwinden. Lass mich hier einschlafen und aus dem grauenhaften Alptraum erwachen. Gib meiner Seele endlich Frieden. Ruhe und Frieden. Dann gelobe ich Besserung, versprochen.

Schritte?

Opdahl hob lauschend den Kopf, hörte aber nur seinen eigenen Atem.

Schließlich wagte er es, die Augen zu öffnen, und erschrak.

Im Spiegel vor sich sah er das Zerrbild des Mönchs. Die Kapuze hing ihm tief ins Gesicht. Opdahl versuchte, im Dunkel darunter irgendetwas zu erkennen, aber es war, wie in ein großes finsteres Loch zu starren.

»Du bist nicht gekommen«, flüsterte der Mönch im Spiegel.

»Wie, nicht gekommen?«

»Du hast meine Nachricht erhalten«, sagte der Mönch. »Du solltest am vergangenen Donnerstag in die Christianskirche kommen.«

Der verdammte Brief. Natürlich. Er hatte ihn in einem Panikanfall zusammengeknüllt und in den Müll geworfen. Die Unterschrift. *So* hing das also zusammen. Das Ganze war doch kein alptraumartiger Höllentrip, sondern Realität. Eine Realität, die viel schlimmer war als jeder Alptraum, das wusste Opdahl.

Das Spiegelbild des Mönchs wuchs und wuchs.

»Ich musste meinen Plan ändern.«

»Plan?«

Opdahl konzentrierte sich auf die Stimme und versuchte, sie mit *ihm* in Verbindung zu bringen, aber es gelang ihm nicht. Er hatte ganz anders geklungen.

»General?«

Der Mönch sagte nichts. Stattdessen schob er eine Hand in die Tasche seiner Kutte, zog ein Foto heraus und hielt es Opdahl hin.

Der Junge.

Die Welt blieb stehen.

»Das Zeichen des Teufels!«

Der Mönch schrie so laut, dass das Echo seiner Stimme zwischen den Wänden des Spiegelhauses hin und her sprang.

Opdahls Finger zuckten unwillkürlich zu der Narbe auf seiner linken Wange.

»Der Teufel hat auch dein Gesicht gezeichnet!«, fuhr der Mönch fort.

Genau, das war richtig.

Opdahl nickte.

Der Mönch beugte sich über ihn und schüttelte ihn.

»Ich habe fast alles herausgefunden!«, rief er. »Aber du musst mir die letzten Namen geben, mir sagen, wer sie waren.«

Opdahl versuchte das Dunkel der Kapuze mit den Augen zu durchdringen. Er wollte das Gesicht sehen. Und wollte es nicht.

Sekunden später hielt er einen Zettel in den Händen und erkannte die Namen.

Der Mönch hielt ihm einen Stift hin.

»Schreib die Adressen auf, und die Namen!«

»Aber ich kenne nicht alle …«

»Schreib die auf, die du kennst.«

Namen schwirrten durch Opdahls Kopf, und plötzlich kam die Erinnerung. Von einem hatte er Jahre später eine Weihnachtskarte bekommen.

Sande?

Ja, Sande hatte ihn aufgefordert, sein Leben zu ändern und zu Gott zu finden. Mit einem Mal waren die Worte wieder da … Bekenne, wende dich zu Gott und erlöse die anderen. Nur so werden dir deine Sünden vergeben werden. Und in der Studentenzeitung hatte er irgendwann den Ältesten von ihnen wiedererkannt …

Seine Hand war seltsam ruhig, als er die Buchstaben zu Papier brachte:

Per Erik Sande	*Pastor*
Karsten Scheel	*Psychologe, Oslo*

Und dann der letzte Punkt:

Wie heißt der General?

Seine Finger umklammerten den Stift und zitterten plötzlich unkontrolliert. Trotzdem schrieb er zwei Worte auf das Papier.

Der Teufel.

Als er die Worte geschrieben hatte, rutschte ihm der Stift aus der Hand und fiel zu Boden.

»Danke«, flüsterte ihm der Mönch ins Ohr. »Hab keine Angst. Der Teufel *wird* ans Kreuz genagelt werden.«

Plötzlich erschien ein Bild vor ihm.

Der Schlagring, der auf die Wange traf. Das Geräusch der brechenden Knochen.

Der Junge und der Schlagring.

Die leere Uniform.

Die endlosen Schmerzen.

Sie hämmerten in seine Brust.

Alles verschwamm.

Und die allumfassende Ruhe.

Endlich kam sie.

Skagen, Nacht auf den 17. Juli 1966

Sand, Wind, Wasser.

Von der Zeit geschliffen und geformt, winzige Körnchen an einem Strand, angespült vom Meer, gemahlen und durch die Luft getragen vom Wind.

Jedes Jahr wird die Spitze des nördlichsten Punkts Dänemarks, der Grenen, zehn Meter Richtung Nordosten verschoben.

Am Grenen treffen zwei Meere aufeinander, Skagerrak und Kattegat, und bilden ein einzigartiges Naturphänomen. Von beiden Seiten rollen Wellen heran und treffen sich in der Mitte, als wollten die beiden Meere einander schlucken, doch stattdessen lösen sich die Wellen in einem langsamen, schäumenden Grollen auf.

Die Meeresströmungen, die hier entstehen, sind lebensgefährlich.

Wer hier ins Wasser geht, sich den starken Strudeln hingibt, begeht Selbstmord.

Trotzdem zieht diese Stelle jeden magisch an, der nach Skagen kommt. Besonders im Sommer versammeln sich hier jeden Tag viele Menschen, um mit einem Fuß im Skagerrak und mit dem anderen im Kattegat zu stehen.

Sand, Wind, Wasser.

Hier brüten auch See- und Steinadler, Habichte und Falken. Sie schweben still mit ausgebreiteten Flügeln in dem starken Wind und peilen von oben ihre Beute an.

Die Raubvögel sammeln sich über der Landzunge, um die Thermik auszunutzen, bevor sie über das Kattegat zu ihren Brutplätzen nach Schweden fliegen.

In dieser Nacht waren keine Vögel über dem Grenen, keine Menschen am Strand. Es war gegen zwei Uhr morgens, und der Wind kam steif aus Südwest. Einzelne Böen hatten Sturmstärke, und die Wolken rasten über den Nachthimmel.

An der Spitze des Grenen stand ein Paar Schuhe. Seit gut einer Stunde markierten sie den Rand des Spülsaums.

Es waren Damenschuhe der Marke Progress. Weiße Socken steckten ordentlich zusammengerollt in einem der Schuhe, aus dem anderen ragte ein Zettel heraus. Das Wasser stieg langsam, und die Wellen kamen den Schuhen immer näher. Bald würde das Wasser die Sohlen liebkosen, bevor es sich wieder über den Sand zurückzog und Tausende kleiner Muschelstückchen mitnahm. Und in ein paar Stunden würde das Wasser die Schuhe vom Sand emporheben und ins Meer ziehen, als sehnten sie sich nach dem Menschen, der sie noch vor kurzem getragen hatte.

Aber die Schuhe sollten nicht das gleiche Schicksal erleiden wie ihre Besitzerin.

Denn in diesem Augenblick kam ein Mann angelaufen. Er stürmte erschöpft über die Dünen, nass von Schweiß und Regen. Er musste lange durch die Straßen von Skagen geirrt sein, vermutlich seit er bemerkt hatte, dass der Platz neben ihm im Bett leer war. Mit wachsender Unruhe hatte er die Gässchen zwischen den kleinen Häusern durchsucht, war wieder und wieder an den Gebäuden vorbeigelaufen, die ihn zuvor mit so viel Wärme erfüllt hatten.

Jetzt wirkten sie fremd, beinahe wie leere Hüllen. Er suchte nur nach ihr, wollte die Gewissheit haben, dass es Louise gutging.

Ihr zuliebe hatte er sogar den vierjährigen Sohn zurückgelassen. Hoffentlich schlief der Junge noch. Er war bei seinem Aufbruch so voller Panik gewesen, dass er nicht einmal dem Nachtportier Bescheid gesagt hatte.

Er wusste, es ging um Leben und Tod. Er kannte sie gut genug, um die Zeichen zu deuten.

Es war zu seiner fixen Idee geworden, beinahe zu einer Manie, unter den weiten Himmel von Skagen zu reisen, dorthin, wo auch die Skagenmaler sich von den besonderen Lichtverhältnissen hatten inspirieren lassen. Sein Projekt hatte ihn vollkommen in Anspruch genommen. Er hatte wirklich geglaubt, Louise auf diese Weise aus den Schatten zu locken, sie aus den Institutionen herauszuholen, in denen sie zuletzt so viel Zeit verbracht hatte.

Die Skagenmaler hatten ihn auf diesen Gedanken gebracht.

Den ganzen Winter hindurch hatte er Bücher gewälzt, sich mit dem faszinierenden Spiel von Hell und Dunkel in ihren Bildern beschäftigt, mit den Kunstströmungen der damaligen Zeit, ihren Verbindungen zum Impressionismus und ihrer ganz eigenen Art, die Welt abzubilden.

In den ersten Tagen war er fast benommen vor Glück herumgelaufen. Auch Louise schien von der Magie angesteckt worden zu sein. Plötzlich war wieder Leben in ihren Augen gewesen, und sie hatte ihn sogar berührt. Seit Jahren zum ersten Mal. Immer, wenn ihre Hand ihn streifte, war ein Zucken durch ihn gegangen, und er hatte fast zu weinen begonnen.

Auch ihr Sohn war guter Laune, hatte Eis gegessen und rote dänische Würstchen, und im Hotel hatte er sogar Spielkameraden in seinem Alter gefunden. Das Lachen war durch die Räume gehallt, und Louise hatte sich endlich wieder für ihren Sohn zu interessieren begonnen und auf seine Fragen geantwortet.

Auf der Fahrt hierher war das noch ganz anders gewesen.

Es war die reinste Hölle, glühend heiße, unerträgliche Stunden durch die schwedischen Wälder, bis sie endlich den Fährhafen in Göteborg erreicht hatten.

Nach Skagen zu kommen, in der Abenddämmerung den Gestank der Autos hinter sich zu lassen und an den Strand hinunterzuwandern, nur noch den Horizont vor sich, war die reinste Erlösung gewesen. Ein Wunder.

Das Farbspektrum des Himmels hatte sogar Louise beeindruckt. Er hatte sie so lange nicht mehr lächeln sehen. Schon das war wie ein Sieg gewesen. Schließlich hatte er so oft mit ihr über das Licht gesprochen, das sie nun endlich mit eigenen Augen sehen konnte.

Es war wirklich ganz speziell: klar, intensiv und so voller Farben in den feinsten Nuancen.

Es war auch kein Zufall, dass sie im Brøndums Hotel eingecheckt hatten. Das Hotel war Ende des 19. Jahrhunderts der Treffpunkt der Skagenmaler gewesen. Anna Ancher war die Tochter des Hoteliers, Erik Andersen Brøndum.

Ja, er hatte alles bis ins letzte Detail geplant. Es sollte perfekt sein, diese Ferien sollten der Beginn ihres neuen Lebens sein.

Der Gedanke war ihm gekommen, als er durch die Gassen in der Nähe des Hotels gelaufen war:

Grenen!

Dort musste sie sein. Das spürte er plötzlich mit dem ganzen Körper.

Erst vor ein paar Stunden waren sie dort gewesen. Sie hatten sich zu einer Führung angemeldet und gemeinsam mit einem deutschen Ehepaar in dem gewaltigen Wind gestanden. Die Stimme des Guides war kaum zu hören gewesen, so dass man gar nicht alles mitbekommen konnte.

Aber er hatte ohnehin nicht richtig aufgepasst. Zu groß war seine Angst gewesen, dass sein Sohn, den er mit beiden Händen an den Schultern festhielt, ins Meer hinauslaufen und von der Strömung gepackt werden könnte.

Auch Louise hatte abwesend gewirkt, fast verängstigt, aber sie war bei ihm gewesen.

Irgendwann hatte sie gesagt, dass sie zurück zum Hotel wollte.

Vermutlich war das der Anfang der nächsten Episode gewesen, der nächsten Depression.

Er hatte die Anzeichen übersehen, die Gefahr unterschätzt. Die Phase, in der ein schwacher Mensch langsam wieder zu Kräften kam, konnte lebensgefährlich sein.

Vor allem wenn man auf dem Weg nach oben war, konnte ein erneuter Rückfall tödlich sein.

All das wurde ihm bewusst, als er auf die Landzunge hinauslief.

Den Wind im Gesicht. Die Wolken über sich am Himmel.

Sand, Wind, Wasser.

Der Wind wurde stärker, je mehr er sich dem Wasser näherte. Die Haare flatterten, die Kleider zerrten am Körper. Endlich lag die Spitze des Grenen vor ihm, und er rannte hin und her, konnte sie aber nicht sehen.

Erleichterung überkam ihn. Sie war doch nicht hier. Er wurde langsamer, begann zu gehen, um wieder zu Atem zu kommen – und sah die Schuhe.

Er hielt einen Moment inne, bevor er an die Nordspitze von Dänemark trat, sich bückte und die Schuhe aus dem Sand nahm. Dabei bemerkte er den Zettel unten im rechten Schuh.

Langsam entfaltete er das Papier. Aber nur ein Satz stand dort geschrieben.

Die Liebe, ist sie Beileid?

Der Zettel glitt ihm aus den Fingern, wurde vom Wind weggerissen und flatterte in Richtung Dünen. Er stand auf und starrte auf die zusammenlaufenden Strömungen, die einander schluckenden Wellen.

Er verstand die Botschaft. Soweit man sie verstehen konnte.

Aber eine Sache wusste er: Sie war dort draußen. Sie war irgendwo dort draußen in den Wellen.

Er wollte etwas rufen, aber kein Laut kam über seine Lippen, keine Tränen über seine Augenlider.

Die Zeit schien stehenzubleiben.

Er blieb reglos und starrte abwechselnd auf die Meeresströmungen und den Himmel.

Ins Wasser und in die Wolken.

Plötzlich schien der Horizont alle Farben verloren zu

haben, als blicke er in ein finsteres, dunkles Loch ohne Hoffnung auf Licht. Und er wusste: An diese Finsternis würde er sich immer erinnern. Diese Lichtlosigkeit würde sich in sein Bewusstsein einbrennen und ihn überallhin verfolgen.

Das Einzige, was er wollte, war, es wie sie zu machen, einfach in die Meeresströmungen zu laufen und sich umfangen und mitreißen zu lassen, um sie drüben auf der anderen Seite in die Arme zu schließen.

Aber er wusste, dass er das nicht tun konnte. Er *musste* da sein, wenn ihr Sohn aufwachte. Sonst wäre niemand da.

Er hob die Hand zu einem letzten Lebewohl und ließ sie wieder sinken.

Dann ging er zurück zum Hotel.

Als der Sohn am Morgen aufwachte, saß er auf der Bettkante und hielt seine Hand.

4. Tag
Donnerstag, 9. Dezember 2010

1

Es war derselbe Traum.

Ina rannte von Raum zu Raum, aber ihre Kinder waren nicht da. Sie warf sich gegen Türen, trat sie ein, um doch nur in den gleichen leeren Raum zu kommen.

Neue Tür. Alte Tür. Wieder und wieder.

Sie wusste, dass Amund wütend auf sie sein würde. Dass er ihr Vorwürfe machen würde, nicht richtig auf die Kinder aufgepasst zu haben, weil sie sie nicht von ganzem Herzen liebte. Sie hatte ungeheure Angst, dass er recht haben könnte, und versuchte sich selbst davon zu überzeugen, dass es anders war. Aber sie spürte nichts. Deshalb gab sie nicht auf, öffnete Tür um Tür, bis sie irgendwann begriff, dass es ihr Inneres war, das sie nach etwas Menschlichem durchsuchte. Ob es nun da war oder nicht.

Schließlich war sie in dem großen Saal. Vor dem dunklen Tor.

Sie wusste es ganz genau: Hinter diesem Tor wartete die Wahrheit.

Sie atmete langsam. Wollte hinein. Und wollte es doch

nicht. Sie wollte es wissen. Und hatte Angst vor der Wahrheit. Sie fürchtete, dass Solveig jeden Moment auftauchte. Sie hatte eine Todesangst vor ihrer kleinen Schwester. Gleich würde sie in ihrem weißen Kleid dastehen und sie mit diesem Blick ansehen, den Ina nicht ertrug.

Ina drehte sich um und begann, in die entgegengesetzte Richtung davonzulaufen. Doch plötzlich löste sich der ganze Saal auf.

Ina fiel, stürzte durch das Nichts in die Tiefe …

Der Wecker des Handys riss Ina aus dem Traum. Sie drehte sich zum Nachttischchen, schaltete den Alarm aus und legte sich das Handy auf die Brust.

Danach nahm sie all ihre Kraft zusammen und stand auf. Hinter sich hörte sie, wie Amund sein Handy vom Nachttisch fischte.

»Halb fünf!«, sagte er resigniert.

»Sorry. Ich muss Karstens Tagebücher lesen.«

»Mein Gott«, seufzte Amund und ließ sich zurück ins Bett fallen.

Plötzlich bemerkte sie, dass die Schmerzen im Kiefer abgeklungen waren. Sie blieb sitzen, öffnete und schloss ihren Mund, ohne etwas zu spüren.

Endlich.

Ina schlich sich auf den Flur, streifte den Parka über den Pyjama und trat auf die Veranda. Erst eine Zigarette, dachte sie. Dann lesen.

Ihr Körper fühlte sich wie ein Eiszapfen an, als sie fünf Minuten später auf ihrem Bürostuhl Platz nahm. Auch in ihrem Arbeitszimmer war es kalt, aber die Kälte hielt sie wach. Sie schaltete die Schreibtischlampe ein.

Die drei Tagebücher warteten auf sie.

Sie nahm Buch Nr. 2. Auf dem Buchdeckel standen die Jahreszahlen *1978–1994*. Ina machte es sich bequem, legte sich eine Decke auf die Beine, drehte die Leselampe zu sich und schlug das Buch hinten auf.

Staub tanzte im Licht der Lampe. Ihre Augen huschten über Karstens schwungvolle Schrift.

Sie wusste, was sie suchte, als ihre Finger Seite um Seite umblätterten und sie sich Karstens erstem Studium in der Hauptstadt näherte.

Ina rechnete zurück.

Das musste Ende der 1970er oder Anfang der 80er Jahre gewesen sein.

Sie blätterte immer weiter zurück. Las hier und da etwas und fand immer wieder den gleichen, etwas abgehackten, mahnenden Stil. Allen Texten gemein war das Schwere, Angsterfüllte.

Karsten hatte sich an sein Tagebuch gewandt, wenn er wirklich down war.

Immer wieder befasste er sich mit denselben Themen, und er schien sich absichtlich zu quälen. Er suchte Situationen, die ihn in schlechtem Licht erscheinen ließen, um dann entsprechend negativ über sich zu schreiben.

Inas Blick blieb an einer Seite hängen.

Da war etwas.

Sie konzentrierte sich und las:

16. März 1979

Muss von dir loskommen, Regine. Es geht nicht mehr. Du bist Stillstand, ein kranker Teil meiner Seele. Ich verfluche mich selbst. Immer wieder. Ich will nicht wieder da runter. Nicht in diese Abgründe. Ich habe jetzt eine Chance. Ostern. Will dich hinter mir lassen. Dich abschütteln. Hoffentlich für immer. Aber ich weiß es. Im Frühling werde ich wieder bei dir sein. Ich höre meine Schritte schon jetzt. Über die Treppe nach oben. Das Echo an den Wänden. Rein in das dunkle Mini-Apartment. Ich höre meine eigenen Schreie. Das Knallen der Peitsche. Das Pfeifen. Ich spüre den brennenden, wohltuenden Schmerz. Sehe dein Gesicht im Spiegel. Du genießt es nicht so, wie ich es mir wünschen würde. Dein Gesicht im Spiegel will eigentlich etwas ganz anderes als das. Manchmal frage ich mich, was du eigentlich tun würdest, Regine? Dürftest du dich in diesem Leben frei entscheiden.

Etwas anderes? Vielleicht. Aber was?

Wovon träumst du tief in deinem Inneren?

Sicher ist doch nur, dass du nicht hier wärst. Dass du keine Peitsche schwingen würdest. Tief unten im Abgrund, wo solche wie ich sind. Ich sehe dir das an, wie ich es schon einmal einem anderen Gesicht angesehen habe.

Dem verschreckten Gesicht eines Mädchens.

Das Gesicht. Die Faust mit dem Schlagring, die wieder und wieder zuschlägt.

Ich muss dich bitten, es genau so zu machen, Regine. Du musst ganz still liegen. Damit ich dein Gesicht sehen kann. Ein gutes Gesicht, nicht das meiner Alpträume.

Danach musst du die Peitsche nehmen. Wieder. Und wieder. Ich verdiene es. Verdiene jeden einzelnen Hieb. Und danach, wenn die Tränen versiegt sind, werde ich dir wieder versichern, dich noch besser zu bezahlen.

Wenn du nur noch ein bisschen hierbleibst. Wenn du mir nur weiter über die Haare streichst, mich tröstest und sagst, dass alles gut wird. Nur du sagst, dass du verstehst.
Verstehst du?
Nein. Niemand außer denen, die da waren, versteht das.
Reue. Vergebung.
Das erste Wort ist wie das Motto des Lebens. Das andere trägt Hoffnung in sich, den Glauben an etwas anderes – Besseres. Irgendwann.
Nur du kannst mich dahin bringen, Regine. Für eine Weile.
Ehe ich wieder aufwache, schweißgebadet, und in die Augen des Teufels blicke, Nacht für Nacht.

Inas Herz hämmerte wild, als sie zur nächsten Seite umblätterte. Ein neuer Abschnitt begann. Ihr Kopf kippte nach hinten an die Lehne.

Wohinein hast du dich da nur verstrickt, Karsten? Und wer in Gottes Namen ist Regine?

Peitschen? Das ergab doch keinen Sinn. Trotzdem hatte Ina das Gefühl, dass da etwas war. Sie war auf die Spitze eines Eisbergs gestoßen, hatte den Zugang zu Karstens dunklem Geheimnis gefunden, zu dem Karsten, den sie nicht gekannt hatte.

Ina richtete sich auf, nahm alle Kraft zusammen und blätterte um. Ein paar Seiten weiter hielt sie wieder inne.

Das Datum!

Sie begann zu lesen.

5. Dezember 1978

Eine endlose Reihe Autos. Stoßstange an Stoßstange. Abgaswolken über Blechdächern. Runde um Runde. Die grauen Häuser rahmen uns ein, all diese einsamen Menschen hinter dem Steuer. Wir sehen uns um. Niemand sagt etwas. Worte haben keine Bedeutung. Nur der Blick hinter dem Steuer. Blicke bedeuten hier unten alles, sie huschen hin und her, schweifen ab, suchen und fokussieren. Die Mädchen an den Straßenecken. Weißer Atem vor den Mündern.
Verdammt, ist das kalt.
Wo bist du, Regine?
Ich kann dich heute Abend nicht finden – ausgerechnet heute Abend. Du musst doch hier sein. Du heißt nicht Regine. Du kannst keinen anderen Namen haben.
Wo bist du?
Nirgends. Bei Menschen, die aufgehört haben, Menschen zu sein. Bei Menschen ohne Gesichter. Wie mir, der ich meines verloren habe. Wie dem, der ich geworden bin. Ein Schatten ohne Gesicht. Ein Mann ohne Hoffnung. Eine einsame Silhouette hinter der Scheibe eines Autos.
So ist es.
Es ist der Schatten meiner selbst, der hier unten herumkurvt. Aber meine Hände halten das Lenkrad.
Ich kann nur darauf hoffen, dass du dich um mich kümmerst, Regine. Aber ich mache dir keine Vorwürfe, wenn du den, der ich bin, und das, wofür ich stehe, verurteilst.
Ich mache auch sonst niemandem Vorwürfe, nur mir.

Und ich verbiete dir, Mitleid mit mir zu haben. Strafe ist alles, was ich verdiene. Und du sollst mir diese Strafe geben – wenn du danach nur meine Hand hältst.
Erst dann kann ich ruhig werden. Erst dann kann ich das Böse aus meinem Körper hinausatmen.
Für eine Weile.
Erst dann kann ich versuchen, mein Gesicht wiederzufinden – und aus den Schatten hinauszutreten.

Ina wurde übel. Ihre Haut juckte. Sie wollte nur noch unter die Dusche. War Karsten wirklich zu einer Prostituierten gegangen? Der Gedanke erschien ihr vollkommen absurd. Aber sie näherte sich etwas Bedeutendem, sie musste weiterlesen, wie beklemmend die Erkenntnisse, die sie erwarteten, auch sein mochten.

Sie blätterte weiter zurück. Fand noch mehr Einträge, in denen Regine erwähnt wurde. Aber nicht so ausführlich und nicht in einem so intimen Zusammenhang wie in den beiden, die sie gelesen hatte. Dann verschwand Regine aus dem Buch. Seltsam. Mit einem Mal wurde sie nicht mehr erwähnt.

Wann war sie in Karstens Leben getreten? Und wie? Ihre Finger blätterten durch die Seiten, gingen immer weiter im Tagebuch zurück.

Da.

Wieder ließ eine Notiz sie innehalten.

28. Mai 1978

Habe Kirsti heute gesagt, dass ich wieder wegmuss. Ich habe es nicht geschafft, in die Welt zurückzukehren, in

die Schule, zu all den sehenden Augen. Die Wahrheit ist, dass ich nicht einmal das Einfachste von allem ertrage: durchzuhalten.
Ich schaffe das nicht, so ist es nun mal.
Dann habe ich ihr von der Wohnung erzählt, die ich in der Hauptstadt gemietet habe. Von dem Studium, das ich im Herbst beginnen will. Und dass ich pendeln muss.
Kirsti, du hast nur gesagt, dass ich weglaufe. Ich habe es nicht geleugnet, sondern nur zu Boden geschaut.
Denn es ist wirklich so. Ich laufe weg. Halte es nicht aus.
Es muss etwas geschehen. Es muss sich etwas ändern. Ich will nicht, dass du mich kaputtgehen siehst. Ich ertrage nicht einmal mehr den Anblick meiner Hände. Dieser schrecklichen Hände.
Kirsti, du verstehst es nicht. Wie auch. Niemand kann das Böse verstehen. Darin eintauchen. Nicht wirklich jedenfalls. Das geht nur, wenn man ein Teil davon war. Du hast wohl gespürt, dass etwas nicht stimmt. Dass da tief in meinem Inneren etwas ist, worüber ich nicht sprechen will. Du hast mich nie zur Rede gestellt. Ist es dir vielleicht lieber, nichts zu wissen?
Möglicherweise eine kluge Entscheidung.
Ich hätte dir gerne alles erzählt. Aber das geht nicht. Nicht, wenn die Welt danach noch dieselbe sein soll.
Ich bin der Schuldige. Der Einzige. Niemand sonst. Auch wenn letztendlich niemand ganz ohne Schuld ist. Nur Kinder, vielleicht.
Oder ist es umgekehrt?
Werden wir erst dann gefährlich, wenn das Kind in uns die Oberhand gewinnt?

Ja, so ist es: Das Kind, das in uns allen schlummert, wartet nur darauf, zum Leben erweckt zu werden und Handlungen zu begehen, ohne seinen eigenen Willen zu kontrollieren. Wie es nur Kinder können.

Und dann.

Dann führt kein Weg mehr zurück.

Ina schloss die Augen und versuchte sich vorzustellen, wie Karsten das alles seiner Frau Kristi erklärte, die er betrogen hatte – mehr als einmal.

Prostituierte?

Ina versuchte sich zu erinnern, woran seine Frau gestorben war, aber sie kam nicht darauf. Sie wandte sich wieder dem Tagebuch zu und bemerkte, dass sie beim ersten Eintrag des zweiten Buches angekommen war. Sie nahm das erste Buch, *1965–1977*, und wollte weitergraben.

»Ist es schon Morgen, Mama?«

Ihr Herz stockte. Guro stand im Schlafanzug mitten im Zimmer und musterte sie verwundert. Die langen Haare fielen der Kleinen wirr auf die Schultern, und in ihrem Arm steckte das Kuschelkaninchen. Ina warf einen Blick auf die Uhr.

05.35 Uhr.

»Nein, es ist noch Nacht«, sagte Ina. »Du musst noch ein bisschen schlafen.«

»Ich trau mich nicht«, sagte Guro. »Ich hatte so einen schlechten Traum.«

»Oh, was hast du denn geträumt?«

»Dass du und Papa und Eline weg waren. Ich war ganz allein.«

»Aber wir sind doch da. Wir passen auf dich auf.«

»Ich will nicht allein sein«, sagte Guro.

Sie kam näher.

»Das will doch niemand von uns«, sagte Ina und zog Guro zu sich unter die Decke.

Sie spürte den weichen, warmen Kinderkörper an ihrer Brust. Ihr Herz schlug noch immer schnell. Nein, niemand von uns will allein sein, dachte sie, und Karstens Silhouette, die im Nebel verschwand, erschien plötzlich wieder vor ihrem inneren Auge.

Aber manche suchen trotzdem die Einsamkeit. Und das oft aus gutem Grund.

Es vibrierte in ihrer Pyjamatasche. Ina nahm das Handy heraus.

1 neue Nachricht, leuchtete es ihr vom Display entgegen. Von Hege Rimbereid.

Ina öffnete die SMS.

»Wir haben den Mörder ...«, war das Erste, was sie las.

Ihr Herz machte einen Sprung – ehe sie weiterlas: »... auf Video.«

2

Der Besprechungsraum der Polizei in Grønland war beinahe leer. Nur Inger-Lise Lie stand vorn am Rednerpult, über eine Zeitung gebeugt. Sie unterdrückte ein Gähnen, als Rimbereid und Ina den Raum betraten.

»Wir fangen heute etwas später an. Die anderen werden gleich da sein.«

»Sie haben Neuigkeiten?«, fragte Rimbereid.

»Machen Sie sich keine allzu großen Hoffnungen«, sagte Lie. »Aber wir haben den mutmaßlichen Täter auf Video.«

Lie richtete ihren Blick wieder auf die Zeitung, ihre sich rasch auf und ab bewegende Brust verriet aber ihre unruhige Gemütslage.

»Es gibt da eine Sache, die ich ansprechen möchte, bevor die anderen da sind. Haben Sie heute schon einen Blick in die *VG* geworfen?«

Ina sah den Habicht in ihren Augen erwachen, als sie ihnen die Zeitung hinhielt.

Mysteriöse Datumsserie!, lautete die Überschrift. Und darunter: *Drei Morde am 5. Dezember.*

»Wieder ein Leck?«, fragte Rimbereid.

»Wie kann der Journalist das sonst herausbekommen haben?«

Rimbereid antwortete nur mit einem Schulterzucken. Lie durchbohrte sie beide mit ihrem Blick.

»Sie haben sogar eine Liste gemacht mit weiteren Morden, verübt am 5. Dezember, die möglicherweise zur Serie gehören. Der Pastor in Lanzarote wird auch erwähnt. Ebenso der Alstahaug-Mord. Obwohl wir versucht haben, das alles geheim zu halten. Es fällt mir wirklich schwer, zu glauben, dass das einer meiner Leute war. Deshalb spreche ich dieses Thema jetzt hier mit Ihnen an …«

»Weder Ina noch ich sind das Leck«, sagte Rimbereid ruhig. »Das Einzige, was wir getan haben, war, die Ermittlungen voranzubringen. Im Schnelltempo, verglichen mit Ihren Leuten.«

»Ist ja gut. Ich sage ja nur, dass wir dieser Sache auf

den Grund gehen müssen. Sonst riskieren wir, dass der Typ kalte Füße kriegt und für immer untertaucht. Und das wollen Sie doch wohl auch nicht?«

Ina schüttelte verbissen den Kopf. Genau das durfte nicht geschehen.

In diesem Augenblick kamen die anderen Beamten in den Raum, einige mit Kaffee und Frühstück aus dem Deli de Luca. Sie nahmen auffällig leise Platz. Ein abgekartetes Spiel, dachte Ina. Lie hatte das arrangiert, um erst allein mit Rimbereid und ihr zu reden. Aus den Augenwinkeln sah sie, dass Lie sich über den PC beugte.

»Okay. Alle bereit?«

Vorsichtiges Nicken. Lie schaltete das Licht aus, und der grobkörnige Ausschnitt eines Parkhauses war auf der Leinwand zu erkennen.

»Wo ist das?«, fragte Rimbereid.

»Ibsen-Parkhaus.«

Das Video lief. Eine Störung zog einen regelmäßigen Streifen durchs Bild. Das Zählwerk am unteren rechten Rand zeigte die Uhrzeit: 01.27 Uhr. Die Sekunden tickten. Ina suchte nach einer Bewegung, einer Veränderung in der leeren Betonlandschaft. Aber nichts geschah.

Dann endlich rollte ein dunkler PKW ins Bild. Er fuhr langsam auf die Kamera zu, setzte zurück und blieb schräg in einer Parklücke stehen, so dass nur noch die Motorhaube zu sehen war.

Lie hielt den Film an.

01.28 Uhr.

»Haben Sie das Ford-Logo erkannt?«, fragte Lie. »Und das Kennzeichen?«

»Der Mondeo von Nordan«, sagte Rimbereid. »Der für die Entführung der Kinder verwendet wurde.«

»Leider ist das Gesicht des Fahrers nicht zu erkennen«, sagte Lie und drückte wieder auf die Fernbedienung. »Aber passen Sie jetzt auf.«

Auf dem Bildschirm war eine Gestalt zu sehen. Sie ging schnell vom Auto weg und drehte ihnen den Rücken zu.

Das Bild erstarrte. Ina versuchte, etwas zu erkennen.

Die Person, die in voller Größe von hinten zu sehen war, hatte Kopf und Gesicht in der Kapuze eines Anoraks versteckt. Ein Zittern durchlief Ina.

Lie ließ den Film weiterlaufen. Der schwarze Schatten glitt über den Bildausschnitt, bog nach rechts ab und verschwand aus dem Sichtfeld. Sie spulte zurück, ließ die Sequenz noch einmal laufen und wandte sich an Ina.

»Konnten Sie dem Gang etwas entnehmen?«, fragte sie. »Ob er alt oder jung ist, selbstbewusst oder verunsichert, irgendetwas?«

Der Film lief noch einmal. Ina schärfte ihre Sinne und versuchte, etwas Wesentliches herauszulesen, ein Detail, das etwas über die Person aussagte, eine Besonderheit. Aber der dunkle Schatten verschwand nur unauffällig aus dem Bild. Wieder und wieder. Er erinnerte sie an ein Gespenst.

»Ein Mann«, sagte Ina schließlich. »Wirkt zielstrebig. Scheint physisch einigermaßen gut in Form zu sein.«

»Alter?«

Ina musterte die Gestalt auf der Leinwand ein weiteres Mal, fühlte sich aber völlig leer. Sie schüttelte den Kopf.

»Sorry, der Film liefert da keine Hinweise.«

Lie schaltete das Licht ein. Der Mann in dem Anorak fror auf der Leinwand fest.

»Das also ist unser Täter. Warum kam er so spät im Parkhaus an?«

»Um die Gefahr zu minimieren, gesehen zu werden?«, schlug Rimbereid vor.

»Aber dann stellt sich eine weitere Frage. Was hat er in der Zwischenzeit getan?«

»Inas Kinder gekidnappt«, konterte Rimbereid.

»Ja, aber das war Stunden vorher. Was hat er danach gemacht?«

Niemand antwortete.

»Haben Sie die Autovermietung in Gardermoen befragt?«, wollte Rimbereid wissen. »Der Wagen war von Hertz, oder?«

Lie nickte.

»Das haben wir gemacht. Sie haben den Mietvertrag vorliegen.«

»Und was sagen sie dazu, dass sie den Wagen an einen Toten vermietet haben?«

Ina spürte ihren Puls steigen. Verdammt, Rimbereid ging schon wieder zu weit. Lie versuchte alles, um sich nicht provozieren zu lassen, aber Ina sah, wie sehr sie die kritischen Fragen verärgerten.

»Gefälschter Pass«, antwortete Lie schließlich. »Die Frau, die den Vorgang bearbeitet hat, erinnerte sich nur dunkel an den Mann. Und sie konnte uns keine Beschreibung geben. Aber könnten Sie der Sache trotzdem noch einmal nachgehen, Arnholt? Überprüfen Sie, ob es auch in diesem Bereich von Gardermoen Überwachungskameras gibt.«

Arnholt nickte.

»Ich halte das für vergebliche Mühe«, platzte Ina heraus, ehe Rimbereid wieder zu Wort kommen konnte. »Wir haben es mit einem Täter zu tun, der sich verkleidet und uns sein Gesicht nicht zeigt. Er spielt Rollen, lockt seine Opfer in Fallen, indem er Identitäten fingiert. Wenn er in Gardermoen war, wird er alles getan haben, um unerkannt zu bleiben.«

»Hat jemand mehr über den General herausgefunden?«, fragte Lie.

Ina überlegte, wie viel sie verraten durfte. Sie musste vorsichtig sein. Zu groß war die Gefahr, die Ermittlungsleiterin zur Weißglut zu treiben. Andererseits war es für die Polizeiarbeit essentiell, dass sie ihr Wissen mit den anderen teilte.

»Der General scheint eine Art brutaler Gang-Boss gewesen zu sein«, sagte sie.

Lie verschränkte die Arme.

»Haben Sie das auch von Ihrer geheimen Quelle?«

Ina nickte vorsichtig und redete weiter:

»Es ist wirklich erstaunlich, aber es sieht so aus, als wäre unser friedliebender Karsten Scheel auch Mitglied dieser Gang gewesen. Ich frage mich deshalb, was das für eine Gruppe war.«

Keine Antwort.

»Wir müssen versuchen, einen gemeinsamen Nenner zu finden«, fuhr Ina fort, »das kleinste gemeinsame Vielfache, das die Opfer miteinander verbindet.«

Vorn auf der Bühne seufzte Lie.

»Ja, das wäre eine Möglichkeit. Was wissen wir eigentlich über die Opfer? Und wenn sie wirklich in dieser Gruppe gewesen sein sollten: Wann und wo können sie sich getroffen haben?«

»Es deutet einiges darauf hin, dass sie Ende der 1970er Jahre in Oslo operierten«, sagte Ina. »Sowohl Karsten Scheel als auch Ottar Heggvik waren zu dieser Zeit in der Hauptstadt.«

»Sie vergessen Rølvåg«, warf Sørensen ein. »Es gibt keinen Hinweis, dass auch er in Oslo war. Schließlich wohnte er ja in Nordnorwegen.«

»Das bringt mich auf eine Sache«, sagte Ina. »Wie lauten die Geburtsdaten der drei Ermordeten?«

Lie blätterte vorn am Rednerpult durch ihre Unterlagen. Sørensen kam ihr zu Hilfe.

»Heggvik ist Jahrgang 1958, Rølvåg auch.«

»Und Karsten Scheel?«, fragte Rimbereid.

»1952«, sagte Ina.

Sie notierte sich die Jahreszahlen.

»Dann können sie nicht zusammen zur Schule gegangen sein«, sagte Lie. »Es muss einen anderen gemeinsamen Nenner geben. Können sie sich bei irgendeinem Hobby kennengelernt haben? Wir haben einen gewissen Einblick in Heggviks Interessen. Aber haben wir auch die Interessen der anderen Opfer untersucht?«

Ina erstarrte. Was waren eigentlich Karstens Interessen gewesen?

Die ernüchternde Antwort lautete, dass sie keine Ahnung hatte. Und das, obwohl sie viele Jahre gemeinsam studiert und sogar das Bett miteinander geteilt hatten. Karsten Scheel wurde zu einem immer größeren Mysterium für sie. Natürlich, er war ein zurückhaltender Mensch gewesen, der nur selten über private Dinge gesprochen hatte. Das war ja einer der Gründe gewesen, weshalb sie sich auf ihn eingelassen hatte – so brauchte auch sie nicht ihr Innerstes nach außen zu kehren.

Aber was hatte Karsten interessiert? Was hatte er eigentlich gemacht, bevor sie sich kennengelernt hatten?

Sie kannte ein paar Fakten, die sie nach Karstens Ermordung immer wieder unter die Lupe genommen hatte:

Karsten hatte direkt nach dem Gymnasium als Aushilfslehrer gearbeitet. Er war einige Jahre in der Hvalstad-Schule gewesen, ehe er als 25-Jähriger nach Porsanger zum Militär gegangen war. Danach hatte er in Oslo auf Lehramt studiert.

Nach dem Studium hatte Karsten wieder ein paar Jahre an der Hvalstad-Schule gearbeitet. Aber seine Unzufriedenheit hatte ihn schließlich bewogen, noch Psychologie zu studieren.

Karsten war ein ruheloser Mensch gewesen. Aber welche Interessen hatte er gehabt? Was hatte er gemacht? Hatte er Schach gespielt? Oder irgendein anderes Brettspiel?

Ina seufzte und richtete ihre Aufmerksamkeit wieder auf Inger-Lise Lie. Das raubvogelhafte Wesen der Ermittlerin schien jetzt, da sie sich etwas Essentiellem näherten, wahrem Eifer Platz gemacht zu haben.

»Dann können wir rein altersmäßig einen gemeinsamen Nenner ausschließen«, sagte Lie. »Ich selbst würde ja auf eine kriminelle Verbindung tippen. Vielleicht haben sie Drogen geschmuggelt, Glücksspiel betrieben oder Cannabis angebaut. Vielleicht irgendetwas Kleines, das ihnen dann über den Kopf gewachsen ist.«

»Was wäre mit einer religiösen Sekte?«, schlug Rimbereid vor.

»Weil es sich bei den Tatorten um Kirchen handelt?«, fragte Lie.

»Freikirchliche Gemeinschaften haben oft ihre eigenen knallharten Gesetze.«

»Oder ein Fanclub«, sagte Sørensen. »So wie der von Vålerenga. Diese Gruppen haben auch einen starren Verhaltenskodex. Dazu würde es passen, dass die Mordopfer aus unterschiedlichen Teilen des Landes kamen. Vielleicht ein Fanclub für ein englisches Team.«

»Hört sich ein bisschen konstruiert an«, meinte Lie.

»Ich würde mehr auf die Sexualtäterspur setzen«, sagte Halle. »Vielleicht gehörten sie einem Pädophilenring an?«

»Möglich«, sagte Lie. »Aber bedenken Sie, dass das eine Zeit war, in der es weder Handys noch Internet gab. Solche Ringe sind eigentlich erst nach 1990 entstanden. Jedenfalls in großem Stil. Und eigentlich deutet nichts darauf hin, dass die Opfer eine solche Neigung hatten, oder?«

»Bei Karsten Scheel würde ich das als extrem unwahrscheinlich einstufen«, sagte Ina. »Aber er hat irgendjemandem gegenüber ein extrem schlechtes Gewissen gehabt. Karsten hat ...«

Ina fragte sich, wie viel sie aus den Tagebüchern preisgeben durfte, und wog ihre Worte sorgfältig ab. Dann sagte sie:

»Karsten hat in einer Notiz einen Schlagring erwähnt, mit dem immer wieder zugeschlagen wurde. Aber wer geschlagen hat, blieb dabei unklar.«

»Vermutlich der General«, sagte Lie.

»Eine letzte, wesentliche Frage ist noch unbeantwortet«, warf Rimbereid ein. »Wer ist das Opfer der Gruppe? Wer ist geschlagen worden?«

Ina bemerkte die nachdenkliche Falte auf Inger-Lise Lies Gesicht. Die Ermittlerin seufzte und begann ihre Papiere zusammenzupacken.

»Nun, dann wissen wir, wo wir stehen«, sagte sie. »Ich will weiterhin vollen Fokus auf die 5.-Dezember-Spur. Gehen Sie die kleinsten Details dieser Listen durch. Grieg und Rimbereid, Sie kümmern sich um Karsten Scheel, seine Patienten und alles, was es da an Material gibt. Und für alle gilt: Suchen Sie nach Gemeinsamkeiten der Opfer. Finden wir den gemeinsamen Nenner, sind wir dem Täter dicht auf den Fersen.«

3

»Hast du die Ersatzkleider für Eline eingepackt?«, rief Amund aus dem Bad.

»Ja doch«, antwortete Ina.

»Und die Becher?«

»In der Tasche.«

»Toilettensachen?«

»Ich habe alles eingepackt, du brauchst dir keine Sorgen zu machen.«

Amund streckte den Kopf aus dem Badezimmer.

»Ich weiß echt nicht, ob das klug ist, Ina.«

»Das ist das Beste, was wir tun können. Wir müssen hier mal raus.«

Ina hörte selbst, wie gekünstelt ihre Stimme klang. Sie glaubte nicht einmal selbst an das, was sie sagte.

»Und die Kinder? Verkraften die das jetzt schon?«, fragte Amund.

»Es wird ihnen Spaß machen. Sie verstehen sich doch so gut mit Jenny.«

»Und Jon hat das wirklich ernst gemeint?«

»Dass wir kommen sollen? Natürlich meinte er das ernst. Er hat mir drei Smileys geschickt, als ich ihm gesagt habe, dass wir kommen. Du kennst doch Jon?«

»Nein, ich kenne Jon nicht«, sagte Amund. »Er blickt auf mich herab, ich bin ihm nicht intellektuell genug.«

»Mein Gott, kümmere dich doch nicht um seine Ansprüche ...«

Amund eilte aus dem Bad, die Zahnbürste noch im Mund. Guro und Eline saßen schon abmarschbereit auf den Stühlen im Flur, beide in ihren rosa Overalls.

Amund stellte sich vor den Spiegel und zog sich den Kragen zurecht, ehe er die Zahnbürste aus dem Mund nahm und zurück ins Bad ging, um gleich darauf wieder vor dem Spiegel zu stehen.

»Es ist irgendwie unmöglich, Jon näherzukommen. Er hält immer etwas zurück. Und macht Witze, sobald es ernst wird.«

»Wir haben sie jetzt ... dreimal besucht«, sagte Ina. »Fandst du es wirklich so schlimm bei ihnen?«

»Nein«, sagte Amund. »Aber Jon ist mir trotzdem ein Rätsel.«

»Er hat viele seltsame Ansichten«, räumte Ina ein. »Aber im Grunde ist er ein feiner Kerl.«

Amund sah sie im Spiegel an.

»Na ja, ich bin mir da nicht ganz so sicher wie du.«

»Dann kannst du dich ja mit Tone unterhalten«, sagte Ina mit einem Augenzwinkern. »Die hast du doch immer gemocht.«

»Bei ihr eckt man jedenfalls nicht so an«, sagte Amund und zog sich den Parka an. »Im Gegensatz zu Jon. So, jetzt ist Papa auch fertig.«

Amund gab den Zwillingen je eine Hand und lief mit ihnen zur Garage.

»Oje, hier ist es aber kalt«, sagte Amund, als er sich auf den Beifahrersitz des Toyotas setzte.

Ina schwitzte schon in ihrer Jacke, während sie mit den Sicherheitsgurten der Kinder kämpfte. Kurz darauf drehte sie den Zündschlüssel herum, aber der Wagen startete erst beim dritten Versuch. Als der Motor rund und gleichmäßig lief, drehte Ina den Regler der Heizung voll auf.

»Alle bereit?«

»Ja!«, riefen Guro und Eline im Chor.

»Dann fahren wir!«

Der Wagen rollte langsam auf die Straße, und der CD-Spieler schaltete sich ein. Die Filmmusik von *Küss den Frosch* lief. Dr. Johns Stimme krächzte aus den Lautsprechern. Ina nahm die CD sofort heraus und schob eine andere hinein. Obwohl es im Wagen langsam wärmer wurde, war ihr unwohl.

Eigentlich mochte sie diese Essen im Freundeskreis nicht. Sie konnte kaum glauben, dass sie eingewilligt und dann auch noch Amund überredet hatte. Sie wusste nur, dass der Grund dafür nicht der war, den sie ihrem Lebensgefährten genannt hatte.

Sie wollte Jon so unauffällig und beiläufig wie möglich über Karsten ausfragen. Jons besondere Qualität bestand in seiner Fähigkeit, die Dinge aus einem neuen, ungewöhnlichen Blickwinkel zu sehen. Genau das brauchte sie jetzt. Sie musste den Fall mit anderen Augen sehen, einen frischen, originellen Blick auf bestimmte Fakten bekommen.

Sie wusste auch, dass Jon sie und Amund provozieren würde, wie er es immer tat. Amund würde sich nicht darauf einlassen – und sich mit Tone zurückziehen. Sie aber würde sitzen bleiben und sich Jons endlose Tiraden anhören und ihre eigene Unruhe im Zaum halten.

Der Ablauf dieses Abends lag klar vor ihr.

Aber ihr blieb keine andere Wahl.

*

Niemand von den vieren bemerkte das Auto, das etwas oberhalb des Hauses parkte. Es war ein schwarzer Honda Civic 1,4i, Baujahr 2001. Als der Toyota in die Hauptstraße einbog, setzte sich der Wagen in Bewegung. Er stand ein paar Sekunden im Leerlauf da, ehe der Fahrer die Handbremse löste – und das Auto langsam nach unten rollte.

Der kalte Schnee knirschte unter den Rädern.

Der Honda näherte sich dem voranfahrenden Auto und folgte dem Toyota diskret in Richtung Rotnes Zentrum.

An der Kreuzung mit dem Riksveg 4 sah der Fahrer, dass der Toyota nach rechts in Richtung Oslo blinkte.

Er folgte ihm.

Ein anderes Auto drängte sich zwischen sie, aber das machte nichts. Es war vielleicht sogar ein Vorteil, dachte der Fahrer. Er war überraschend ruhig in Anbetracht dessen, was kommen sollte. Dessen, was kommen musste, korrigierte er sich. Er wollte nicht mehr warten, nicht eine einzige Sekunde. Er ertrug diese Rastlosigkeit nicht mehr. Beim letzten Mal war alles so … halbherzig gewesen. Da war nichts geklärt worden.

Ein Kribbeln war durch seinen Körper gegangen, als Ina Grieg, ihr Lebensgefährte und die Kinder sich tatsächlich ins Auto gesetzt hatten. Dieses Mal ging es um *ihre* Familie, nicht um seine. Vielleicht bot sich an diesem Abend ja wirklich die perfekte Gelegenheit für die ersehnte Rache? Er war im Auto sitzen geblieben und hatte alles noch einmal überdacht, kam aber wie immer zu demselben Schluss: Sie hatte seine Familie ruiniert. Und dafür sollte sie büßen. Der Wunsch nach Rache war die ganze Zeit über sein Antrieb gewesen. Umso besser, wenn ihre Familie dabei zugegen war.

Dieser Abend sollte mehr Leuten als nur Ina Grieg die Augen öffnen.

Es erstaunte ihn, wie gelassen er dem wichtigen Kampf entgegensah. Sein Ruhepuls war normal, und sein Herz schlug auffallend langsam. Schwere, sichere Schläge. Eigentlich war alles verdammt einfach, dachte er. Er musste nur einen Schritt nach dem anderen machen. Zunächst kam es darauf an, das Heck des Toyotas nicht aus den Augen zu verlieren. Der Rest würde sich dann von ganz allein ergeben.

Als der Toyota am Kreisverkehr in Gjelleråsen auf den Riksveg 22 abbog und in Richtung Skedsmo beschleunigte, tat dies auch der Honda.

Es fuhren keine anderen Autos mehr zwischen ihnen, aber der Honda hielt reichlich Abstand.

Der Fahrer versuchte, weiterhin ruhig zu atmen. Aber die Finger in den Handschuhen verrieten ihn. Sie hatten begonnen, auf das Leder des Steuers zu trommeln.

Kleine, vorsichtige Bewegungen.

Er folgte dem Wagen bis Lørenskog und durch die kleinen Wohnstraßen, bis der Toyota vor einem Einfamilienhaus in Rasta, am Rand des großen Waldgebiets der Østmarka, hielt. Er ließ den Wagen am Haus vorbeirollen und sah Ina und ihre Familie aussteigen, während seine Augen nach dem Schild am Haus suchten.

Østavegen 112.

Jetzt hatte er Gewissheit. Hier sollte es also geschehen. Hier sollte die Wahrheit ans Licht kommen.

Die Finger trommelten langsam auf das Lenkrad, im Rhythmus mit dem Pochen der Ader an seinem Hals. Als das Haus ein ganzes Stück hinter ihm lag, bog er in eine Seitenstraße ein, parkte den Wagen und schaltete den Motor aus.

Er stellte die Rückenlehne nach hinten und schloss die Augen. Wollte nur ein bisschen liegen und Kräfte sammeln.

Ehe er seinen Plan in die Tat umsetzte.

4

Manchmal merkte man gleich, ob ein Haus gut oder schlecht war. Es steckte in den Wänden. Ein Haus verbreitete eine Stimmung. Das Interieur hatte sein eigenes Repertoire von Eindrücken, Licht und Gerüchen. Natürlich wurde das durch die Menschen geschaffen, oder verstärkt, die im Haus wohnten.

Das Haus im Østavegen 112 war ein gutes Haus, und die Grieg-Familie wurde in die Wärme von Jon und Tone Bork aufgenommen. Jon umarmte Ina, gab Amund die Hand und wuschelte Eline und Guro durch die Haare. Noch ehe Ina ihre Jacke ausgezogen hatte, waren Jenny und die Zwillinge unzertrennbar.

»Kommt ihr mit hoch in mein Zimmer?«, fragte Jenny.

Eline und Guro nickten etwas schüchtern.

»Hast du die Hausschuhe mit, Ina?«, fragte Amund.

»Mist, die habe ich vergessen«, brummte Ina.

»Kein Problem, wir haben Pantoffeln aus dem Lesja Heimatmuseum, die könnt ihr nehmen«, sagte Tone.

Ina nahm die Antwort kaum wahr. Sie spürte nur ihre Nervosität und Müdigkeit. Trotzdem versuchte sie, ruhig zu atmen. Sie sah sich langsam um, und ihr Blick blieb an dem merkwürdigen Gemälde hängen, das die Borks im Flur hatten.

Es zeigte eine Katze, die sich selbst in den Schwanz biss. Ina blieb stehen und starrte eine ganze Weile in die wehmütigen Augen des Tieres.

Das fröhliche Lachen der Mädchen, die nach oben verschwanden, riss sie aus ihrer Grübelei. Sie streifte die Winterschuhe ab und folgte Jon über den Flur.

»Nimmst du ein kleines Aufwärmschlückchen, Ina?«

»Aufwärmschlückchen?«, amüsierte Ina sich. »Das sagt mein Vater auch immer. Bist du schon so alt, Jon?«

»Wer weiß«, antwortete Jon grinsend. »Du kannst doch wohl einen gebrauchen?«

»Ich fahre.«

»Ach. Kann Amund nicht zurückfahren?«

Ina dachte einen Moment nach. Amund war wirklich kein guter Fahrer, sie traute ihm kaum zu, nachts zurückzufahren, aber er kam ihr zuvor.

»Mach ich gern«, sagte er strahlend.

Amund verschwand in Richtung Küche, vermutlich, um Tone zu helfen. Ina folgte Jon über den Flur ins Wohnzimmer. Kurz darauf hatte Jon ihr einen Cognac mit etwas Wasser in die Hand gedrückt. Ina nahm einen kräftigen Schluck, und der Alkohol rann warm ihren Hals hinunter. Sie lehnte sich in die weichen Sofakissen.

»Wie kommt ihr mit dem Fall weiter?«, fragte Jon.

»Wir treten auf der Stelle. Finden nicht den richtigen Zugang.«

»Ich würde euch gern helfen.«

Wunderbar. Dann konnte Ina ja gleich zur Sache kommen. Sie lehnte sich vor.

»Was war eigentlich dein Eindruck von Karsten?«

Jon schaute in sein Glas, ehe er einen kleinen Schluck nahm.

»Karsten war immer so ausweichend. Irgendwie kam man nicht an ihn heran.«

Ina dachte an das, was Amund vor einer Weile über Karsten gesagt hatte. Es waren beinahe die gleichen Worte gewesen.

»Trotzdem war er ganz schön dominant«, fuhr Jon fort. »Hat auf seine Weise meistens gekriegt, was er wollte, allerdings ohne die anderen in den Schatten zu stellen.«

Jon hielt sich nicht zurück.

»Und was soziale Kontakte anging, hatte er ein ziemliches Talent«, sagte Ina.

Sie war unruhig und griff noch einmal zu ihrem Glas.

»Wusstest du, dass Karsten Tagebuch geschrieben hat?«, fragte sie.

»Nein, hat er?«

»Jemand hat mir gestern seine Tagebücher auf den Schreibtisch in der Praxis gelegt.«

Sie suchte Jons Augen. Sie musterten sie wachsam.

»Was?«, sagte Jon. »Und wer soll das gemacht haben?«

»Keine Ahnung. Du hast auch keine Idee?«

Jon schüttelte langsam den Kopf.

»Und was steht da drin?«

Ina dachte einen Augenblick nach.

»Ich kann nicht alles verraten, aber Karsten hatte große persönliche Probleme.«

»Wer hat die nicht.«

»Ja, aber bei ihm waren das wirklich *sehr* ernste Dinge.«

Jon stellte seinen Drink hart auf dem Tisch ab.

»Es ist vielleicht tabu, so etwas über einen Verstorbenen zu sagen«, begann er, »noch dazu, wenn der Betreffende ermordet wurde. Aber ich mochte ihn nicht.«

Ina blickte überrascht auf. Eine solche Aussage war ganz untypisch für Jon.

»Warum nicht?«

»Er hat sich in meine Angelegenheiten eingemischt. Hast du das nicht bemerkt?«

»Nein, Karsten war doch immer so vorsichtig.«

»Vorsichtig? My ass!«, sagte Jon. »Er wusste bloß, wann er vorsichtig und zurückhaltend sein musste. Er hat das ganz bewusst eingesetzt. Was aber nicht heißen muss, dass er wirklich so war. Ich glaube nicht, dass du mal richtig hinter seine Fassade geschaut hast, wie gut ihr euch auch verstanden habt.«

»Wie meinst du das?«

Sie spürte, dass sie jetzt alle Antennen ausgefahren hatte. Wusste Jon von ihrem Verhältnis? Sie hatten doch alles getan, um es geheim zu halten.

Ina breitete die Arme aus.

»Es war kaum zu übersehen, wie ihr euch angesehen habt.«

Ina biss die Zähne zusammen. Sie wusste, dass Jon sie provozieren wollte. Aber diese Freude wollte sie ihm nicht machen. Nicht dieses Mal.

»Hm, ich denke, Karsten war passiv-aggressiv«, fuhr Jon fort. »Aber ich war natürlich schockiert und betroffen, als er ermordet wurde.«

Ina rutschte unruhig auf dem Sofa herum. Das ging zu weit, das ging wirklich zu weit. Nicht mal Jon durfte so über einen toten Freund reden.

»Kannst du die Pute schneiden, Jon?«

Tones lächelndes Gesicht tauchte in der Tür auf. Sie trug ein blaues Kleid mit einem Ausschnitt, der einen tiefen Einblick gewährte, wann immer sie sich vorbeugte. Ina konnte sich gut vorstellen, wo Amund in den letzten Minuten seine Augen gehabt hatte.

Diese blöde Kuh.

»Kriegt ihr Nittedaler das nicht hin?«, antwortete Jon übertrieben laut. »Na dann … muss wohl ein Trønder ans Werk.«

»Ich kann dir als psychische Stütze beistehen«, sagte Ina.

»Das kriege ich schon hin«, sagte er lächelnd. »Amüsier dich mit deinem Glas.«

Ina erstarrte in der Bewegung. Sie glaubte, draußen im Garten zwischen den Apfelbäumen einen hellen Schatten gesehen zu haben.

Sie versuchte zu fokussieren, sah aber nur ihr eigenes Spiegelbild. Eine dünne, knochige Gestalt mit vorstehenden Wangenkochen.

5

Jon Bork klopfte an sein Glas. Die Beine seines Stuhls kratzten über den Boden, als er vom Esstisch aufstand. Er blieb einen Moment stehen und sah lächelnd zu den Kindern, ehe er sich räusperte und sagte:

»Ich will euch alle nochmals herzlich willkommen heißen und euch guten Appetit wünschen. Es ist wirklich sehr schön, dass ihr gekommen seid.«

»Danke für die nette Einladung«, sagte Amund. »Du hattest recht, Jon, es ist gut, mal rauszukommen.«

»Hab ich doch gesagt«, erwiderte Jon grinsend.

»Jetzt spiel dich nicht so auf«, sagte Tone, »hier zu Hause bist du nicht immer so feinfühlig.«

Alle murmelten amüsiert, aber auch Jon lächelte.

»Die Kinder des Schuhmachers haben keine Schuh«, sagte er. »Es ist nicht immer leicht, sich seinen Nächsten gegenüber professionell zu verhalten, nicht wahr, Ina?«

Ina zuckte zusammen. Sie war müde und nicht darauf vorbereitet, vor allen zu reden, antwortete aber aus reinem Reflex:

»Na ja, wenn man Familie hat, sollte das selbstverständlich sein. Deine Theorie solltest du dir an den Hut stecken.«

Tone räusperte sich.

»So, jetzt lasst uns aber essen. Reicht ihr die Schüsseln herum?«

Sie hielt Amund die Form mit der Pute hin und gab Eline eine Schüssel mit Fleischbällchen. Ina nahm das leichte Zittern ihrer Unterarme wahr.

»Weißt du, was Papa mal gesagt hat, Mama?«, sagte Jenny.

»Nein, was denn?«, fragte Tone.

»Dass es Menschen, denen es sehr schlechtgeht, guttun kann, einen Schock zu kriegen.«

Tone warf ihrem Mann einen scharfen Blick zu.

»Doch, das hat er gesagt.«

»Stimmt das?«, fragte Amund. »Bist du wirklich ein Anhänger der Elektroschocktherapie?«

»Elektroschocks gelten irgendwie als das Paradebeispiel für verfehlte Psychiatrie«, sagte Jon. »Dabei sieht die Wahrheit ganz anders aus, denn bei Menschen mit extremen Depressionen hilft häufig nur noch das. Da gibt es keine Alternativen.«

»Darüber gibt es doch wohl unterschiedliche Meinungen«, sagte Amund.

»Bei manisch-depressiven Patienten«, sagte Jon, »die am Boden liegen, sind Gespräche sinnlos. Das ist, wie Wasser auf einen heißen Stein zu tropfen.«

Ina sah Jon resigniert an. Sie wusste, dass das eines seiner absoluten Lieblingsthemen war. Wenn er damit erst einmal angefangen hatte – und Amund hatte ihm diese Gelegenheit nichtsahnend geboten –, hörte er so schnell nicht wieder auf.

»Aber die Bilder, die man von den Patienten sieht, sind so grauenvoll«, sagte Tone. »Wie sie in ihren Zwangsjacken zusammenzucken.«

»Diese Bilder gehören doch der Steinzeit an«, schnaubte Jon. »Heute wird die Methode ganz anders angewandt, diese Techniken haben kaum noch Nebenwirkungen.«

»Sieht man mal davon ab, dass einige völlig den Verstand verlieren«, warf Ina ein.

»Das passiert wirklich extrem selten«, parierte Jon.

»Aber ein Mensch ist ohne seine Erinnerungen, ohne seinen Geist doch nichts mehr wert«, sagte Amund.

»Uih, das war jetzt aber hochtrabend«, sagte Jon. »Und wenn die Alternative so aussieht, dass dieser Mensch komplett zerbricht? Ich glaube, da ist mir jemand ohne Erinnerungen lieber.«

»Jon!«, sagte Tone. »Lass uns darüber reden, wenn die Kinder im Bett sind.«

»Die verstehen das doch nicht«, sagte Jon.

Tone musterte ihren Mann kalt. Ina ahnte, dass die Beziehung des Ehepaares Bork etwas angespannter war als bei ihrem letzten Besuch. Bei einem Querulanten wie Jon eigentlich mehr als verständlich.

»Redet ihr nur, solange ihr nicht streitet«, sagte Jenny.

Jon beruhigte sich.

»Niemand streitet. Wir sind nur nicht einer Meinung.«

»Du bist aber aggressiv«, sagte Jenny. »Nur du.«

»Jetzt hat sie's mir aber gegeben«, sagte Jon lachend. »Okay, ich nehme die Kritik an. Vielleicht sollte ich statt zu reden lieber die Sauce herumreichen.«

»Tu das!«, sagte Tone.

Jon wollte Ina die Sauciere reichen, hielt aber plötzlich inne.

»Ist es draußen windig geworden?«, fragte er.

»Wieso, eben war es noch ganz windstill«, sagte Amund.

»Ich dachte, die Büsche dort draußen hätten sich bewegt.«

»Du bist wahrscheinlich ein bisschen aufgeregt«, sagte Tone.

Ina bemerkte Jons verletzten Gesichtsausdruck. Eigentlich hatte sie Lust, zurückzuschießen, aber es gelang ihr, sich zu zügeln. Nachdem er ihr ohne ein weiteres Wort die Sauce gegeben hatte, war für eine ganze Weile nur das Klirren von Messern und Gabeln zu hören.

»Ich kriege immer Angst, wenn ich einen Alptraum habe«, sagte Guro plötzlich.

»Das geht allen so«, sagte Jon. »Auch wir Erwachsenen haben vor bestimmten Dingen Angst.«

»Und wovor hast du Angst?«, fragte Guro.

Jon sah zu Ina. Er öffnete den Mund, um etwas zu sagen, tat es dann aber doch nicht.

»Du, Guro«, sagte Jon stattdessen, »Träume sind nicht gefährlich, nicht wirklich.«

»Was ist wirklich gefährlich?«, fragte Eline.

»Nichts«, sagte Amund. »Die Erwachsenen passen auf die Kinder auf.«

»Ist das *wirklich* so?«, fragte Eline.

Nein, das ist nicht so, dachte Ina. *Ich* habe nicht aufgepasst. Der Mörder hat euch gekidnappt, und das vermutlich nur, weil er mich kennt. Ich habe euch in Gefahr gebracht.

Sie verfluchte sich selbst. Aber sie konnte es nicht ungeschehen machen. Sie musste weiterkämpfen, bis der Täter, der Mörder, der Kidnapper, hinter Schloss und Riegel saß.

»Sagt mal, ist es hier wirklich so warm?«, hörte sie Jon fragen.

Nach dem Essen stand Jon auf und ging zum Sofa. Ina folgte ihm instinktiv, war aber in Gedanken versunken und hatte nur Augen für den Drink, der noch halb voll auf dem Couchtisch stand.

Sie ließ sich in die Polster sinken, während Jon die Terrassentür öffnete.

Ina nahm einen kleinen Schluck von dem warmen Cognac, der ihr jetzt schon viel milder erschien. Sie war in ihre eigene Welt versunken und hörte kaum Jons Seufzen. »O mein Gott, die frische Luft tut so gut!«

Als sie den Luftzug spürte, begann sie automatisch in ihren Taschen nach den Zigaretten zu suchen. Dann sah sie aus den Augenwinkeln, dass Jon die Tür bereits wieder schloss. Gleichzeitig bemerkte sie aber noch etwas anderes. Draußen im Garten. Sie starrte durch die Scheibe und erkannte plötzlich ganz deutlich eine weiße, reglose Gestalt.

Die Haut an ihren Oberarmen zog sich zusammen.

Im nächsten Augenblick registrierte sie, dass der Schatten sich bewegte. Er war größer geworden und nahm jetzt einen großen Teil ihres Sichtfeldes ein. Erst als Jon einen Schritt von der Tür wegtrat, begriff sie, dass der Schatten ein Mensch war.

Ina sprang vom Sofa auf.

Ihre Deckung war oben. Der Kampfinstinkt geweckt.

Der Schatten war jetzt unmittelbar vor der Terrassentür, und Ina erahnte ein Gesicht. Weiß, gespenstisch. Alle hörten den schrillen, fast tierischen Schrei und sahen wie in Slow-Motion, dass Ina zu Jon tänzelte, den Fuß anhob und in Richtung Terrassentür trat. Dann ging alles ganz schnell. Der Fuß durchschlug die Scheibe, Glas klirrte – und Ina warf sich über Jon, der zu Boden ging. Sie rollten herum, Glassplitter regneten in den Raum, das Klirren wurde von dem Schreien der Kinder abgelöst. Als Ina wieder aufblickte, sah sie dem Schatten draußen auf der Terrasse direkt ins Gesicht.

Klar und deutlich.

Die Augen strahlten wild. Die Züge waren wutverzerrt.

Es war der junge Mann vom Kickboxen. Er stürmte ins Zimmer, aber Ina war mit einem Satz auf den Beinen.

»Amund! Geh mit den Kindern nach oben! Ruf die Polizei!«

Auch Jon rappelte sich auf, blieb dann aber apathisch stehen.

»Du auch, Jon!«

»Aber …«

Der erste Tritt kam, kaum dass sie den Satz zu Ende gebracht hatte. Sie war nicht darauf vorbereitet, konnte im letzten Moment aber abtauchen. Der Fuß streifte ihre Schläfe, und von ihrem Ohr ging ein stechender Schmerz aus.

»Was willst du!«, schrie sie.

Aber der Junge atmete nur schwer und schwieg. Er starrte Ina wie besessen an. Sein wilder Blick durchbohrte sie. Aus den Augenwinkeln sah sie die anderen fliehen. Der Junge verschwendete nicht einen Blick an sie. Seine Aufmerksamkeit war einzig und allein auf Ina gerichtet.

Plötzlich stieß er wieder einen durchdringenden, schrecklichen Schrei aus. Im selben Moment griff er an. Er stürzte vor, aber wie aus dem Nichts tauchte Amund auf und warf sich zwischen sie. Er legte seine Arme um den Oberkörper des Jungen – er war deutlich größer – und wollte ihn zu Boden ringen. Aber sein Gegner war schnell und wand sich aus der Umklammerung.

Ina wollte angreifen, konnte aber, da Amund im Weg stand, keinen entscheidenden Treffer landen. Ein schwarzer Schleier hatte sich über all ihre Sinne gelegt.

»Weg mit dir!«, rief sie.

Amund sah sie überrascht an. Erst nach ein paar Sekunden ging ihm auf, dass tatsächlich er und nicht der Eindringling gemeint war. Im nächsten Augenblick stieß Ina Amund mit aller Kraft weg.

Amund wirkte völlig verblüfft, sie musste ihn beeindruckt haben.

Gut so.

Jetzt konnte sie sich endlich auf den Gegner konzentrieren. Ihr blieb nicht viel Zeit, ehe der junge Mann wieder auf sie zustürzte. Er setzte nun auf eine ganz andere Taktik: Er wollte den Infight erzwingen, Körperkontakt herstellen, so dass sie keine schnellen Konter mehr setzen konnte. Beim ersten Versuch drehte sie sich weg. Aber er schwang ebenfalls herum und bekam mit den Fingerspitzen ihren Pullover zu fassen. Dann packte er mit einem Arm ihre Hüften.

Seine Arme schienen auf einmal überall zu sein. Sie schnürten ihr die Luft ab. Ina rang nach Atem und versuchte ihre Fäuste in das Gesicht des Jungen zu hämmern. Aber ihren Schlägen fehlte die Kraft. Sie steckte in seinen Armen fest, die sie zu Boden rangen, und ihr ging die Luft aus. Wieder und wieder roch sie seinen rohen, scharfen Atem.

Schließlich gelang es dem Jungen, sie auf den Boden zu werfen. Er wälzte sich auf sie, drückte ihre Arme zur Seite und stützte sich mit einem Knie ab, um sich aufzurichten und einen Schlag zu setzen. Ina versuchte, sich unter ihm wegzudrehen, aber sie war machtlos und konnte nur auf den vernichtenden Schlag warten.

In einem letzten, verzweifelten Aufbäumen bekam sie ihre rechte Hand frei und legte sie schützend vor ihr

Gesicht. Als der Schlag kam, glitt seine Faust auf ihrer Hand seitlich ab und knallte auf den Boden. Einen Augenblick lang verlor er die Balance, und es gelang Ina, ihn von sich zu stoßen. Sie befreite sich aus seinem Griff und sprang auf die Füße, die Deckung wieder erhoben. Er fluchte. Wütend. Auch er war schnell wieder auf den Beinen und startete einen ähnlichen Angriff. Wieder wollte er Inas Körper packen und sie zu Boden ringen. Dieses Mal jedoch war sie vorbereitet. Und sie fühlte sich sicherer. Denn jetzt blitzte Wut in seinem Blick auf. Die gefährliche, brutale Zielstrebigkeit war verschwunden.

Jetzt hatte sie ihn.

Sie benutzte ihre Füße, tänzelte schnell um ihn herum und ließ ihn nicht an sich heran. Er unternahm ein paar Vorstöße, aber sie wich ihm aus. Er umkreiste Ina und wartete auf eine Chance, aber sie hielt ihn auf Abstand und ließ die Füße arbeiten. Schnell auf den Zehen, hin und her. Sie suchte seinen Blick.

»Wer bist du?«

Der Junge schnaubte.

»Was kümmert dich das? Du interessierst dich doch nur für dich selbst.«

Inas Gedanken rasten. Was sollte das denn? Sie musste diesen Typen irgendwoher kennen. Wenn er sie kannte. Aber woher?

Das konnte doch kein Patient von ihr gewesen sein?

Nein, daran würde sie sich erinnern.

Trotzdem kam ihr sein Gesicht beunruhigend bekannt vor. Dieser Hass, den er auf sie – und nur auf sie – hatte, wo kam der her?

Ina wusste nur eins: Das hier war persönlich.

Sie konnte nicht weiter darüber nachdenken, denn er

startete einen neuen Vorstoß. Wieder änderte er seine Taktik, diesmal kam er mit wilden Schlägen und Tritten auf sie zu. Aber sein Angriff war unüberlegt. Er war nicht fokussiert genug, nicht geduldig genug und wurde so zur leichten Beute.

Seine nächste Schlagserie endete in der Luft, während Ina blitzschnell zum Gegenangriff überging und ihm ihre rechte Faust gegen die linke Wange hieb. Der Treffer landete perfekt. Ein stechender Schmerz schoss ihr in die Hand, und sie wusste, dass sie einen verdammt harten Schlag gesetzt hatte. Der Junge taumelte rückwärts, erschrocken über ihre Kraft, und führte die Hand an die Wange.

Im nächsten Moment ging er auf die Knie.

Danach lief alles automatisch ab.

Schnell war sie über ihm, packte seine Hand, warf ihn auf den Boden und drückte ihm den Arm in den Rücken.

Der Junge schrie auf.

»Wer bist du?«, rief Ina.

Er spuckte auf den Boden. Ina schob seinen Unterarm ein Stück höher. Ein Zucken ging durch seinen Körper unter ihr, gefolgt von einem Stöhnen. Ihre Wut steigerte sich ins Unermessliche, wild starrte sie auf seinen Nacken, als ihr voller Entsetzen ein Detail bewusst wurde: der dichte Haarwuchs, der sich vom Nacken den Rücken hinunterzog. Sie war wie in eine schwarze Wolke der Wut gehüllt und schob seinen Arm immer weiter nach oben.

»Wer bist du?«

Er war jetzt den Tränen nah, wollte aber noch immer nicht antworten. Ina verlor die Besinnung und drückte den Arm noch höher, bis der Junge vor Schmerzen schrie. Er antwortete aber trotzdem nicht. Ina starrte auf seinen

Nacken, in die Wildnis der Haare und hatte das Gefühl, dass sie das schon einmal gesehen hatte. Sie legte sich auf den Arm des Jungen, während die Wut weiter in ihr brodelte.

Erst als sie das Knacken hörte, wurde ihr klar, dass sie schon einmal jemanden mit einem solchen Haarwuchs an Nacken und Rücken getroffen hatte. Sie hatte das schon oft gesehen, sehr oft. Nun endlich waren ihr die Gesichtszüge des Jungen kein Rätsel mehr.

Der Blick, die Körperhaltung – alles stimmte.

Der Junge, der mit verdrehtem, in seltsamem Winkel abstehendem Arm unter ihr lag, war niemand anders als Karstens Sohn.

Jan Scheel.

6

Ina stand draußen auf dem Østavegen und zog wie eine Besessene an ihrer Zigarette. Ihr hatte vor diesem Abend gegraut, aber die Art, wie er verlaufen war, hatte ihre schlimmsten Vorahnungen bei weitem übertroffen. Jan Scheel mochte ihren Kampf verloren haben, aber ihrem Inneren hatte er schlimme Verletzungen zugefügt.

Ina kämpfte mit den Tränen und versuchte sie mit dem Rauch der Zigarette wegzupusten. Sie biss sich kräftig auf die Lippe, um die Spirale negativer Gedanken zu durchbrechen. Aber die wenigen Sätze, die sie mit Jan Scheel gewechselt hatte, bevor Polizei und Krankenwagen gekommen waren, hatten sich in ihr Gedächtnis eingebrannt. Der Grund, weshalb er mit ihr hatte kämpfen wollen.

Noch am Boden liegend und vor Schmerzen wimmernd hatte ihr Jan Scheel die ganze Geschichte erzählt. Seine Mutter, Kirsti Scheel, hatte schon lange den Verdacht gehabt, dass Karsten untreu war, und deshalb irgendwann einen Privatdetektiv beauftragt, der sie schließlich über alles informiert hatte. Aber Kirsti Scheel hatte es für sich behalten und eine ungeheure, nie ausgelebte Wut gegen Karsten und Ina entwickelt.

Nach Karstens Ermordung war sie zusammengebrochen, hatte ihrem Sohn alles erzählt und war schließlich dazu übergegangen, die ganze Schuld auf sich zu nehmen. Sie klagte sich dafür an, nie etwas gesagt zu haben, und bereute es aus tiefster Seele, Karsten phasenweise sogar den Tod gewünscht zu haben. Das schlechte Gewissen raubte ihr die Lebenskraft, und langsam, aber sicher verlor Kirsti Scheel den Blick für die Realität. Ihr Sohn konnte nur hilflos mit ansehen, wie seine Mutter allmählich in der Dunkelheit verschwand.

Ein knappes Jahr nach Karstens Tod hatte Kirsti Scheel bei Unbekannten geklingelt, die in der 14. Etage, ganz oben in dem höchsten Mietshaus der Gegend, wohnten. Als sie die Tür aufmachten, war sie ohne ein Wort an ihnen vorbei ins Wohnzimmer und auf den Balkon gelaufen – und gesprungen.

Jan Scheel hatte sich daraufhin geschworen, seine Mutter zu rächen.

Er hatte Ina beobachtet, herausgefunden, dass sie eine der besten Kickboxerinnen des Landes war, und selbst mit dem Training angefangen. Jahrelang hatte er wie ein Besessener trainiert, um sie in einem Nahkampf zur Strecke zu bringen. Sein Hass war ausdauernd und zielgerichtet.

Aber er hatte verloren und befand sich jetzt im Gewahrsam der Polizei.

Voller Verzweiflung blies Ina den Rauch in die Luft. Das Schlimmste war, dass Jan Scheel recht hatte. Sie war kalt. Sie schaffte es nicht, an andere als sich selbst zu denken. Damals nicht und heute auch nicht.

Während sie mit Karsten zusammen gewesen war, hatte sie nicht einen Gedanken an seine Familie verschwendet. Für sie war das Karstens Problem gewesen, nicht ihres. Für sie waren Karstens Frau und sein Sohn unbekannte Schatten gewesen, keine Menschen aus Fleisch und Blut.

Jetzt hatten die Schatten ein Gesicht bekommen.

Aber hatte Jan Scheel auch etwas mit den makabren Morden zu tun? Eigentlich deutete nichts darauf hin. Er war 1977 noch nicht einmal auf der Welt gewesen.

Sie hätte Jan Scheel schon in der Trainingshalle erkennen müssen, dachte Ina, während sie frierend auf dem Østavegen stand. Dann wäre ihnen das Drama heute erspart geblieben. Hätte sie mit ihm geredet, hätte sie seine Wut vielleicht etwas entschärfen oder in andere Kanäle leiten können.

Jetzt hatte sie ihm den Arm gebrochen und den Kindern ein bleibendes Trauma beschert.

Ina trat die Zigarette im Schneematsch aus und zündete sich eine neue an. Sie warf einen Blick auf das Küchenfenster und sah die Silhouetten der anderen hinter der Gardine. Sie hielten eine Art Krisensitzung ab. Sie war bei der erstbesten Gelegenheit nach draußen geflüchtet, nachdem sie ein paar Minuten die besorgte Mutter gespielt hatte. Ihr war jetzt mehr danach zu rauchen, als mit den Kindern zusammen zu sein.

Ina schloss die Augen und verfluchte ihr ganzes Wesen. Doch, Jan Scheel hatte recht. Sie war wirklich ein kalter Mensch.

Mit einem Mal vibrierte Inas Handy in der Anoraktasche. Sie nahm es heraus.

Fünf verpasste Anrufe. Drei SMS. Alle lauteten:

»Lass uns skypen!«

Jesus, konnte der nerven.

Im gleichen Augenblick spürte Ina eine Hand auf der Schulter.

Sie zuckte zusammen, riss die Arme zur Deckung hoch – und begegnete Jons Blick. Sie sackte in sich zusammen.

»Ach, du bist es.«

»Komm, Ina, komm mit rein.«

»Darf ich mal an deinen Computer?«, fragte Ina.

»Äh … ja. Aber solltest du dich jetzt nicht um deine Kinder kümmern? Sie brauchen dich.«

»Ich muss etwas im Netz überprüfen.«

Jon musterte sie überrascht.

»Okay, das lässt sich einrichten.«

»Es ist sehr wichtig.«

Ihr entging nicht, dass Jon sie noch immer musterte.

»Amund fragt sich, was Karstens Sohn gegen dich haben könnte«, sagte er.

»Und warum fragt er nicht mich?«

»Vielleicht, weil er drinnen bei den Kindern ist?«

Die Antwort traf sie mitten in den Solarplexus.

»Was willst du denn damit andeuten?«

»Ach, nichts. Aber du solltest jetzt auch bei ihnen sein.«

Jon sah sie auf seine typische, etwas herablassende Art an, als wäre sie ein Teenager. Am liebsten hätte sie diesem besserwisserischen Gockel eine geklebt. Sie trat die Zigarette aggressiv mit dem Fuß aus und blies den letzten Rauch in das Gesicht ihres Kollegen.

»Darf ich deinen Computer nun benutzen oder nicht?«

Jon starrte sie eiskalt an.

»Komm mit.«

Ina folgte ihm in einen engen, länglichen Raum im Erdgeschoss, der im Vergleich zum Rest des Hauses auffallend unordentlich war. Ina wusste die Zeichen zu deuten. Das hier war Jons Höhle. Hier hatten Tone und Jenny keinen Zutritt. Im nächsten Augenblick entdeckte sie den nagelneuen Mac auf dem Schreibtisch am Fenster.

Jon war einen Schritt schneller als sie und schaltete den Computer ein. Ein leises Summen war zu hören. Sie blieben wortlos stehen und warteten, bis die Maschine hochgefahren war.

»Glaubst du, dass Karstens Sohn auch der Mörder ist?«, fragte Jon.

»Nein, aber es geht ihm definitiv nicht gut.«

»Verdammt riskante Branche, in der wir da arbeiten.«

Jons Gesichtsausdruck wurde ernst.

»Was hast *du* eigentlich über Karsten erfahren?«

Wieder stutzte Ina bei Jons Interesse an Karsten. Was sollte das?

»Nichts«, log sie. »Das ist ja das Problem. Ich hatte

gehofft, dass du mir helfen könntest. Hattet ihr denn keine Männergespräche? Ihr seid doch freitags öfter mal zu zweit was trinken gegangen, wenn ich nicht konnte.«

Jon lachte resigniert.

»Wenn du keine Zeit hattest, ist Karsten auch nicht gekommen. Er mochte mich nicht. Dich hingegen …«

»Dann weißt du auch nichts über Karstens Vergangenheit?«

Jon blieb stehen und musterte Ina, ging aber nicht weiter auf die Frage ein.

»Eine Sache muss ich dir sagen«, begann er stattdessen mit einem Räuspern, »ich hatte einen Virus auf dem Mac. Ich kriege ein Bild nicht weg, du wirst gleich schon sehen, was ich …«

Das Hintergrundbild öffnete sich, und Ina zuckte zusammen. Jon hatte allen Grund, betreten zu sein. Es war ein ziemlich rohes Pornobild.

»Das hat sich einfach als Desktophintergrund eingerichtet«, erklärte Jon. Ina fehlten die Worte, und Jon verließ schweigend den Raum.

*

Trygve Winther: Hast du die Jahreszahlen?
Ina Grieg: Shut up. Jetzt hörst du erst mal mir zu.

Sie gab ihm eine Kurzversion der abendlichen Geschehnisse.

T: Aber die Jahreszahlen?
I: Was ist denn so wichtig an diesen Daten?
T: Die Geburtsdaten der Mordopfer.
I: Die sind nicht der gemeinsame Nenner.

T: Gib sie mir trotzdem, dann hör ich auch auf, dich zu nerven.

Ina fluchte leise. Das war wirklich die reinste Einbahnstraßenkommunikation. Sie nahm den Zettel aus der Tasche und schrieb die Namen und Geburtsdaten ab.

I: Okay. Heggvik und Rølvåg sind tatsächlich im selben Jahr geboren, 1958.
T: Und Karsten?
I: 1952.
T: Stimmt nicht.
I: Doch! Die waren nicht auf derselben Schule.
T: Pass auf, es gibt einen Zusammenhang, in dem viele junge Männer aufeinandertreffen.
I: Ach ja?
T: Denk nach, Ina.
I: Kannst du es mir nicht einfach sagen?
T: Das Militär natürlich.
I: Aber die Ermordeten waren nicht gleich alt …

Worte und Zahlen rotierten in Inas Kopf.
Plötzlich riss sie die Augen auf.

I: Warte! Karsten war erst als 25-Jähriger beim Militär!
T: Okay. Wenn Karsten 1952 geboren ist, wann hat er dann seine Wehrpflicht abgeleistet?
I: 1977 …
T: Und wie war das bei Heggvik und Rølvåg?
I: Die waren 1977 19 Jahre alt.
T: Das nenne ich mal eine Theorie. Und was hat Karsten im Jahr danach gemacht?

I: Er ist bei seiner Frau ausgezogen und hat in Oslo zu studieren begonnen.
T: Und ist zu Prostituierten gegangen, um sich auspeitschen zu lassen?
I: Mein Gott …
T: Wo hat Karsten seinen Dienst abgeleistet?
I: Porsangmoen. Sag mal, dann ist der »General« womöglich ein richtiger General?
T: Schwer zu sagen. Jetzt müssen wir erst einmal herausfinden, ob die Opfer tatsächlich 1977 in Porsangmoen waren.
I: Wir brauchen die Rekrutenliste dieses Jahres?
T: Genau, und die der Oberkommandierenden.
I: Und damit haben wir auch Ort und Zeitpunkt des Geschehens?
T: Exakt: Porsangmoen, 5. Dezember 1977.
I: Das erste und das dritte Mordopfer fehlen uns aber noch immer.

Ina wartete auf eine Antwort von Winther. Diese ließ aber lange auf sich warten.

T: Yes. Aber konzentriert euch auf Folgendes: Irgendetwas Schreckliches ist am 5. Dezember 1977 in Porsangmoen passiert. Wenn ihr das herausfindet, werdet ihr auch die anderen Mordopfer finden.
I: Und den Mörder?
T: Der steckt da auch irgendwo. Da kannst du dir ganz sicher sein.

2

Alstahaug, 5. Dezember 1984

Die Wolken rasten über den Himmel. Grau auf Schwarz. Der Wind tobte, und der Schnee peitschte über das Land. Fast wie damals am Grenen, als er ihre Schuhe am Meeressaum gefunden hatte. Und wie in jener anderen Nacht. Der grausamsten aller Nächte ...

Er stand im Windschatten des Wäldchens und sah gerade noch den Platz mit der kleinen Steinkirche von Alstahaug vor sich. Tjøtta. Hier hatte der Dichter und Pastor Petter Dass vor mehr als 300 Jahren das Kunststück vollbracht, Kunst und Religion, die beiden schönsten Künste der Menschen, zusammenzubringen.

»Sum, fueram, fiam, sum, Dassisum unus et idem«, murmelte er.

Ich bin, ich war und ich werde immer derselbe Dass sein.

Wir sind das, was wir waren. Wir sind das, wozu uns unsere Taten machen.

Genau aus diesem Grund hatte er Rølvåg hierherbestellt, er wollte ihn für seine Untaten zur Rechenschaft ziehen. Im Angesicht Gottes und im Angesicht Petter Dass'.

Er schloss die Augen.

Eine Flut von Bildern stürmte auf ihn ein. Bruchstücke des Abends, an dem die Welt schwarz geworden war. Das Mädchen auf dem Boot. Der Krater im Gesicht. Vermischt mit dem strengen Blick von Petter Dass auf dem Gemälde.

Er musste aufpassen, diese Dass-Manie durfte nicht zu weit gehen.

Er war in der Bibliothek ganz zufällig über eine Dass-Biographie gestolpert, und mit der Zeit hatte der Dichter ihn mehr und mehr fasziniert, so dass er tagaus, tagein in der Bibliothek gesessen und gelesen hatte.

Nur wenigen waren die Gerüchte über Dass' Verbindungen zur Schwarzen Kunst bekannt. Böse Zungen behaupteten, er habe keinen Schatten gehabt.

Dass war auf die theologische Schule in Wittenberg gegangen, und eine düstere Legende besagte, dass der Rektor dieser Schule der Teufel selbst gewesen wäre, der eine Seele aus jeder Klasse verlangte, die die Schule verließ. Als das Los auf Petter Dass fiel, soll Dass voller Gerissenheit gesagt haben:

»Nimm nicht mich, nimm den hinter mir.«

Daraufhin soll der Teufel ihm den Schatten genommen haben.

Ein Mensch ohne Schatten. Genau wie er selbst.

Wobei er eigentlich schon seit langem aufgehört hatte, ein Mensch zu sein. Er war nur noch die äußere Hülle. Er lebte nur noch für seinen Plan, dafür, dass die einzelnen Teilchen des Puzzles ihren Platz fanden.

Oder trieb ihn sein Verlangen nach Gerechtigkeit an? Möglicherweise. Aber es musste alles auf die richtige Art gemacht werden. Wurde er ungeduldig, brach sein akribischer Plan in sich zusammen. Und dann käme der Teufel davon, der Unmensch, dessen Name ihm noch immer fehlte.

Zeit hatte er genug. Zeit war alles, was er hatte. Zeit

für die täglichen Besuche im Altersheim. Zeit, zu planen. Zeit zum Lesen. Die Bücher nahmen fast den gesamten Raum ein, sowohl auf der Arbeit als auch in seiner Freizeit.

Er hatte die Literatur schätzen gelernt. Irgendwann hatte auch er sich an sie herangewagt und tatsächlich Zugang zu den Büchern gefunden, in die Louise so verliebt gewesen war. Die Werke und Arbeitsmethoden des französischen Autors Raymond Queneau, einem der Gründer des Autorenkreises Oulipo. Er hatte erwartet, dass die Ansichten dieser Gruppe ihn nach allem, was geschehen war, erschrecken würden.

Aber weit gefehlt.

Er hatte all die Systeme sofort verinnerlicht.

Palindrome.

Schneeballgedichte – bei denen jede Zeile einen Buchstaben länger war als die vorhergehende, um ab der Mitte des Gedichts wieder einen Buchstaben pro Zeile kürzer zu werden.

Lipogramme – Texte, in denen ein Buchstabe oder mehrere bewusst ausgelassen wurden.

Es gab ein ganzes Netzwerk von Systemen und Regeln, die diesen Werken zugrunde lagen. Aber die Resultate waren wunderbar, die edelste Form aller Künste. Er hatte das Gefühl, Louise auf diese Art näherzukommen, und er begann die Schönheit zu verstehen, die sie in alldem gesehen hatte.

Was ihn am meisten faszinierte, war das sogenannte N+7-writing. Dabei wurde jedes Substantiv in einem Text durch das Stichwort ersetzt, das im Wörterbuch sieben Stellen nach ihm stand.

Schon die Idee an sich war unendlich faszinierend, in jeder Geschichte lagen versteckte Codes, die nur die Eingeweihten entschlüsseln konnten.

Die Sieben hatte sich irgendwie seiner bemächtigt.

Sieben.

Denn waren die grauenhaften Geschehnisse nicht auch mit sieben Personen verbunden?

Sieben Menschen. Ein Intervall von sieben Jahren. So musste es sein. Die Sieben war die heiligste aller Zahlen. Und die schönste.

Er hatte alles über diese Zahl gelesen, Bücher über Symbolik und Religionsgeschichte studiert. Je mehr er sich in die Materie vertieft hatte, desto mehr hatte sie ihn verblüfft. Die Sieben war zentral in allen Religionen, allen voran in der Bibel.

Langsam, ganz langsam schienen die Puzzleteilchen des Plans an ihre Plätze zu finden.

Es würde so schön sein ... so notwendig. Die Sieben sollte alles steuern, sollte sein Leitstern sein. Er musste den Plan jetzt nur noch in die Tat umsetzen.

Er zog sich die Kapuze über den Kopf, stellte sich zum Schutz vor dem Sturm hinter die Bäume und sah abwechselnd zur Kirche und an den Himmel.

Dort oben hielt er nach *ihr* Ausschau, nach Louise. Wenn sie ihm nur ein Zeichen geben könnte!

Geh heim! Lass es!

Aber er sah nur Schneeflocken, die über die Küstenlandschaft stoben, über den Friedhof wirbelten, sich an Baumstämme und Laternenpfähle klebten und einen weißen Schleier über alles Lebendige und Tote legten – Häuser, Menschen, Landschaft.

Bald würde das Weiß alles bedecken.

Er zog seine Wollhandschuhe aus, formte die Hände zu einer Schale und blies warme Luft hinein. Dann versicherte er sich, dass das Messer in der Innentasche seiner Jacke steckte. Wieder und wieder rief er sich die Details seines Plans ins Gedächtnis. Es war essentiell, dass er auf dem Weg zur Kirche nicht gesehen wurde, weder auf dem Hin- noch auf dem Rückweg. Das Wetter kam ihm deshalb sehr entgegen.

Er sah auf die Uhr. In ein paar Minuten war es so weit. In Gedanken ging er noch einmal die Fluchtroute durch. Mit raschen Schritten aus der Kirche, durch den Wald zum Auto, das in einer Stichstraße unter den Bäumen stand. Dann würde er im Schutz der Dunkelheit nach Hause fahren. Nicht zu schnell, aber auch nicht zu langsam. Genau so, dass er nicht auffiel.

Er dachte an die zwei Tage zurück, die er für die Fahrt hierher gebraucht hatte. Wie vorsichtig er gewesen war, fast schon übervorsichtig. Er hatte sogar im Auto übernachtet, auf einer verlassenen Ausfahrt in der Nähe von Narvik, nur um von niemandem gesehen zu werden.

Aber eigentlich war er sicher, dass niemand, nicht einmal in seinen wildesten Träumen, den Verdacht hegte, dass er *hier* war.

Auf der Arbeit hatte er um eine Woche Urlaub gebeten. Er hatte behauptet, dass er Louises Verwandte in Kopenhagen besuchen wollte. Dass er einfach mal raus wollte. Sie hatten ihn nur zu gut verstanden und ihm schöne Ferien gewünscht. Er hatte gute Kollegen.

Ja, alles war nach Plan gelaufen.

Trotzdem würde er in der nächsten Zeit vorsichtig sein müssen. Sonst würde alles herauskommen. Er hatte inzwischen einiges herausgefunden, doch trotzdem fehlten ihm noch ein paar Namen. Vielleicht würde sich ihm gleich die Chance bieten zu erfahren, was er noch nicht wusste – oder wenigstens ein bisschen mehr.

Rølvåg war der Zugang. Rølvåg und Sande. An diese beiden Namen hatte er sich geklammert. Neben dem Letzten, dem Unergründlichen.

Sande hatte er noch nicht aufspüren können. Der Name war sehr verbreitet, und in dem betreffenden Jahr waren sogar zwei Sandes in der Truppe gewesen.

Rølvåg war einfacher zu finden. Diesen Namen hatte nur einer gehabt.

Bjørnar Rølvåg.

Auch im Einwohnermeldeamt war nur ein Mensch mit diesem Namen gemeldet.

Seine Adresse hatte den Ort, an dem alles geschehen musste, vorherbestimmt.

Er richtete sich am Waldrand auf und wandte den Blick zum Horizont.

Da.

Zwei Scheinwerfer näherten sich unten auf dem Weg. Ein Volvo kämpfte sich durch das Schneetreiben. Der Mann glitt hinter den Baumstamm und beobachtete, wie das Auto auf dem Parkplatz hielt. Eine Gestalt stieg aus, warf die Tür zu und lief in die Kirche.

Er schloss die Augen und begann, seinen Puls zu zählen.

Eins – zwei – drei – vier – fünf – sechs …

Beim siebten Schlag setzte er sich den Rucksack auf und ging los. Sein Körper war nach der langen Wartezeit ganz steif geworden, und er fürchtete, dass ihn das behindern würde und all das Training der letzten Monate vergebens gewesen sein könnte. Er beschleunigte deshalb seine Schritte, zügelte sich dann aber gleich wieder, um nicht zu früh zu kommen.

Schließlich blieb er stehen. Der Wind strich ihm kalt über das Gesicht.

Vorsichtig öffnete er die Tür zur Kirche und vergewisserte sich, dass Rølvåg nicht auf der Lauer lag. Dann schlich er in den Vorraum.

Ein paar Sekunden blieb er stehen, um sich zu sammeln. Seine rechte Hand hatte zu zittern begonnen. Aber er wusste, was er tun musste, und rief sich das Gesicht seines Sohnes in Erinnerung – wie so oft.

Er war wieder konzentriert.

Lautlos betrat er das Kirchenschiff. Es war überraschend dunkel. Trotzdem sah er die Gestalt vorne im Altarraum.

Bjørnar Rølvåg. So nah, so herrlich nah. Rølvåg kam ihm mit schnellen Schritten entgegen.

»General?«, fragte Rølvåg.

Rølvågs Stimme, der helle, singende nordnorwegische Dialekt, hallte von den Wänden wider. Er antwortete nicht. Das Echo erstarb. Er stand still da und musterte Rølvåg. Dieses Gesicht hatte er in seinen Träumen so oft vor sich gesehen. Er hatte sich Rølvåg als brutalen dunkelhaarigen Typen mit kräftigem Bartwuchs vorgestellt. Dabei sah er so ganz anders aus.

Bjørnar Rølvåg war lang und dünn und hatte struppiges rotes Haar.

»Hab den Brief bekommen, General«, sagte Rølvåg. »Was ist denn los?«

Er antwortete nicht. Nur sein Atem war zu hören.

»Ich dachte, wir wären fertig damit«, fuhr Rølvåg fort. Seine Körpersprache verriet, wie nervös er war. »Ich dachte, wir wollten das hinter uns lassen.«

»Ich will die Namen«, sagte er.

»Die Namen?«

»Der anderen, die dabei waren.«

Rølvåg breitete die Hände aus.

»Aber du warst doch selbst dabei!«

Er zückte das Messer. Rølvågs Gesicht zeigte einen einzigen Ausdruck: Angst.

»Gib mir die Namen …«

»Was soll das denn? Wir waren uns doch einig, die Sache zu vergessen!«

»Ich will es dir leichtmachen, Rølvåg. Gib mir die Namen der anderen, die dabei waren, und ich lasse dich am Leben.«

Er sah, dass Rølvåg einen Moment lang nachdachte – und sich dann um die eigene Achse drehte und wegzulaufen versuchte.

Verdammt!

Rølvåg hatte bereits einen kleinen Vorsprung, als er ihm nachsetzte und zwischen den Bänken hindurchstolperte. Er holte rasch auf – das Messer noch immer in der Hand – und konnte Rølvåg schließlich ein Bein stellen.

Der hoch aufgeschossene Mann ging zu Boden.

Er warf sich auf Rølvåg, drückte seine Arme zur Seite, fixierte einen Arm mit dem Knie und stemmte das andere auf seine Brust. Dann hielt er ihm mit der freien Hand das Messer an die Kehle. Aber in dem dünnen, sehnigen Körper steckte eine ungeheure Kraft. Rølvåg kämpfte um sein Leben, und schließlich gelang es ihm, eine Hand freizubekommen und die Hand mit dem Messer zur Seite zu drehen.

Er schlug Rølvågs Kopf mit der anderen Hand hart auf den Boden.

Aber auch das nützte nichts.

Rølvågs Gegenwehr war noch lange nicht gebrochen.

»Die Namen!«, schrie er wieder.

Im nächsten Augenblick hatte Rølvåg das Messer zu Boden gedrückt. Die Klinge bog sich, doch bevor sie abbrach, konnte er Rølvåg seine Faust mit voller Wucht in den Bauch schlagen. Ein Stöhnen entwich dem Fischer aus Dønna.

Endlich ließ Rølvåg los, so dass er freie Bahn mit dem Messer hatte.

Der erste Stich drang tief in Rølvågs Schulter. Der Mann brüllte auf, und das Blut begann überraschend schnell aus der Wunde zu schießen.

»Gib mir die verdammten Namen!«, rief er.

Plötzlich gelang es Rølvåg, die andere Hand zu befreien und ihm die Kapuze vom Kopf zu ziehen.

Rølvåg riss die Augen auf, als hätte er ein Gespenst gesehen.

Er nutzte das verblüffte Zögern des Fischers und stieß ihm das Messer in die Brust, wieder und wieder. Gleichzeitig hörte er sich schreien:

»Gib mir die Namen! Ich habe deinen von Regine bekommen! Rølvåg und Sande, hat sie gerufen! Rølvåg und Sande!«

Rølvåg gab ein Seufzen von sich. Dann gab er auf, aus seinem Hals kam nur noch ein Gurgeln, aber in seinen Augen war noch Leben.

»Kannst du uns vergeben?«, wisperte Rølvåg.

»Wenn du mir die Namen gibst.«

Und mit letzter Kraft brachte Bjørnar Rølvåg in der Alstahaug-Kirche die Namen über seine Lippen:

»Ottar Heggvik, Jan Jakob Opdahl, Karsten Scheel, Per Erik Sande ... und ...«

»Der General?«

Ein Zittern lief über das Gesicht von Bjørnar Rølvåg, ehe es für immer erstarrte.

»... General?«

*

Nachdem das Leben aus dem Körper unter ihm gewichen war, setzte der Mann sich wieder die Kapuze auf. Er holte einen kleinen Notizblock aus seiner Tasche und schrieb die Namen auf, obwohl sie längst in sein Bewusstsein eingemeißelt waren:

»Ottar Heggvik, Jan Jakob Opdahl, Karsten Scheel, Per Erik Sande.«

Beim letzten Namen zögerte er. Dann schrieb er langsam:

»General.«

Es würde nicht leicht werden. Aber er ahnte bereits, wer der Nächste sein würde.

Jan Jakob Opdahl.

Ein seltener Name. Die anderen würden dann schon folgen. Schließlich hatte er viel Zeit.

Viel Zeit.

Sieben Jahre bis zum nächsten Mal.

Er stand auf und betrachtete einen Moment lang den toten Körper vor sich. Er hatte einmal einem Menschen gehört, einem Unmenschen.

Mit einem Mal bemerkte er, dass seine Hand wieder

zitterte und seine Finger nicht zur Ruhe kamen. Es war ganz und gar nicht so gelaufen, wie er sich das vorgestellt hatte. Rølvåg hatte es geschafft, sich zu wehren. Er hatte ihn unterschätzt.

Trotzdem war *er* der Stärkere gewesen. Natürlich war *er* der Stärkere gewesen.

Der Mann blieb stehen und starrte auf seine Hand. Irgendwann hörte das Zittern auf und wich einer tiefen Ruhe. Er hatte die Probe bestanden, trotz allem. Das erste Puzzleteilchen war an seinem Platz. Er richtete seinen Blick auf die Altartafel, auf den leidenden Jesus am Kreuz.

Du verstehst mich, dachte er.

Den nächsten Schritt fürchtete er jetzt fast nicht mehr. Er beugte sich hinunter, zog das Messer aus Rølvågs Brust und ritzte ihm zwei tiefe Schnitte in die Stirn.

Danach nahm er das Seil aus seinem Rucksack, zog die Leiche an den Füßen zur Altartafel und begann den letzten Teil seiner Arbeit.

5. Tag
Freitag, 10. Dezember 2010

1

Ina Grieg starrte auf die gelbgeblümten Gardinen ihres Arbeitszimmers. Es war halb sechs am Morgen, und Karsten Scheels Tagebuch *1966–1977* lag aufgeschlagen vor ihr.

Der Text lautete:

14. April 1977

Ich weiß nicht, wie ich es schaffen soll, dich allein zu lassen, Kirsti. Ich vermisse dich schon jetzt. Es wird schrecklich werden, dich nicht immer um mich zu haben. Ich bin das inzwischen so gewohnt, dass ich nichts anderes mehr aushalten werde. Nur eine Sache weiß ich: Die Sehnsucht nach dir wird aufblühen und riesengroß werden, sobald ich im Bus sitze.
Gleichzeitig freue ich mich aber auch auf das, was vor mir liegt. Es wird mir guttun, eine Weile nur an mich zu denken. Der Militärdienst ist fast eine Erleichterung.

Ich wüsste gerne, wie die Welt aussieht, wenn ich zurückkomme. Nach einem Jahr in der eisigen Einöde. Niemand kann in die Zukunft schauen. Alles oder nichts kann dann geschehen sein. Aber das Training wird mir guttun. Das sagen alle. Sogar du, Kirsti, amüsierst dich ja über meine schmalen Schultern.
Das Physische ist eine Sache. Das andere macht mir größere Sorgen. Gemeinsam mit anderen in einem Raum zu wohnen, jeden Moment mit anderen zu teilen, bei jedem Atemzug beobachtet zu werden. Ich weiß nicht, ob ich das aushalte. Ich schätze, die jungen Rekruten werden sich entweder gegen mich wenden oder mir mit einer Extraportion Respekt begegnen. Eines von beidem.
Und die Dunkelheit? Wie kommt man mit der klar? Gut, dass jetzt erst einmal hellere Zeiten kommen, so dass ich mich langsam an den Herbst und Winter gewöhnen kann.
Das Dunkel kam immer früh genug, für uns alle.
Mir graut vor dem, was kommt – und doch freue ich mich auch darauf. Bald werde ich wissen, wie es ist. Bald verabschiede ich mich in die Dunkelheit.

Und danach: nichts. Nicht eine einzige Aufzeichnung aus dem folgenden Jahr. Nicht einmal eine Notiz über den 5. Dezember 1977.

Das konnte doch nicht wahr sein!

Es war doch sehr verwunderlich, dass Karsten so abrupt mit dem Schreiben aufgehört hatte. Natürlich war es denkbar, dass das Kasernenleben in Porsangmoen keine privaten Aufzeichnungen zuließ. Aber eine andere Möglichkeit erschien Ina realistischer:

Karsten hatte auch beim Militär Tagebuch geschrieben – aber dieses Tagebuch war verlorengegangen.

Erklärungen dafür konnte es reichlich geben. Vielleicht hatte Karsten selbst das Buch vernichtet, um den Inhalt für immer geheim zu halten. Oder jemand anders hatte es zerstört, zum Beispiel der General – aus den gleichen Beweggründen. Möglich war auch, dass irgendjemand, der an der Sache beteiligt gewesen war, es versteckt hatte.

Vielleicht derselbe, der ihr die Tagebücher auf den Tisch gelegt hatte.

Ina wusste nicht, ob sie lachen oder weinen sollte. In ihrem naiven Optimismus hatte sie geglaubt, die Antwort schwarz auf weiß in dem letzten Buch zu finden.

Jetzt musste sie andere Wege einschlagen, um herauszufinden, was in Porsangmoen geschehen war.

Verdammt!

Sie hatte nur Hypothesen. Nichts Handfestes. Und ihr fehlten noch immer die wesentlichen Einzelheiten, um das Bild zusammensetzen zu können. Besonders quälte sie die Frage, welche Verbindung es zwischen den Morden und ihrer Praxis gab.

Plötzlich kam wieder die Kellerkälte angekrochen, die sie verspürt hatte, als man sie dort unten eingeschlossen hatte. Als die Schritte sich entfernt hatten und sie allein mit den Wänden zurückgeblieben war. Die klaustrophobische Beklemmung in ihrem Körper …

Mein Gott. Ein Name lag ihr auf den Lippen.

Jon Bork.

Ina holte ihr Handy aus der Tasche und wählte Hege Rimbereids Nummer.

Sie ging sofort dran.

»So früh schon auf?«, fragte Rimbereid.

»Jetzt hör mal genau zu«, entgegnete Ina.

Sie weihte sie rasch in die Geschehnisse des vergangenen Abends ein, erzählte von Jan Scheel und ihrem Kampf im Haus der Borks. Dann kam sie auf Winthers Schlussfolgerung zu sprechen, dass die Mordopfer gemeinsam beim Militär gewesen sein mussten. Rimbereid war erstaunlich still und unterbrach sie nicht.

»Bist du noch da?«, fragte Ina schließlich.

»Ja, doch, es ist nur ...«

»Was?«

»Wir haben's, Ina. Wir ... nein, du und Winther – ihr habt vermutlich das Rätsel gelöst.«

»Sicher sein können wir uns da aber noch nicht.«

»Jetzt komm schon, sei nicht so schrecklich nüchtern.«

»Na ja, ich gebe ja zu, dass ich mich auf das Gesicht von Inger-Lise Lie freue, wenn wir ihr das sagen.«

»Sei dir da nicht zu sicher.«

»Warum?«

»Wirf mal einen Blick auf die Webseite der *VG*, dann weißt du, was ich meine. Ich denke, dass dein Part im Ermittlerteam Geschichte ist.«

Ina verstand nichts, drehte ihren Schreibtischstuhl aber zu ihrem Mac und ging ins Internet. Ein paar Sekunden später hatte sie die Schlagzeile vor sich.

Maridalen-Mord: Psychologin verwickelt?

Ihr Puls wurde schneller.

Sie klickte den Artikel an.

Erst verstand sie gar nichts. Sie las etwas von einer Schlägerei und dass die Beteiligten allem Anschein nach etwas mit dem Mord im Maridalen zu tun hatten. Aber das Bild, das den Artikel begleitete, beunruhigte sie noch mehr. Es kam ihr unangenehm bekannt vor, und es dauerte tatsächlich zwei Sekunden, bis Ina sich selbst erkannte.

Das Blut gefror ihr in den Adern.

Das Foto war auf Gran Canaria aufgenommen worden, wo sie vor gut einem Jahr mit den Kindern in Maspalomas Urlaub gemacht hatten. Jetzt fiel es ihr wieder ein: Amund hatte das Bild nach ihrer Rückkehr auf Facebook veröffentlicht. Sie wusste auch noch, wie wütend sie darüber gewesen war.

Die Bildunterschrift lautete: *Psychologin und Kickboxerin Ina Grieg überwältigte den Desperado.*

Ina rieb sich die Augen. Was sie dann las, war selbst für diese Zeitung verdammt schmale Kost:

Ein Mann Anfang zwanzig schlug die Scheibe ein und drang in ein Haus in Rasta, Lørenskog, ein. Der Mann soll in einem Verwandtschaftsverhältnis zu Karsten Scheel stehen, dem Psychologen, der vor fünf Jahren in Hakadal ermordet wurde. Der Angreifer wurde noch in der Nacht verhaftet und befindet sich nun in Polizeigewahrsam.

»Mein Gott, wo haben die das denn her?«

»Jemand muss der *VG* einen Tipp gegeben haben.«

Ina sah plötzlich ein Gesicht vor sich. Das Gesicht eines Mannes, der bei den Geschehnissen tatsächlich dabei gewesen war.

Jon Bork. Schon wieder. Aber das machte doch keinen Sinn …

»Wie auch immer«, sagte Rimbereid. »Lie wird dich hart anfassen. Du hast Glück, dass du schon wieder neuen Input bringen kannst. Dennoch glaube ich, dass du besser nicht zur Morgenbesprechung gehen solltest.«

»Und was soll ich dann tun?«

»Nichts«, sagte Rimbereid. »Ich werde versuchen, das Porzellan so gut es geht zu kitten.«

»Das ist ungerecht!«, rief Ina. »Ich will helfen, ich habe ein Recht darauf.«

Am anderen Ende war es still. Dann hörte Ina ein Räuspern.

»Ich glaube, du tätest gut daran, dich ein bisschen zurückzunehmen«, sagte Rimbereid. »Nimm dir doch mal einen Tag frei.«

»Mein Gott, Hege. Glaubst du wirklich, dass ich das Leck bin?«

»Nein, das nicht – aber trotzdem bist du vielleicht ein bisschen zu nah dran.«

Ina wollte etwas erwidern, aber Rimbereids Worte brachten sie auf einen Gedanken.

Zu nah dran. Natürlich.

Ina schloss die Augen.

»Okay«, sagte sie dann. »Ich bleib heute zu Hause.«

»Gut«, antwortete Rimbereid, »ich rufe dich am Nachmittag an und halte dich auf dem Laufenden.«

Sie legte auf.

Ina rührte sich nicht.

Dann sank ihre Hand mit dem Handy langsam nach unten.

Zu nah. Richtig.

Genau das war's. Diese Sache war ihr in vielerlei Hinsicht zu nah.

Plötzlich war ihr klar, wie ihr nächster Schritt aussah. Ina schluckte. Es gab tatsächlich jemanden in ihrem Umfeld, der ihr vielleicht sagen konnte, was 1977 in Porsangmoen geschehen war.

Und diese Person stand ihr nicht nur nah.

Es gab niemanden, der ihr näherstand.

2

»Was willst du?«

Die misstrauischen Augen ihres Vaters lugten durch den Türspalt.

»Kann ich reinkommen?«

»Kommt drauf an.«

»Sei nicht kindisch.«

»Dass du so schnell wieder hier bist ... beunruhigt mich.«

»Ich will bloß mit dir reden.«

Der Vater dachte nach.

»Dieser Satz beunruhigt mich noch mehr.«

Trotzdem war kurz darauf das Klacken der drei Sicherheitsschlösser zu hören.

Ina trat ein und stand sogleich in beißendem Gestank. Rauch und Katzenpisse. Fast noch schlimmer als beim letzten Mal. Verdammt, hier konnte man doch nicht leben. Ina warf einen Blick ins Badezimmer. Das Katzenklo war mit Sicherheit nicht geleert worden, seit sie vor ein paar Tagen hier gewesen war.

Der widerwillige Blick ihres Vaters begegnete ihr aus dem Wohnzimmer.

»Und, was willst du?«

Sie gab ihrem Vater keine Antwort. Noch nicht.

Erst jetzt bemerkte Ina, wie kalt es in dem Zimmer war. Sie zog den Anorak enger um sich und achtete darauf, dass nicht zu sehen war, was sie darunter verbarg. Sie ging zur Elektroheizung und strich mit den Fingern über die Oberfläche.

»Mein Gott, Papa, die ist ja nicht mal an!«

»Die Strompreise sind total verrückt.«

»Ich zahl das für dich, wenn es wirklich darum geht.«

»Kommt nicht in Frage!«

Ina schwieg. Sie wollte nicht mit dem alten Starrkopf diskutieren. Bei dem, was sie vorhatte, wäre das auch höchst unklug gewesen.

»Können wir uns nicht einfach setzen«, sagte sie mit einem Seufzen.

»Ärger, sag ich doch«, brummte ihr Vater und wich ein paar Schritte zurück.

Der alte Mann hob die Katze hoch, die im Stressless schlief, machte es sich im Sessel bequem, setzte die Katze auf seinen Schoß und zündete sich eine Zigarette an. Seine linke Hand strich über das struppige Fell des Tieres. Ein leises Schnurren war zu hören.

»Jetzt red schon«, sagte ihr Vater.

»Also«, begann Ina. »Ich bin gerade an einer Mordermittlung beteiligt …«

»Geht es wieder um deinen Kompagnon?«

»Unter anderem. Es gibt eine Verbindung zwischen dem Mord an ihm und dem Mord im Maridalen.«

»Hab davon gelesen.«

Ina beugte sich auf dem Sofa vor.

»Es sieht so aus, als hätten sich die Mordopfer beim Militär kennengelernt.«

Da, ein Zucken ging über das Gesicht ihres Vaters. Ina wusste es: Jetzt hatte sie ihn am Haken.

»Wirklich? Dein Kompagnon und dieser andere?«

»Ja, es gibt möglicherweise noch mehr Opfer.«

»Oje.«

»Allen gemein ist, dass sie ihren Wehrdienst 1977 in Prosangmoen abgeleistet haben.«

Ihr Vater zögerte für einen Moment, bevor er die Zigarette wieder zwischen die Lippen steckte und eine neue Rauchwolke ins Zimmer blies.

»Und da komme ich ins Spiel?«

»Genau. Du hattest damals doch ziemlich gute Kontakte beim Militär. Wo wohnten wir zu der Zeit noch?«

»1977?«

Ihr Vater lehnte sich zurück. Ina konnte die Jahre fast an ihm vorbeiziehen sehen.

»Setermoen«, sagte er schließlich. »1974–1979. Ein schrecklicher Ort.«

»Hast du damals mitbekommen, ob es 1977 in Porsangmoen irgendwelchen Ärger gegeben hat?«

Ihr Vater nickte langsam.

»Kann schon sein.«

»Ja?«

»Ich kann dir auch davon erzählen. Aber dann musst du mir erst etwas versprechen.«

»Hm?«

»Dass du mich niemals in ein Altersheim steckst.«

»Mein Gott, Papa. Wirst du denn nie erwachsen?«

Ihr Vater verschränkte die Arme.

»Na, wenn es so ist …«

Ina ballte die Fäuste.

Sie konnte nicht fassen, dass er einen Kuhhandel machen wollte, wenn es um eine Mordserie ging. Es ärgerte sie ungemein. Andererseits wusste sie, dass sie mit Wut nichts erreichen würde.

Stattdessen schob sie die Hand unter ihren Anorak.

»Und was, wenn du die hier kriegst?«

Ina hielt ihm eine Stange Zigaretten hin. Ihr Vater musterte sie zwei Sekunden lang. Dann setzte er die Katze auf den Boden und nahm die Stange still an sich.

»Vielleicht weiß ich wirklich *ein bisschen* was«, sagte er.

»Über Porsangmoen?«

Ihr Vater sah sie schweigend an. Sie fluchte leise, reichte ihm dann aber die zweite Stange, die er mit einem Nicken entgegennahm.

»Das muss damals in dieser Zeit gewesen sein. Ich war auf jeden Fall in Setermoen. Daran erinnere ich mich.«

»Was ist passiert?«

»Es kursierte das Gerücht, dass einige Soldaten in eine hässliche Gewalttat verwickelt waren. Ein Junge soll fast zu Tode geprügelt worden sein. Aber die Sache wurde, soweit ich weiß, unter den Teppich gekehrt. Die Schuld hat auf jeden Fall jemand anders bekommen.«

»Wer?«

Der Vater breitete die Arme aus.

»Mehr weiß ich nicht.«

»Wie hast du das erfahren?«

»Wenn man bestimmte Leute zur richtigen Zeit hinter den Ohren krault, kriegt man das eine oder andere zu hören.«

»Aber mehr weißt du nicht?«

»Nein, aber ich weiß, wer mehr wissen könnte.«

»Ja?«

»Der damalige Oberkommandierende von Porsangmoen.«

»Und der wäre?«

»Granhaug«, antwortete ihr Vater. »Ivar Granhaug. Er kam irgendwo aus der Gegend von Hadeland. Hatte einen schrecklichen Dialekt.«

»Bist du dir ganz sicher?«

»Natürlich. Schließlich hat der mir damals die Stelle vor der Nase weggeschnappt. Der hat mir das mal im Suff anvertraut. Möglich, dass er ein schlechtes Gewissen hatte – oder Schuldgefühle gegenüber dem Opfer und seiner Familie.«

Ina ließ sich auf dem Sofa langsam nach hinten sinken. Trygve Winther hatte einen Treffer gelandet, genauer, als er es sich hätte träumen lassen.

Sie begegnete in diesem Fall wirklich immer wieder sich selbst.

Mit halbem Auge sah sie, wie ihr Vater sich am Schrank zu schaffen machte. Vermutlich wollte er die Zigaretten in Sicherheit bringen, ehe sie es sich anders überlegen konnte. Aber in Gedanken war sie bereits weit von ihrem Vater entfernt. Wieder poppte Karsten in ihrem Unterbewusstsein auf.

Ja, Karsten, jetzt haben wir es bald.

*

Sobald Ina aus dem Haus war, holte sie das Handy aus der Tasche. Vier verpasste Anrufe. Alle von Inger-Lise Lie.

Die eiserne Lady sollte ruhig warten. Stattdessen ging sie ins Internet.

Ina sammelte all ihre Kraft.

Was sie vorhatte, überstieg ihre Kompetenzen bei weitem, wenn es nicht sogar ein klarer Regelverstoß war. Vielleicht würde es auch Konsequenzen für sie haben.

Auf jeden Fall würde es Inger-Lise Lie wütend machen.

Andererseits hatte sie jetzt, da sie von den Ermittlungen ausgeschlossen worden war, kaum eine andere Chance. Dabei hielt sie doch den Trumpf in der Hand.

Trotzdem war sie besorgt. Ihr Vater schien in diesen Mist verwickelt zu sein. Saß er möglicherweise auf Informationen, die ihm gefährlich werden konnten? Und welche Rolle spielte dieser Granhaug? War er möglicherweise sogar einer aus der Gruppe?

Oder der General selbst?

Sollte ihr langsam aufkeimender Verdacht sich erhärten, konnte sie einen verdammt wichtigen Beitrag zur Lösung des Falls beisteuern. Einen Beitrag, den die Osloer Polizei nicht leisten konnte.

Sie richtete ihren Blick auf das Display ihres Handys. Ihre Finger zitterten leicht, als sie den Namen »Ivar Granhaug« tippte.

Sie erhielt mehrere Treffer, unter anderem in den Steuerlisten, aber nur einen im Telefonbuch.

Sie tippte den Link an und wählte die Nummer.

Es klingelte. Einmal. Zweimal.

»Ja?«

»Spreche ich mit Ivar Granhaug?«

Zwei Sekunden lang war es vollkommen still.

»Wenn Sie wieder von der Polizei anrufen, kann ich nur wiederholen, dass ich Ihnen alles gesagt habe. Ich weiß wirklich nicht mehr«, sagte eine Stimme mit ausgeprägtem Dialekt.

»Nein, hier ist die Psychologin Ina Grieg, haben Sie eine Minute Zeit?«

»Eigentlich nicht.«

»Es geht vermutlich um dieselbe Sache.«

»Ich habe das gerade erst der Osloer Kommissarin gesagt: Ich weiß nicht, was in Porsangmoen passiert ist.«

Ina sortierte ihre Gedanken rasch.

Es war ihr also jemand zuvorgekommen. Rimbereid musste die Polizei am Morgen über den gemeinsamen Nenner informiert haben, und dann hatten sie ermittelt, wer 1977 das Oberkommando in Porsangmoen gehabt hatte, und sich an Granhaug die Zähne ausgebissen.

Sie holte tief Luft.

»Es gibt einen wichtigen Unterschied zwischen der Polizei und mir.«

»Ach ja?«, sagte Granhaug.

»Ich unterliege der Schweigepflicht.«

Es wurde still am anderen Ende.

»Ich will damit sagen, dass Sie – sollten Sie brisante Informationen besitzen – mir diese anvertrauen können, ohne dass Ihr Name genannt werden wird.«

»Was für eine Rolle spielen Sie in diesem Fall?«, fragte Granhaug. »Arbeiten Sie mit der Polizei zusammen?«

»Eines der Mordopfer war mein Kollege«, antwortete Ina. »Ich habe persönliche Beweggründe. Aber ich habe der Polizei geholfen, wo ich konnte.«

Granhaugs schwerer Atem war durch das Telefon zu hören.

»Wenn ich also als Patient zu Ihnen kommen würde ...«

»Würde die Geschichte unter uns bleiben. Oder genauer gesagt: Ich könnte die Informationen nutzen, ohne dass Ihre Identität bekannt werden würde.«

»Wenn das so ist«, sagte Granhaug und ließ den Rest des Satzes wie einen Seufzer heraus, »hätte ich gerne einen Termin bei Ihnen.«

3

Der Mann, der Ina in ihrer Praxis gegenübersaß, war sonnengebräunt und strahlte trotz seiner 72 Jahre etwas Robustes, Jugendliches aus. Seine Haare waren kurz geschnitten und dunkelgrau, und er trug Freizeitkleidung: einen militärgrünen Ulvang-Pullover und eine blaue Cargohose.

Im Gegensatz zu den meisten, die auf diesem Stuhl saßen, wirkte er selbstsicher. Für sein Alter war er eine imposante Erscheinung. Er war großgewachsen, breitschultrig und schlank.

Den größten Eindruck machten auf sie aber seine braunen Augen. Sie musterten Ina ruhig, aber konzentriert, seit er den Raum betreten hatte.

Seine Stimme klang sanft, ließ aber erahnen, dass er auch andere Tonlagen auf Lager hatte. Bisher hatten sie nur höfliche Phrasen ausgetauscht.

Doch jetzt war mit dem Abtasten Schluss, und Ivar Granhaug beugte sich vor.

»Haben Sie schon einmal darüber nachgedacht, wie sehr alles vom Zufall abhängt, Grieg?«

»Nein.«

Granhaug schaute ihr fest in die Augen. Ina wich seinem Blick nicht aus.

»Allein die Tatsache, dass ich jetzt hier auf diesem Stuhl sitze, ist das Resultat einer langen Reihe von unwahrscheinlichen Ereignissen. Würde man die Wahrscheinlichkeit dafür berechnen, dass ich hier sitze, ginge sie gegen null. Trotzdem sitze ich hier und rede mit Ihnen. Es musste so kommen.«

Ina nickte.

»Auch die Tatsache, dass ich überhaupt im Lande bin, ist alles andere als selbstverständlich«, sagte Granhaug. »Ich bin erst gestern Nachmittag aus Gran Canaria zurückgekommen. Meine Frau und ich haben da eine Wohnung. Wir sind im Winter die meiste Zeit dort unten. Nur für die Weihnachtszeit kommen wir nach Hause, damit die Kinder und Enkel uns besuchen können.«

Seine braunen Augen lebten auf.

»Wären wir einen Tag später geflogen, würde ich vermutlich nicht hier sitzen. Hätten Sie nicht angerufen, würde ich das Geschehene sicher nicht ausgraben. Womöglich hätte ich eher versucht, die Arbeit der Polizei zu sabotieren. Wahrscheinlich mit Erfolg, schließlich weiß kaum jemand von diesem Vorfall. Und Beweise gibt es auch keine.«

Ina dachte sich ihren Teil. Aber sie wollte ihren Vater nicht in die Sache hineinziehen.

»Was hat Sie bewogen, sich doch anders zu entscheiden?«

Granhaug befeuchtete seine Lippen.

»Ich möchte mein Gewissen erleichtern«, sagte er. »Aber zuerst will ich klarstellen, dass ich bei weitem nicht von allen Morden wusste, und vor allem nicht davon, dass sie mit dieser ... Sache zusammenhängen. Wenn ich daran denke, könnte ich wirklich verzweifeln. Aber jetzt will ich Sie nicht länger auf die Folter spannen und Ihnen erzählen, was 1977 passiert ist. Dann können Sie sich Ihre eigene Meinung bilden. Ich habe nämlich eine Idee, wer hinter diesen Untaten stecken könnte.«

Granhaug machte eine kurze Pause, und Ina hob den Kopf.

»War Ottar Heggvik 1977 als Soldat in Porsangmoen?«

Ivar Granhaugs Augen wanderten an der Wand entlang bis zum Fenster. Er wirkte mit einem Mal müde und resigniert.

»Ja«, sagte er schließlich. »Er war einer von ihnen ... einer aus dieser Gruppe.«

»Und Karsten Scheel, Per Erik Sande, Bjørnar Rølvåg?«

»Ich erinnere mich nicht an alle Namen«, sagte Granhaug. »Abgesehen von Heggvik und ... und diesem anderen Namen, der mich all die Jahre verfolgt hat.«

»Erzählen Sie.«

Granhaug rutschte auf seinem Stuhl herum.

»Sie müssen sich einer Sache bewusst sein, bevor ich anfange«, sagte er. »Wenn so viele junge Menschen zusammengepfercht werden, bleibt das nicht folgenlos. Als Psychologin kennen Sie bestimmt die Symptome: Lagerkoller, Apathie, aufgestaute Energie. All das. Die meisten Rekruten können damit umgehen, aber bei einigen kommt es zu Reaktionen. Denken Sie daran: Das sind ja alles noch sehr junge Männer, fast noch Kinder. Das Testosteron brodelt, und manchmal spüren wir richtiggehend den Druck. Aber ...«

»Was?«

»1977 war ein sehr spezielles Jahr. Im Laufe des Herbstes kam es zu mehreren ernsthaften Gewaltausbrüchen. Nach einer Weile fanden wir heraus, dass eine kleine Clique den Rest der Rekruten terrorisierte.«

»Terrorisierte? Das ist ein starkes Wort.«

Zum ersten Mal im Laufe ihres Gesprächs wirkte Granhaug etwas verunsichert. Ina konzentrierte sich.

»Das trifft aber leider zu«, seufzte er. »Wie dem auch sei: Wir sahen uns die Störenfriede genauer an und stellten fest, dass es sechs Rekruten waren, die sich eine Kammer teilten.«

Granhaug hielt inne und richtete seinen Blick auf Ina.

»Wissen Sie, wie viele Menschen es bräuchte, um den Dritten Weltkrieg auszulösen?«

»Nein?«

»Einen«, antwortete Granhaug. »Eine Person ist genug.«

»Wurde die Gruppe von jemandem angeführt? Ist es das, worauf Sie hinauswollen?«

Granhaug nickte.

»Es ist wirklich seltsam, wie ein Mensch eine ganze Gruppe dazu bringen kann, nach seiner Pfeife zu tanzen. Aber solche Tyrannen sind klug. Das traf auch auf den Anführer dieser Clique aus Porsangmoen zu. Er war durch und durch Sadist, ein wahrer Meister darin, bei den anderen die schwachen Punkte zu finden. Außerdem war er stark, sowohl physisch als auch psychisch. Ich glaube, er hatte eine Vorgeschichte im Kampfsport. Karate, Boxen oder so etwas. Ich erinnere mich noch daran, dass er mal einen Riesenkerl k.o. geschlagen hat. Die Ärzte, die den Mann anschließend operierten, sagten, seine Wangenknochen hätten ausgesehen wie ein Puzzle mit zu vielen Teilen.«

»Hatte dieser Mann einen Spitznamen?«

Granhaug blieb reglos sitzen und starrte aus dem Fenster. Komm schon, dachte Ina, spuck's aus.

»Ja, hatte er«, sagte Granhaug schließlich.

»General?«

»Korrekt. Er war natürlich kein General, sondern ein einfacher Rekrut. Aber in diesem Jahr war er der eigentliche Chef in Porsangmoen.«

»Und die anderen in der Gruppe?«

»Ich glaube nicht, dass von denen jemand wirklich boshaft war. Sie waren nur zur falschen Zeit am falschen Ort – in derselben Stube wie der General. Wäre er in einer anderen Baracke gelandet, hätte er sich sicher dort die Leute hörig gemacht.«

Granhaug atmete schwer.

»Sie verstehen bestimmt, dass ich sehr viel darüber nachgedacht habe«, sagte er. »Über all die Zufälle in unserem Leben. Das Schicksal kann ein Freund, aber auch ein Feind sein. Dass man vom Bösen geritten wird, kann durchaus auch das Resultat von Zufällen sein. Was, wenn der General an einem anderen Ort stationiert worden wäre? In Kirkenes oder in Jørstadmoen? Oder wenn er als untauglich ausgemustert worden wäre? Dann wäre das Schreckliche nie geschehen.«

Und was, wenn Gunnar Grieg der Oberkommandierende in Porsangmoen gewesen wäre?, fragte Ina sich im Stillen. Wo wäre ihre Familie jetzt?

Sie versuchte die beklemmenden Gefühle abzuschütteln und sagte:

»Was für ein Typ war der General?«

»Weder dumm noch intelligent. Aber sozial ungeheuer gewieft, und ganz besonders verstand er sich darauf, ein Zusammengehörigkeitsgefühl innerhalb der Gruppe zu schaffen. Er war unheimlich manipulativ, jederzeit bereit, einen Keil zwischen die Leute zu treiben oder Allianzen zu schmieden. Typen wie er bringen es weit in unserem System. Man muss dafür nicht sonderlich intelligent sein. Die meisten Menschen scheuen wirkliche Intelligenz, als Rudeltier fühlt man sich nicht gerne unterlegen. Will man es im Leben zu etwas bringen, Grieg, muss man schlau sein und sich möglichst wenig von der Masse abheben.«

Ina hörte das Mantra ihres Vaters. Sie verschränkte die Arme vor der Brust.

»Wenn man sich von der Masse unterscheidet«, fuhr Granhaug fort, »ist man außen vor oder ganz unten. Um auf Ihre Frage zurückzukommen, neben dem General erinnere ich mich noch an einen anderen Namen, und das ist Heggvik. Aber das auch nur, weil er so einen idiotischen Spitznamen hatte.«

»Pinzette?«

Granhaug wurde rot. Ina machte in seinem Blick eine Art Resignation aus.

»Die Menschen können gnadenlos sein, Grieg. Heggvik war Freiwild. Trotzdem war auch er ein Teil der Gruppe. Er war bei diesem Vorfall dabei. Ich glaube, er war der Büttel des Generals. Das Mobbingopfer Nummer eins, auf jeden Fall innerhalb der Clique an unterster Stelle.«

»Warum haben Sie nicht eingegriffen?«

»Wir haben es versucht«, sagte Granhaug. »Aber der General hat seinen Kopf immer wieder aus der Schlinge gezogen. Auch nach diesem schrecklichen Vorfall.«

»Wir reden hier über den 5. Dezember 1977, richtig?«

Granhaug nickte.

»Möglich, dass das das Datum war. Auf jeden Fall war es nicht lange vor Weihnachten.«

»Reden Sie weiter.«

»Ich wurde in jener Nacht vom zuständigen Ortspolizisten geweckt. Er hämmerte derart gegen die Tür, dass ich erst an ein Erdbeben dachte. Ich bin fast aus dem Bett gefallen. Eine Gruppe von Soldaten hatte jemanden aufs schlimmste verprügelt – einen Jungen aus Lakselv, das liegt da ganz in der Nähe. Der Junge war in aller Eile ins Krankenhaus in Tromsø gebracht worden. Zu diesem Zeitpunkt war noch unklar, ob er überhaupt überleben würde. In derselben Nacht war auch eine russische Frau verschwunden – das Ganze war sehr geheimnisvoll. Der Privatwagen eines Sergeanten war in der Nähe des Tatorts gesehen worden. Obwohl ich verwirrt und müde war, wusste ich gleich, was da abgelaufen sein musste. Der Sergeant konnte es nicht gewesen sein, denn der hatte in dieser Nacht Wachdienst. Das Ganze roch schon von weitem nach dem General und seiner Gruppe. Das habe ich aber nicht gesagt. Ich habe dem Polizisten damals nur versprochen, der Sache intern nachzugehen. Er sah mich völlig entgeistert an. *Ja, kapieren Sie das denn nicht?*, hat er geschrien. *Das ist das Ende Ihres ganzen verdammten Lagers hier oben!* Er wirkte eigentlich eher verzweifelt als wütend.«

Ina wunderte sich über diese Aussage.

»Warum?«

Granhaug breitete resigniert die Arme aus.

»Die Behörden waren ständig auf der Suche nach Vorwänden, um die Garnisonen zusammenzulegen. Man wollte Geld einsparen. Aber mit der Kaserne waren viele Arbeitsplätze verbunden. Ein Skandal und die daraus folgende Schließung des Lagers hätte da oben vielen die Existenzgrundlage entzogen. Genau das fürchtete der Polizist.«

»Und was ist dann passiert?«

»Ich habe den General zu mir gerufen. Zu diesem Zeitpunkt wusste ich schon, dass er sich den Wagen des Sergeanten ausgeliehen hatte. Natürlich. Ich fragte ihn, was er über diesen Vorfall wüsste. Er zuckte nur mit den Schultern. Ich weiß noch, dass ich ihn umkreist habe wie ein Tier im Käfig und auf eine Gelegenheit gewartet habe, ihn zu schnappen und ein für alle Mal loszuwerden. Mistkerle wie ihn brauchten wir nicht. Jetzt hatte ich die Chance. Den Tatort kannte ich gut. In dem Jahr hatten sich drei Russinnen in Campingwagen auf einer Halbinsel nördlich von Lakselv eingerichtet. Nutten, natürlich. Damals gab es ja noch nicht diesen organisierten Sextourismus nach Russland, wie wir ihn heute haben. Das waren drei einsame Seelen, die durch irgendeinen Zufall da oben gelandet waren. Und genau da war die Sache passiert. In einem der Wohnwagen. Ich konfrontierte den General damit, dass er und seine Gruppe am Tatort gesehen worden waren. Und was denken Sie, hat er geantwortet?«

»Keine Ahnung. Hat er es abgestritten?«

»Erst hat er mich nur höhnisch angesehen. Dann hat er sich aufgerichtet und gesagt: *Sie sollten verdammt vorsichtig sein, Granhaug. Auch Sie sind am Tatort gesehen worden.*«

»Waren Sie bei dem Überfall dabei?«

»Nein«, antwortete Granhaug schnell. »Aber jetzt

sind wir an dem Punkt, zu dem es niemals hätte kommen dürfen. Ich war nämlich am Wochenende zuvor mit zwei Offizieren saufen, und danach ... nun ja, danach waren auch wir bei diesen Wohnwagen. Ich bin wirklich nicht stolz darauf. Drei besoffene Offiziere und drei Nutten. Gibt es etwas Widerlicheres? Ich war verheiratet, und ich bin noch heute mit meiner Frau zusammen. Wir waren nur so wahnsinnig voll ...«

Ina richtete ihren Blick auf Granhaug, der immer weiter in sich zusammensackte, ehe er schwer seufzend sagte:

»Egal, wir dachten damals natürlich, dass niemand von diesem Besuch Wind bekommen hätte. Jetzt wusste ich, dass mindestens einer Bescheid wusste. Und zwar die falsche Person. Ich deutete die Worte des Generals nicht nur als Drohung, sondern auch als Eingeständnis. Es war wirklich *er*, der hinter diesem brutalen Überfall stand.«

»Fahren Sie fort.«

»Ich ließ mich einfach auf meinen Stuhl fallen. Am übelsten war das Gefühl, dass der General mich jetzt für immer in der Hand hatte. Er war jung, viel jünger als ich, aber das machte es nur unheimlicher. In diesem Kerl steckte die pure Bosheit, und jeder, der ihn sah, zog automatisch den Kopf ein.«

»Dann durfte Ihr Gespräch mit dem General auch nicht herauskommen.«

»So ist es. Ich weiß noch ganz genau, was der General zu mir gesagt hat. Er hat sich vorgebeugt und mir ins Ohr geflüstert: *Ich weiß, was wir sagen müssen*. Ich habe ihn nur verständnislos angeschaut. *Die Hure war es*, sagte er. Was?, fragte ich. Der General sah mich an und lachte leise. Gleich darauf erstarrte sein Gesicht wieder. *Die*

Hure hat diesen Jungen zusammengeschlagen, und dann ist die Schlampe abgehauen. Zurück in die Sowjetunion. Er beugte sich auf seinem Stuhl vor. Noch heute glaube ich seinen Atem zu riechen, er flüsterte: *Diese Geschichte müssen Sie der Polizei erzählen: Die Hure ist an allem schuld. Im Laufe des Tages werden ich und die anderen aus meiner Kammer von hier verschwinden. Wir werden uns in alle Richtungen verteilen und uns nie wieder begegnen. Verstanden?* In dem Moment stiegen mir die Tränen in die Augen, daran erinnere ich mich. Ich konnte sie einfach nicht mehr zurückhalten und fing an zu flennen wie ein kleiner Junge. Der General hat mich an den Schultern gepackt und brutal geschüttelt. *Wer war es?*, schrie er mir ins Gesicht. Die Hure, sagte ich verzweifelt. Die Prostituierte. Der General nickte und ließ mich los. Ich weiß noch, wie meine Hände danach gezittert haben. Ich war vollkommen zerstört. Sie müssen das verstehen, Grieg: Mir blieb nichts anderes übrig, wenn ich verhindern wollte, dass mein ganzes Leben auseinanderbrach. Die Konsequenzen wären furchtbar gewesen: Der persönliche Ruin für alle in der Gruppe, auch wenn die meisten vermutlich unschuldig waren. Aber auch die Zukunft des Lagers und damit der lokalen Bevölkerung stand auf dem Spiel.«

»Sie meinen, Sie wollten Ihre eigene Haut retten?«

Granhaug schlug die Augen nieder.

»Okay, das gestehe ich ein. Aber jetzt kennen Sie die Geschichte, nach der Sie gesucht haben. Niemand weiß davon, außer den Mitgliedern der Gruppe.«

»Und was ist aus dem Jungen geworden?«

»Dem Opfer?«, fragte Granhaug. »Ich habe nie wieder von ihm gehört. Gestorben ist er nicht, das weiß ich.«

»Und die Frau? Die verschwundene Prostituierte?«

»Wurde nie gefunden, glaube ich. Das Ganze war ein Rätsel. Möglicherweise ist sie wirklich in die Sowjetunion zurückgekehrt.«

»Und es wurde *nie* Anklage erhoben?«

»Ich habe dem Polizisten gesagt, dass all unsere Soldaten an diesem Abend in der Kaserne waren. Ich servierte ihm das Gerücht, dass ... dass die verschwundene Frau ... die Nutte ... hinter dem Überfall auf den Jungen stehen könnte. Er ahnte sicher, dass an der Sache etwas faul war, aber im Grunde war das ja auch für ihn die günstigste Lösung, wie für uns alle. Er stellte jedenfalls keine Fragen mehr. Das Gerücht verbreitete sich allmählich auch bei der lokalen Bevölkerung. Ist ein Gerücht erst stark genug, pikant genug, kann es sich rasch etablieren und zur Wahrheit werden.«

»Was ist mit dieser Gruppe passiert?«

»Nur wenige Stunden später ließen wir die sechs heimlich ihren Dienst quittieren.«

»Dann hatte der Vorfall wirklich kein Nachspiel?«, fragte Ina. »Was war mit der Familie des Jungen? Haben die diese Erklärung auch akzeptiert?«

»An den Vater des Jungen kann ich mich noch erinnern«, sagte Granhaug. »Er ist in den Tagen vor Weihnachten wie ein Raubtier um die Kaserne geschlichen. Aber dann ist er verschwunden. Vielleicht haben ihn die anderen überzeugt, dass diese Prostituierte schuld war. Die übrigen Soldaten in der Kaserne schienen das jedenfalls zu glauben. Die beiden anderen Frauen wurden übrigens kurz darauf fortgejagt. Und mit der Zeit ...«

Granhaug verstummte und sah fast unterwürfig zu Ina.

»Ja?«

»... wuchs Gras über die Sache. Es ist schon verwunderlich, wie die Zeit bestimmte Dinge auslöschen kann. Sie wirken unglaublich schrecklich, direkt nachdem sie geschehen sind, und schon nach kurzer Zeit schrumpfen sie zusammen. Nur ein halbes Jahr später redete kaum jemand über diesen Vorfall. Alles ging seinen Gang. Ich vergaß die Sache, das heißt, ich hatte den General und den Vorfall wohl eher verdrängt.«

»Das war für die Mitglieder der Gruppe sicher nicht so leicht«, sagte Ina. »Auf jeden Fall nicht für Karsten Scheel.«

»Wen?«

»Meinen Kompagnon, der vor fünf Jahren ermordet wurde.«

Granhaug schloss die Augen.

»Haben Sie die Namen der anderen in der Gruppe?«, fragte Ina.

»Ich habe, wie gesagt, das meiste verdrängt«, sagte Granhaug, »auch die Namen. Außer an Pinzette, oder Heggvik, erinnere ich mich bloß an einen Namen. An ihn werde ich mich wohl bis an mein Lebensende erinnern.«

»Wen?«

Granhaug sah Ina direkt in die Augen.

»Den Teufel selbst natürlich«, sagte er. »Den, der sich damals General genannt hat.«

Ina beugte sich zu ihm vor.

»Und wie lautet sein Name?«

»Osberg. Karl Osberg.«

4

»Wo bist du, Hege?«

Es verging eine Sekunde, zwei.

Ina lief ruhelos im Büro auf und ab, bis sie endlich die raue Stimme von Hege Rimbereid hörte.

»Im Auto, bei Ulven. Ich war unten auf der Wache.«

Ina fluchte.

»Mann, es ist so was von typisch, dass Amund das Auto ausgerechnet heute in die Werkstatt gebracht hat.«

»Brauchst du 'ne Mitfahrgelegenheit, Ina?«

»Wir müssen nach Drøbak«, antwortete Ina atemlos. »Sofort! Der General ist einer meiner Patienten. Er soll in knapp einer Stunde einen Preis bei einem Festessen in der Oscarsborg-Festung überreicht bekommen. Du musst die Osloer Polizei informieren. Die müssen sofort ausrücken und ihn festnehmen.«

»Moment mal, woher weißt du das denn?«

»Eine geheime Quelle vom Militär. Die Opfer haben tatsächlich ihre Grundausbildung in Porsangmoen gemacht. 1977. Die Soldaten haben einen jungen Mann aus der Gemeinde brutal zusammengeschlagen, aber der Vorfall hatte keine Konsequenzen. Stattdessen bekam eine Prostituierte die Schuld in die Schuhe geschoben. Das ist der gemeinsame Nenner. Meine Quelle hält den General für den Mörder, und der General ist in der Festung Oscarsborg. Jetzt!«

»Wie heißt der General?«

Ina dachte einen Augenblick nach.

»Wenn wir den Mann festnehmen sollen, kannst du

dir das mit der Schweigepflicht abschminken«, sagte Rimbereid.

»Karl Osberg«, antwortete Ina. »Er ist ein hohes Tier in der Finanzwelt.«

»Und was soll er für ein Motiv haben?«

»Osberg muss befürchtet haben, dass die anderen aus der Gruppe seinen Ruf schädigen könnten.«

»Und warum jetzt? So lange danach? Und warum so viele Jahre zwischen den einzelnen Morden?«

»Was weiß denn ich«, schrie Ina ins Telefon. »Wir müssen einfach nach Drøbak, und das sofort. Die nächste Fähre zur Festung geht in genau einer Stunde. Du musst dafür sorgen, dass Lie und ihre Mannschaft an Bord dieses Schiffes sind.«

»Schaffst du es denn so schnell nach Drøbak?«

Ina rannte aus ihrem Büro, nahm Schal und Anorak von der Garderobe im Flur und stürmte nach draußen in die Kälte.

»Keine Ahnung«, rief sie. Die kalte Luft stach in ihre Wangen.

Aus den Augenwinkeln sah sie einen Schatten auf dem Parkplatz und erkannte Erling Kåven, auf dem Weg zu seinem Wagen.

Ina rannte zu ihm hinüber.

»Erling!«, rief sie. »Könnten Sie mir einen Riesengefallen tun?«

Kåven drehte sich an der Autotür um.

»Könnten Sie mich fahren?«

»Wohin denn?«

»Nach Drøbak!«

»Steigen Sie ein, ich fahre Sie«, sagte der Hausmeister. »Klingt wichtig.«

»Haben Sie wirklich Zeit dafür?«

»Ja doch, ich wollte ohnehin nach Oslo. So groß ist der Umweg dann ja nicht.«

Ina durchschaute die Lüge, war aber nicht in der Stimmung, weiter darauf einzugehen. Sie schob sich schnell auf den Beifahrersitz. Kåven stieg ein und startete den Motor.

Gleich darauf waren sie auf dem Riksveg 4.

Endlich kam Ina etwas zur Ruhe.

»Jon hat gestern davon erzählt«, hörte sie Kåven sagen.

»Hm?«

»Von dem Typen, der die Terrassentür kaputtgemacht hat. Geht's Ihren Kindern gut?«

»Ich glaube schon.«

»Kinder sind das Beste auf der Welt«, sagte Kåven. »Ein Segen und ein Fluch.«

»Ein Fluch?«

»All die Sorgen, die man sich ihretwegen macht.«

»Ja, da sagen Sie was.«

Ina war mit einem Mal ungeheuer müde.

»Ruhen Sie sich nur aus«, sagte Kåven. »Wir kommen schon rechtzeitig an. Wir sind auch nicht schneller, wenn Sie Stress machen.«

»Da haben Sie recht«, sagte Ina erschöpft und lehnte den Kopf gegen die Kopfstütze.

*

»Sie haben Besuch!«

Ina zuckte zusammen. Mein Gott, sie musste richtig eingeschlafen sein.

Erling Kåven lächelte sie vom Fahrersitz aus an. Erst jetzt bemerkte sie das Klopfen an der Seitenscheibe und starrte in das Gesicht von Hege Rimbereid.

Rimbereid zog sie aus dem Auto.

»Jetzt komm in die Gänge, Ina!«, rief sie. »Die Fähre legt in fünf Minuten ab.«

Ina dankte Kåven für das Mitnehmen und stieg aus in die Kälte. Sie sah sogleich die kleine graue Fähre, die sich dem Anleger näherte, und rannte mit Rimbereid über den knirschenden Schnee zum Kai.

»Kommt Lie?«

Rimbereid schüttelte den Kopf.

»Die schafft diese Fähre nicht.«

»Was?«

»Sie war mitten in einer Pressekonferenz. Außerdem ist sie wütend auf dich, sie ist wirklich überzeugt davon, dass du das Leck bist. Aber mit der nächsten Fähre schickt sie zwei Beamte.«

»Die haben das Leck noch immer nicht gefunden?«

»Nee. Und? Bist du's?«

Ina riss die Augen auf.

»Um Himmels willen, Hege! Nein!«

»Wusste ich's doch«, antwortete sie. »Ich wollte es nur von dir persönlich hören.«

»Herrje«, seufzte Ina. »Jetzt lass uns an Bord dieser Fähre kommen. Das Essen ist da drüben schon in vollem Gange.«

*

Ein paar Minuten nachdem Ina und Rimbereid zur Fähre gerannt waren, ging ein Mann an Bord einer mittelgroßen Jacht, die ein Stück vom Anleger entfernt festgemacht war. Der Mann hatte das Boot am Vortag gemietet, im Schutz der Dunkelheit eine Probefahrt auf dem Fjord gemacht und es anschließend beim Anleger vertäut. Er musste sich vergewissern, dass der Fjord befahrbar und nicht durch Eis blockiert war.

Der Mann legte den Rucksack auf den Boden des Bootes und ließ sich müde auf einen Sessel in der Kajüte fallen. Jede Bewegung kostete ihn Kraft.

Aber er rappelte sich wieder auf. Er musste sein Vorhaben zu Ende bringen. Er beugte sich hinunter. Zog den roten Anorak aus dem Rucksack und streifte ihn über. Dann nahm er die kleine Maschinenpistole mit Rotpunktvisier, eine MP7, und wog sie in der Hand. Wirklich eine Waffe für Profis. Aber das passte ja auch, nach all den Jahren Schießtraining war er schließlich zu einem Profi geworden. Außerdem brauchte er diesen Waffentyp, für den Fall, dass er durch eine Scheibe schießen musste, um den Teufel endlich zur Strecke zu bringen.

Er musste es sich eingestehen: Dieses Mal hatte er nicht wirklich die Übersicht. Er klammerte sich aber an die Hoffnung, dass der Kopf des Teufels hinter einem Fenster des Festlokals auftauchen würde. In dem Moment würde er auf dem Hügel gegenüber der Festung bereitliegen und ihn abschießen. Das sollte funktionieren, auch wenn es eine große Distanz war und er durch das Fenster schießen musste. Sonst musste er eben warten, bis er wieder nach draußen kam. Dann würde er definitiv treffen, aber das Risiko, gesehen zu werden, wäre größer. Sicher würde der Teufel in Begleitung anderer Gäste nach draußen kommen, und die könnten der Polizei dann seine Fluchtroute angeben.

Der Mann schloss die Augen. In Gedanken ging er noch einmal die unterschiedlichen Szenarien durch.

Er war bereit. So bereit, wie er nur sein konnte.

Nachdem er den Motor gestartet hatte, stellte er sich an das Steuerpult und atmete tief durch. Seine Finger waren sogar in den Handschuhen eiskalt, und seine Gedanken flogen zurück zu *der* Nacht, dieser grauenvollen Nacht.

Er schob den Gashebel etwas nach vorn.

Das Boot legte ab.

Der Mann kannte sich mit Booten aus, fürchtete aber, hier in Ufernähe Fehler zu machen. Draußen im Fjord, in der eisfreien Rinne der Fähre, würde er sich sicherer fühlen. Und in der Bucht auf der Rückseite des südlichen Kaholmen konnte er ankern, dort würde ihn niemand sehen. Er musste bloß der Fähre bis fast zum Kai folgen und das Boot dann langsam um die Insel herumsteuern.

Direkt am Land war kein Eis.

Auf dem Rückweg konnte er der Fahrrinne der Dänemarkfähre folgen.

Das Schwierigste erwartete ihn definitiv *dort draußen* auf der Festungsinsel.

Über das Programm während des Essens – die eigentliche Zeremonie – wusste er Bescheid. Die Gegend kannte er. Alles andere, das Wann und Wo, waren noch Unbekannte.

Dieses Mal musste er improvisieren. Und das beunruhigte ihn. Er war nicht gut, wenn er spontan handeln und seinen Impulsen folgen musste. Sollte es ihm trotzdem gelingen, wäre damit noch nichts gewonnen. Auch der nächste Tag würde sehr kritisch werden. Der nächste Schritt seines Plans, der nicht weniger wichtig war als alle vorherigen.

Er konnte es sich nicht leisten, zu versagen.

Langsam zog er die rote Anorakkapuze über die Wollmütze. Er versuchte sich zu konzentrieren, wollte zu innerer Ruhe finden, bevor er die Jacht zwischen den anderen Booten im Hafen hindurchmanövrierte.

Ruhig und sicher.

Bald darauf war er in der Fahrrinne.

Jetzt hieß es, er gegen das Böse. Eigentlich das Motto seines ganzen Lebens.

Er gegen den Teufel.

7

Rimbereid und Ina ließen sich auf die weichen Sitze im Fährsalon sinken. Ina war noch immer verschlafen und versuchte den Rest Benommenheit abzuschütteln. Die Fähre setzte sich mit einem monotonen Brummen in Bewegung, nur unterbrochen von dem dumpfen Dröhnen, wenn der Bug gegen Eisklumpen stieß.

Ina sah durch das Fenster auf den Fjord hinaus. In der Fahrrinne gab es starke Strömungen. Überall trieben Eisschollen. Der schmale Sund bei Drøbak erinnerte an einen Fluss, obwohl große Teile des Fjords eisbedeckt waren.

Sie sah zu den Kaholmen-Inseln hinüber. Auf der südlichen thronte das Festungsgebäude. Ein Gesicht tauchte vor ihrem inneren Auge auf.

Es war das Gesicht ihres Vaters.

Aus einer Zeit, in der Ina klein, ihr Vater noch voller Energie gewesen war. Er war auch damals schon streng und schwierig gewesen, aber bei weitem nicht so ein mürrischer Sturkopf wie später. Ihr Vater war kein großer Geschichtenerzähler, aber eine Glanznummer hatte er: die Geschichte von dem Morgen des 9. April 1940, als der deutsche Kreuzer Blücher im Drøbaksund versenkt wurde.

Die Versenkung der Blücher war der Höhepunkt des norwegischen Widerstandskampfes während des Zweiten

Weltkriegs, auf jeden Fall in Vaters Version der Kriegsgeschichte. Auf diese Weise wurde die deutsche Besetzung der Hauptstadt so lange verzögert, dass die Königsfamilie und die Regierung fliehen konnten.

Die Blücher war ein riesiger, schwerer Kreuzer, ein schwimmender Koloss, der sich im Schutz der Nacht durch den Oslofjord geschoben hatte. Die Deutschen hatten keinen Widerstand erwartet, so dass der Ausgang vorherbestimmt war, als Kommandant Birger Kristian Eriksen in der Oscarsborg-Festung den Befehl gab, die Kanonen zu laden.

Sie konnten ihr Ziel nicht verfehlen.

Ina schloss die Augen und hörte beinahe das Dröhnen der Kanonen.

Sie war erst fünf oder sechs Jahre alt gewesen, als ihr Vater ihr zum ersten Mal von der Blücher erzählt hatte. Es war dem Major gelungen, ein glasklares Bild von dem mit Schlagseite im Drøbaksund liegenden Kriegsschiff zu zeichnen und davon, wie es sank wie ein Stein und mehr als 800 Mann in den Tod riss.

Aber es gab noch eine andere Geschichte von diesem Morgen.

Nämlich die von der Frau, die in Stücke gerissen wurde. Ina hatte später über sie gelesen, als Erwachsene, und festgestellt, dass ihr Vater bei seiner Heldengeschichte ein tragisches Detail ausgelassen hatte.

Dabei zeigte dieses Detail das wahre Gesicht des Krieges und die Leiden der Zivilbevölkerung.

Ein gutes Stück vom Drama im Drøbaksund entfernt wurden die Leute auf dem Gyltehof nördlich von Drøbak noch vor dem Morgengrauen des 9. April aus dem Schlaf gerissen. Vom Fjord her war eine Reihe von Detonationen zu hören. Zuerst verstanden sie nicht, was los war. Kein Norweger war auf den Krieg vorbereitet gewesen.

Gleich darauf pfiff es über ihren Köpfen, und es folgte ein ohrenbetäubender Knall. Die Gebäude erbebten, und Glas und Holz splitterte. Die unverletzten Familienmitglieder stürzten in das Zimmer, aus dem die Explosion gekommen war, und fanden die junge Mutter des Hauses in Stücke gerissen.

Schuld war ein verirrtes Projektil, ein ins Nichts gegangener Schuss, der genau dieses Haus getroffen hatte, genau dieses Zimmer, genau diese Frau.

Ein teuflischer Zufallstreffer.

Rimbereids bellender Husten riss Ina aus ihren Gedanken, und sie bemerkte, dass die Fähre langsamer wurde. Sie waren kurz vor der Festung. Dann legte die Fähre mit einem kleinen Ruck an. Als ihr Fuß den Kai berührte, spürte sie, wie müde sie war. Ihre Beine fühlten sich wie Zement an, und sie schwitzte. Trotzdem war sie konzentriert.

Ihre glühende Wut hielt sie auf den Beinen.

Sie klatschte sich mit den Fäusten hart auf die Wangen und ging schnellen Schrittes zur Festung hoch. Rimbereid konnte ihr kaum folgen, aber Ina wollte nicht anhalten, ehe sie oben war. Schließlich hörte sie Rimbereids keuchenden Atem hinter sich. Sie selbst stand wie festgenagelt da.

Die Festung machte einen massiven Eindruck. Oscarsborg hatte die Form eines hoch aufragenden Hufeisens, kompakt aus Ziegeln erbaut. Das Gebäude erinnerte an eine Burg aus einem Fantasyroman, als könnte Tengil aus *Die Brüder Löwenherz* jeden Augenblick durch das Tor kommen.

Sie überquerten den Wallgraben und kamen durch das bogenförmige Haupttor auf den Hofplatz.

Diese Brücke war der einzige Ein- und Ausgang.

»Wo findet die Feier statt?«, fragte Rimbereid.

»Keine Ahnung«, antwortete Ina.

Auf der linken Seite der Festung entdeckten sie eine Tür.

Festungsmuseum stand auf einem Schild.

Sie gingen hinein.

Im Museum war kein Mensch zu sehen. Ina schnupperte, es roch abgestanden, trocken und staubig. Sie hörte entfernte Stimmen, undeutliche Geräusche, die kamen und gingen.

Rimbereid lief durch die nächste Tür.

Ina zuckte zusammen.

Eine Wachsfigur in Uniform starrte sie stumm an.

Ihr Puls beruhigte sich wieder.

Sie stürmten weiter durch die länglichen Räume des Museums, passierten Ausstellungsstücke, ein Modell der Blücher und diverse Waffen und Fotos der Festung aus allen Epochen. Das Gewirr der Stimmen wurde immer lauter. Am Ende des Museums war eine weitere Tür zu einem dunklen, eiskalten Gang, von dem aus eine Treppe nach oben führte. Jetzt erst begriff Ina. Die Stimmen kamen von oben.

Sie hatte weiche Knie, als sie die Treppe nach oben stieg.

Endlich standen sie vor dem Festsaal.

Ina streckte ihren Kopf vorsichtig durch die Türöffnung. Ihr Blick schweifte über die festlich gekleideten Menschen. Es mussten gut hundert Gäste versammelt sein. Der Raum war nicht groß, aber hoch. Rote Ziegel. Hohe, bogenförmige Säulengänge. An der Längsseite hing eine Reihe von Flaggen und Wimpeln. Die größte Flagge erkannte Ina sofort.

Es war eine Staats- und Kriegsflagge mit spitzen Enden.

Sie sah sich weiter um, bis ihr Blick in der Nähe des Fensters hängenblieb …

Ihr Puls raste.

Karl Osberg. Der General.

Sie erkannte sein Gesicht nur undeutlich, da das Licht von der Scheibe reflektiert wurde. Aber den dunklen, kräftigen Stiernacken hätte sie überall erkannt.

Osberg saß vor dem Balkon. Ina beugte sich vor, um besser sehen zu können. Er war es wirklich.

Zwei Augen nagelten sie fest.

Ina zuckte zurück.

»Verdammt! Osberg hat mich gesehen.«

Rimbereid warf einen Blick in den Raum.

»Wo ist er?«

»Vor dem Balkon, auf dem Ehrenplatz.«

»Da ist niemand.«

Ina beugte sich wieder vor. Am anderen Ende des Raums sah sie Osberg rasch am Tisch entlanglaufen und durch eine Tür verschwinden.

Ina gab ihrem Impuls nach und rannte los. Es war ihr in diesem Moment vollkommen egal, dass die Festgäste sie erstaunt ansahen.

Sie dachte nur daran, dass sie den Mann einholen musste, der soeben den Raum verlassen hatte. Der Teufel durfte ihr nicht entkommen, sie musste ihn schnappen. Ina stürmte durch die Tür und über die Treppe nach unten. Sie wusste, dass sie den General in die Flucht geschlagen hatte. Unter sich erahnte sie seinen Schatten, hinter sich hörte sie das Keuchen von Rimbereid.

Gleich darauf stand Ina draußen auf dem Platz und sah jemanden über die Brücke aus der Festung laufen.

Ina folgte ihm.

Als sie durch das Tor kam, registrierte sie, wie groß Osbergs Vorsprung bereits war. Sein Rücken verschwand gerade hinter der Böschung gegenüber dem Anleger.

Ina folgte ihm.

Sie spürte das Brennen in ihren Beinen, rannte aber trotzdem so schnell sie konnte. Sie musste den General einholen, das war sie Karsten schuldig. Rimbereid konnte nicht mehr mithalten.

Dann hieß es jetzt also: sie gegen den Teufel.

Am Rand der Böschung blieb sie stehen. Sie hatte von dort einen guten Überblick und versuchte Osberg zu finden. Doch er war nirgends zu sehen, und es war auch kein Laut zu hören. Nur der eiskalte Wind raschelte in den Zweigen.

Etwas weiter unterhalb erkannte Ina ein Gebäude.

Sie rannte darauf zu und blieb vor dem Eingang stehen.

Oscarsborg Hotel & Spa.

Osberg konnte sich dort drin verschanzt haben. Er konnte aber auch weiter um die Insel herumgelaufen sein, dann hatte er jetzt mehrere Hundert Meter Vorsprung. Möglicherweise hatte er auch irgendwo am Ufer ein Boot liegen. Und die Polizisten kamen erst in … vierzig Minuten.

Verdammt!

Sie musste eine Entscheidung treffen.

Das Hotel.

Ina öffnete vorsichtig die Tür und kam in die dunkle Hotelrezeption.

Es war kein Mensch zu sehen.

Auch auf der Treppe war alles still. Schrecklich still. Sie schob ihre linke Hand am Geländer nach oben. Setzte einen Fuß vor den anderen.

Langsam, ganz langsam.

In der ersten Etage befand sich ein Restaurant. Sie betrat den großen Raum. Hohe Decken. Auch hier brannte keine Lampe. Aber von draußen fiel genug Licht durch die großen Fenster herein. Der Blick ging auf den Fjord hinaus. Irgendwo dort hatte die Blücher gelegen. Fast glaubte sie das Dröhnen der Kanonen von der Nacht des 9. April 1940 zu hören.

Über dem Fenster hing ein Porträt von König Harald und Königin Sonja.

Aber es war niemand da. Nur sie. Sie und ihre Schritte. Einer nach dem anderen. Und das Klopfen ihres Herzens.

»Sie konnten sich also nicht aus der Sache raushalten?«

Ina fuhr herum.

Karl Osberg stand in der Tür. Er lächelte.

Der kräftige Mann wirkte in seinem Anzug vollkommen deplatziert. Ina wollte etwas sagen, aber ihr Hals war wie zugeschnürt, und sie brachte keine Silbe heraus.

»Hat's Ihnen die Sprache verschlagen, Grieg? Sie haben doch sonst auf alles eine Antwort.«

Osberg kam einen Schritt näher.

»Nun, dann muss ich wohl reden«, fuhr er fort. »Sie haben also mein kleines Geheimnis herausbekommen?«

Ina nickte.

»Und jetzt haben Sie Angst?«

»Nein.«

»Oh, doch, Sie haben Angst. Das sehe ich Ihnen an. Sie machen sich fast in die Hose. Schließlich wissen Sie, wie stark ich bin.«

»Sie sollten sich nicht überschätzen«, sagte Ina. »Sie sind weit über fünfzig.«

»Ich gewinne meine Kämpfe noch immer. Fragen Sie mal meine Gegner, falls die noch antworten können. Was sicher nicht auf alle zutrifft.«

Ina lief es kalt den Rücken herunter, aber sie versuchte, Ruhe zu bewahren.

»Ich will nicht mit Ihnen kämpfen. Ich will Antworten auf meine Fragen.«

»Schießen Sie los!«

»Warum sind Sie zu Karsten in Therapie gegangen? Sie hatten in der Gruppe doch beschlossen, nie wieder Kontakt zueinander aufzunehmen?«

Osberg musterte Ina.

»Ich hatte einen geheimnisvollen Brief von Scheel erhalten«, antwortete er schließlich. »Er hat mich genötigt, zu ihm zu kommen. Falls nicht ... Das war das Merkwürdige. Es war ein richtiger Drohbrief. Ganz untypisch für ihn. Ich dachte, dass er sich vielleicht geändert hätte, und bin widerwillig bei ihm in Nittedal aufgetaucht. Als ich aber sein Gesicht sah, wusste ich, dass Scheel mir diesen Brief nie geschrieben hatte.«

»Sie wurden in eine Falle gelockt?«

Osberg nickte.

»Ich frage mich noch heute, wer dahintersteckte«, sagte er. »Wer diesen Brief geschrieben hat. Aber egal, da saßen wir also, Scheel und ich, und das ganz gegen unseren Willen. Nach diesem seltsamen Brief wollte ich kein Risiko eingehen. Ich musste Scheel unter Kontrolle behalten und herausfinden, ob nicht doch er die Fäden in der Hand hielt. Deshalb bin ich immer wieder zu ihm gegangen.«

»Und dann haben Sie ihn ermordet?«

Osberg sah sie überrascht an.

»Das war ich nicht. Ich frage mich ebenso wie Sie, wer ihn ermordet haben könnte. Das können Sie mir glauben.«

»Sie lügen!«

Osberg schüttelte den Kopf.

»Aber erklären Sie mir eine andere Sache«, sagte Ina. »Warum sind Sie zu mir gekommen, nach Karstens Tod?«

Osberg sah sie eindringlich an.

»Sie waren nach dem Mord ja völlig durch den Wind«, sagte er. »Und Sie und Bork standen auf meiner Liste derjenigen, die vielleicht etwas über den Vorfall in Porsangmoen wissen konnten. Ich brauchte Gewissheit. Ich habe meinen Kontrollzwang nicht erfunden, verstehen Sie. Ohne Kontrolle wäre ich nichts.«

»Deshalb brauchten Sie auch den Termin direkt nach dem Mord im Maridalen? Sie wollten wissen, ob ich etwas wusste.«

»Stimmt.«

»Sind Sie deshalb in unser Archiv eingebrochen? Und haben Ihre Patientenakte entfernt?«

Osberg zog die Augenbrauen hoch. Er wirkte aufrichtig überrascht.

»Ich wusste nicht einmal, dass Sie ein Archiv haben«, antwortete er. »Wie gesagt: Ich habe Karsten Scheel nicht umgebracht. Und Heggvik auch nicht. Da ist irgendjemand anders unterwegs. Aber Sie können mir glauben, dass ich noch rauskriegen werde, wer das ist.«

»Sie spielen Ihre Rolle als Manipulator richtig gut«, sagte Ina.

Osberg schüttelte den Kopf, holte etwas aus der Innentasche seines Anzugs und schob es sich langsam auf die Finger.

Ein Schlagring.

»Wie lautet Ihre Entschuldigung?«, fragte sie, um Zeit zu gewinnen. »Ich meine, für all die Bosheit. Sie haben einen wehrlosen Jungen fast zu Tode geprügelt. Wem geben Sie dafür die Schuld?«

»Niemandem«, sagte Osberg verbissen. »Ich musste auf der Welt von Anfang an allein zurechtkommen. Aber ein Missverständnis will ich gerne ausräumen: Nicht ich habe diesen Jungen zusammengeschlagen, das war Scheel.«

»Karsten?«, rief Ina. »Und das soll ich Ihnen glauben?«

Der General breitete die Arme aus.

»Mag sein, dass er keine andere Wahl hatte«, sagte er lächelnd. »Aber getan hat er es. Opdahl wollte nicht. Und Scheel hat gesehen, was ihm das eingebracht hat. Opdahl hat die Narbe bestimmt noch immer auf der Wange. Danach war es ziemlich einfach, Scheel zu überzeugen. Er wusste genau, entweder er schlägt oder er wird geschlagen. Er hat sich für die erste Variante entschieden. Karsten Scheel hat den Schlagring immer wieder in das Gesicht des Jungen geboxt. Glauben Sie mir.«

Ina wurde übel. Die Wut packte sie. Plötzlich ergaben Karstens Aufzeichnungen Sinn. Sein grauenhaftes Geheimnis. Er war zu einer Gewalttat gezwungen worden. Gegen einen jungen, unschuldigen Mann. In diesem Moment fügte sich in ihrem Kopf alles zusammen. Jetzt verstand sie auch, warum Karsten sich nach Strafe gesehnt hatte.

»Sie lügen!«, rief sie.

Osberg schüttelte lächelnd den Kopf.

»Wir hatten keine andere Wahl«, sagte Osberg. »Der Junge und die Hure hätten sonst geredet. Sie hätten verraten, was im Wohnwagen passiert ist.«

»Was ist denn da passiert?«

»Anfangs war es nur ein unschuldiger Spaß«, erklärte Osberg. »Wir wollten Heggvik einen Fick spendieren. Der hatte ja noch nicht mal Haare am Sack.«

»Gegen seinen Willen?«

»Natürlich!«, sagte Osberg. »Hätte diese Nutte mitgespielt, wäre alles andere nicht passiert. Aber sie musste sich ja weigern, und da bin ich durchgedreht. Ich war jung und dumm und obendrein bis zum Rand voll. Ich habe sie niedergeschlagen. Blöderweise ein bisschen zu hart. Ich habe den Effekt dieses Dings hier unterschätzt.«

Osberg hob die Hand mit dem Schlagring.

»Und wann kam der Junge ins Spiel?«, fragte Ina.

»Genau in dem Moment«, antwortete Osberg. »Er hatte uns wohl im Wohnwagen beobachtet und stürmte plötzlich herein. Vermutlich wollte er sie retten.«

»Die Prostituierte? Hieß sie Regine?«

»Ja. Der war total verrückt. Ging allein auf uns los. Ich habe dann auch ihn niedergeschlagen. Er lag am Boden vor dem Wohnwagen und hat Blut gespuckt. Da gab es kein Zurück mehr. Also habe ich Scheel dazu gebracht, den Jungen fertigzumachen. Ich verstehe bis heute nicht, wie er das überleben konnte. Um die Nutte habe ich mich selbst gekümmert.«

Ina nahm hinter ihm eine flüchtige Bewegung wahr.

Rimbereid!

Sie schlich sich ins Restaurant, in den Händen einen dicken Stock, den sie zum Schlag erhoben hatte.

»Was ist mit Regine passiert?«, fragte Ina.

»Ich habe ihr ein Bein gebrochen«, antwortete Osberg, »und sie dann in einem Spalt in der Felswand hinter den Wohnwagen versteckt. Da konnte sie niemand finden. Wahrscheinlich ist sie einfach erfroren.«

Eine Diele knarrte. Osberg fuhr herum und konnte sich gerade noch ducken, als der Stock über seinen Kopf schwang. Rimbereid hatte so viel Wucht in den Schlag gelegt, dass sie das Gleichgewicht verlor und zu Boden ging.

Osberg war sofort über ihr und schlug Rimbereid den Schlagring ins Gesicht.

Es knackte fürchterlich. Rimbereid heulte vor Schmerzen auf und blieb am Boden liegen.

»So, so, Sie dachten also wirklich, Sie könnten mich überwältigen?«, fauchte Osberg. »Zwei Frauen. Gott, wie lächerlich.«

Ina wich etwas zurück, während Osberg langsam näher kam.

»Wie haben Sie das herausbekommen?«, fragte er verbissen. »Die Sache in Porsangmoen sollte geheim bleiben. Ich habe damals doch alle Löcher gestopft. Wer hat da geredet? Sagen Sie schon, wer war's?«

Ina wich immer weiter vor seiner zum Schlag erhobenen Faust zurück. Sie verstand nicht, warum sie solche Angst hatte. Sie konnte es doch mit jedem aufnehmen, warum also nicht mit dem General? Schließlich war er viel älter als sie. Aber trotzdem. Vielleicht lag es an der ungebrochenen Willenskraft, die er ausstrahlte. Der Furchtlosigkeit. Oder es war die Rohheit, bei der es ihr kalt den Rücken herunterlief, die sie zurückweichen ließ – statt den Kampf aufzunehmen.

Die Faust mit dem Schlagring ballte sich zusammen, und Ina ging noch einen Schritt zurück. Osbergs Blick nagelte sie fest.

»Warum wurden die Geschehnisse in Porsangmoen nie untersucht?«, fragte sie.

»Das geht Sie nichts an.«

Ina spürte plötzlich das Fenster in ihrem Rücken. Weiter zurückweichen konnte sie nicht.

Der Schlagring blitzte auf.

»Jetzt können Sie nicht mehr fliehen«, sagte Osberg. »Los, zeigen Sie mal, was Sie draufhaben.«

Osberg hob die Fäuste. Sie sahen wie dicke Keulen aus, und an der rechten glänzte der Schlagring. Ina zog den Anorak aus, hob die Deckung und fixierte den General.

Er war viel größer als sie. Aber sie war sicher schneller. Vielleicht war es auch ein Vorteil, dass sie normale Kleidung trug, während er im Anzug steckte. Die Situation sollte sie meistern, so etwas hatte sie schon oft geschafft und war dabei ruhig geblieben.

Jetzt war sie nicht ruhig.

Ina entschied sich für die gleiche Taktik wie immer: Sie wollte auf den Gegner warten. Nur dass dies kein normaler Gegner war. Dieser Mann war ihr in einem Punkt überlegen, der sonst immer ihre Stärke war: der Psyche.

Die Furcht der anderen nährte ihn.

Der General kam langsam, aber entschlossen näher und machte keine unnötigen Ausfälle.

»Komm schon!«, rief er und senkte plötzlich seine Deckung.

Der älteste Trick von allen. Und doch war sie dumm genug, darauf hereinzufallen. Sie ließ ihre rechte Hand nach vorne schnellen. Osberg wich seitlich aus und rammte ihr die Faust in den Brustkorb. Der Schlagring bohrte sich in ihre Rippen und raubte ihr den Atem. Wahnsinnige Schmerzen jagten durch ihren Körper.

O Jesus! Jesus!

Sie fasste sich an die Seite. Osberg lächelte. Ina hatte Angst, war aber auch wütend. Er musste ihr gleich mehrere Rippen gebrochen haben. Mit einem Schlag. Es hatte sich angefühlt, als wäre sie gegen eine Mauer geknallt. Ihr wurde schwarz vor Augen, und sie hörte Rimbereid jammern.

In dem Moment gefror die Welt.

Irgendetwas war geschehen. Alles stand still.

Sie spürte keine Schmerzen mehr, dieses Stadium hatte sie hinter sich gelassen. Sie geriet in den Taumel eines Schlages, wurde ausgeknockt, knallhart an der Wange getroffen, so dass ihre Beine ihr nicht mehr gehorchten. Sie nahmen die Befehle des Gehirns nicht mehr an. Ina ging wie ein Sack zu Boden und blieb liegen.

Eine unglaubliche Übelkeit stieg in ihr auf.

Sie hörte ein leises Lachen und eine ferne Stimme.

»Mehr haben Sie nicht drauf?«

Wie durch Nebel sah sie den General über sich stehen. Das höhnische Gesicht beugte sich zu ihr herunter. Ina versuchte, sich aufzurappeln, hatte aber keine Kraft. Ihre

Füße wollten nicht. Wie im Dunst sah sie, dass die Hand mit dem Schlagring sich hob. Sie legte die Hände instinktiv auf ihr Gesicht und wartete auf den allumfassenden Schmerz.

In der nächsten Sekunde war ein Knall zu hören. Und noch einer.

Im gleichen Moment explodierte das Fenster. Ina presste sich die Hände auf das Gesicht, und während die Scherben auf sie niederprasselten, sah sie Osberg über sich schwanken und dann neben ihr zu Boden gehen. Langsam wie in Zeitlupe.

Schließlich wagte sie es, den Kopf zu heben und aufzustehen. Sie rappelte sich hoch und stolperte ein paar Schritte in den Raum hinein. Das ganze Zimmer war voller Glassplitter. Etwas weiter hinten lag Hege Rimbereid und hielt sich jammernd die Wange.

Ina hörte Schritte, die sich schnell über die Treppe entfernten.

Vorsichtig näherte sie sich dem Körper von Karl Osberg. Das Glas knirschte unter ihren Füßen.

Osberg lag mit dem Gesicht nach unten. Sie nahm seinen Körper wie durch einen unwirklichen Schleier wahr, erkannte aber den Krater in seinem Hinterkopf und das Blut, das sich auf dem Boden ausbreitete.

Ina trat einen Schritt auf das zersprungene Fenster zu und sah in der Ferne eine Person in einem roten Anorak.

6

Es war Mitternacht, als Ina endlich zu Hause die Tür aufschloss.

Das Haus war still. Keine Geräusche von den Kindern oder von Amund.

Sie legte den Strauß mit den 7-Eleven-Tulpen auf den Tisch im Flur und ließ sich noch im Anorak auf einen der Stühle fallen. Dann entdeckte sie ihr Gesicht im Spiegel. Ihre linke Gesichtshälfte sah aus wie ein feuerroter Ballon. Ihr Auge war zugeschwollen. Das und drei gebrochene Rippen waren das Resultat der Schläge, die Osberg ihr verpasst hatte.

Zwei Treffer, und sie war vollkommen fertig.

In der Ambulanz in Drøbak waren sie so freundlich gewesen, sie mit Schmerzmitteln vollzupumpen, so dass sie im Augenblick nichts spürte. Ihr Kopf war deshalb aber nicht mehr als ein Wollknäuel.

Morgen würden die Schmerzen zurückkommen – mit der Wucht einer Kanonenkugel.

Ina nahm die Schachtel mit dem Medikament aus der Tasche und platzierte sie neben den Tulpen, die sie ausnahmsweise für Amund gekauft hatte, auf dem Tisch. Natürlich war er schon im Bett, dabei hatte sie sich extra eine Verteidigungsrede zurechtgelegt. Es gab so vieles, was sie sagen wollte – so vieles, was sie in Zukunft ändern wollte.

Von heute an wollte sie mehr zu Hause sein, um für ihn und die Kinder da zu sein.

Das musste sie.

Doch im Moment machten ihr all die guten Absichten nur wieder ein schlechtes Gewissen.

Es vibrierte in ihrer Tasche. Verflucht. Winther konnte sie jetzt wirklich nicht gebrauchen.

Aber die Nachricht war nicht von Winther, sondern von Tore.

Ina! Hab gehört, dass du den General getroffen hast. Alles in Ordnung mit dir? Umarmung, Tore

So was, woher wusste er denn das? Waren die Nachrichten im Internet so ausführlich? Oder hatte er das über andere Kanäle erfahren?

Sie schaffte es kaum, eine Antwort zu tippen, schrieb aber trotzdem:

Alles okay, Ina.

Sie ließ das Handy in ihre Hosentasche gleiten und begegnete im Flurspiegel erneut ihrem Blick. Sie grinste sich an. So wie sie aussah, sollte sie lieber gleich ins Bett gehen.

Doch stattdessen blieb sie sitzen und ging die Eindrücke der vergangenen Stunden noch einmal durch.

Nach dem Besuch in der Ambulanz hatte man sie nach Oslo ins Präsidium gefahren. Inger-Lise Lie hatte sie länger verhört als medizinisch zu verantworten gewesen war. Und sie war nicht besonders gnädig mit ihr umgegangen. Nicht nur, weil Ina unvorsichtig gewesen und verletzt worden war oder weil Hege Rimbereid mit gebrochenem Wangenknochen und Gehirnerschütterung ins Krankenhaus eingeliefert werden musste. Auch nicht nur wegen des Lecks.

Lie hatte Ina vor allem vorgeworfen, die laufenden Ermittlungen beeinträchtigt zu haben. Sie habe sich verhalten wie Varg Veum persönlich, statt die Arbeit der Polizei zu überlassen. Sie sollte froh sein, wenn sie nicht angeklagt würde, hatte Lie gerufen.

Ina hatte die Anschuldigungen so gut es ging pariert. Lie hatte Panik, das war klar, schließlich musste die Osloer Polizei jetzt bereits den nächsten Mord aufklären. Die Presse würde verrücktspielen – das zeigten bereits die ersten frischerschienenen Onlineberichte – weil dieser Mord hätte verhindert werden können.

Ina war wütend geworden.

Schließlich ginge es auch darum, andere Menschen zu respektieren, hatte sie benebelt von den Medikamenten vorgebracht. Sie sei fast getötet worden, und sicher wäre es dazu auch gekommen, hätte Osbergs Mörder sie nicht gerettet, so ironisch das auch sei. Außerdem hätten Rimbereid und sie die Polizei rechtzeitig informiert. Nur dass Lie diesen Hinweis nicht ernst genommen, sondern die Pressekonferenz für wichtiger erachtet habe.

Lie hatte das alles nicht beeindruckt. Sie war weiter auf Ina losgegangen, aber Ina war nicht zurückgewichen. Sie hatte aus voller Überzeugung gehandelt und dabei alles riskiert.

Allerdings musste Ina sich eingestehen, dass sie sich in der Frage des Täters geirrt hatte und die Ermittlungen nun wieder zurückgeworfen worden waren.

Immerhin hatten sie eine Spur. Der Mann in dem roten Anorak war von mehreren Zeugen auf einem Boot gesehen worden, mit dem er nach Norden in den Oslofjord gefahren war. Die Chancen auf weitere Augenzeugen standen gut.

Trotzdem war Lie wütend gewesen. Der Täter war frei. Und sie hatten ihn noch immer nicht identifiziert.

Ina beugte den Oberkörper vor und musterte ihre blinzelnden, blutunterlaufenen Augen im Spiegel. Oje, würde das ein Veilchen geben! Langsam öffnete sie die Schleife des rechten Winterschuhs.

Wieder vibrierte es in ihrer Tasche.

Sie versuchte, die Augen zu schließen. Aber die Nachricht hatte sich trotzdem in ihre Netzhaut eingebrannt.

Skype! Jetzt!

Sie war sich nicht einmal sicher, ob sie das mit ihrer leichten Gehirnerschütterung schaffen würde. Sie sollte jetzt bestimmt nicht lesen oder auf irgendwelche Bildschirme starren.

Dabei wusste sie ganz genau, dass sie es nicht seinlassen konnte.

Ina Grieg: Hast du die Onlineberichte gelesen? Der Tote ist der General!

T: Und wer hat ihn umgebracht?

I: Keine Ahnung! Der Täter ist in einem Boot geflohen.

T: Ihr habt nichts gesehen?

I: Kein Gesicht. Nur einen roten Anorak von hinten …

T: Wer war der General?

I: Einer meiner Patienten. Früher war er bei Karsten.

T: Und der gemeinsame Nenner?

I: Das Militär. Porsangmoen 1977. Die Mordopfer teilten sich eine Stube.

T: Und sie standen hinter dieser Untat?

I: Sie haben einen Jugendlichen brutal zusammengeschlagen. Außerdem verschwand eine russische Prostituierte.

T: Das Werk des Generals?

I: Vermutlich war er der Kopf hinter dem Ganzen. Aber Karsten (!) soll den Jungen geschlagen haben, mit einem Schlagring.

T: Das kann nicht stimmen.

I: Doch, leider. Der General hat ihn vor die Wahl gestellt, entweder er schlägt oder er ist das nächste Opfer.

T: Das erklärt die Tagebücher.

I: Und weshalb er zu einer Prostituierten gegangen ist, um sich auspeitschen zu lassen.

T: Wie viele Leute waren mit Karsten auf dieser Stube?

I: Fünf, insgesamt also sechs. Sie operierten als Gruppe und terrorisierten die anderen Rekruten.

T: Aber das passt nicht zusammen.

I: ?

T: Der Mord heute ist Nummer sieben, nicht sechs.

I: Hä?

T: Heggvik = 6. Karsten = 5. Der Pastor = 4. Rølvåg = 2. Und der in Oscarsborg heute?

I: Karl Osberg.

T: Osberg, der General = 7. Es waren aber nur sechs auf dem Zimmer.

I: Na und?

T: Das ist einer zu viel!

I: Uns fehlen doch noch die Links zu den Morden 1 und 3. Einer von denen muss dann die geheimnisvolle siebte Person sein?

T: Yes!

I: Aber die Theorie mit den sieben Jahren kannst du ohnehin den Hasen geben.

T: Nein, der Abstand hat sich bloß geändert.
I: Spekulation.
T: Er hat das System geändert. Von einem festen siebenjährigen Intervall zu fünf Jahren. Mit Heggvik.
I: Und dann zu fünf Tagen nach dem Mord im Maridalen?
T: Das System IST: Sieben Opfer. Mit jeweils sieben Jahren Abstand.
I: Ach, hör auf! Morgen kann der Achte dran sein.
T: Du irrst dich.
I: Da musst du mich schon überzeugen.
T: Der General ist der Kopf. Der Mörder hat ihn sich bis zum Schluss aufgehoben. Das war sein Finale.
I: Wenn du meinst ...
T: Das meine ich. Die Frage lautet jetzt: 1. Warum hat der Mörder den siebenjährigen Zyklus geändert? 2. Wer ist die siebte Person?
I: Beats me.
T: Eine Möglichkeit wäre, dass der Täter der Vater des Jungen ist.
I: Des Jungen, der vom General und Karsten zusammengeschlagen wurde?
T: Ja, das würde auch zu dem Opferungsaspekt passen. Dass die Opfer den Tod verdient haben. Und zur Entführung deiner Kinder.
I: Wie soll das denn passen?
T: Damit du verstehst. Was er mit seinem Sohn durchgemacht hat.
I: Und was ist mit der Prostituierten? Die hat doch wohl auch eine Familie?
T: Was weißt du über sie?
I: Nur, dass sie verschwand.
T: Aber über den Jungen wissen wir ein bisschen. Zum Bei-

spiel das Alter. Er war 1977 ein Jugendlicher. Wie alt ist er dann heute?

I: Wenn er noch am Leben ist, meinst du? Um die 50?

T: Genau. Und der Vater müsste mindestens 65 sein. Eher Mitte 70.

I: Ein alter Täter?

T: So alt nun auch wieder nicht.

I: Entschuldige!

T: Denk nach! Kennst du aktuelle Kandidaten in dieser Altersgruppe?

I: Nein.

T: Lass uns den Jungen mal genauer unter die Lupe nehmen. Was weißt du über ihn?

I: Er wurde bei dem Überfall sehr schwer verletzt. Osberg hat es geschafft, die Schuld dafür der Prostituierten in die Schuhe zu schieben.

T: Und die Gruppe wurde tatsächlich nie angeklagt?

I: Nee, sie haben sich anschließend getrennt und im ganzen Land verteilt, damit Gras über die Sache wachsen konnte.

T: Dann gibt es drei essentielle Fragen.

I: Und die wären?

T: 1. Wer ist der Junge? 2. Wer ist sein Vater? 3. Wo sind Vater und Sohn heute?

I: Wir wissen nichts.

T: Du weißt vermutlich mehr, als du denkst.

I: Nein!

T: Vergiss nicht den Einbruch in dein Archiv. Und die Tagebücher auf deinem Schreibtisch.

I: Jemand auf der Suche nach Informationen über Karsten?

T: Und/oder den General.

I: Aber wer um Himmels willen kann denn da unten gewesen sein?

T: Gib mir eine halbe Minute, ich versuche dann mal, das alles zusammenzufassen.
I: Okay.

Ina wartete. Und wartete. Schließlich öffnete sich ein neues Chatfenster:

T: Also, wir wissen, dass der Mörder jemand ist, den du kennst. Er hat Kinder. Er ist in euer Archiv eingedrungen und in dein Büro. Wie? Er ist vermutlich nicht mehr der Jüngste, möglicherweise zwischen 60 und 70. Kennst du jemanden in dem Alter? Jemanden, der noch dazu gebildet ist – und intelligent genug für einen derart ausgeklügelten Plan?

Das Blut gefror Ina in den Adern.

Denn ja, sie kannte jemanden, auf den diese Beschreibung zutraf. Punkt für Punkt.

Nein, nein, nein, das durfte ganz einfach nicht wahr sein! Doch nicht er!

Sie beugte sich über die Tastatur.

I: Gut, ich werde die Augen offen halten.
T: Tu das.
I: Jetzt muss ich aber ins Bett.
T: Gute Nacht. Und denk dran: Bald haben wir ihn.
I: Wollen wir's hoffen. Schlaf gut!

Ina beendete Skype, blieb aber noch nachdenklich vor dem Computer sitzen. Sie versuchte sich trotz der Tabletten zu konzentrieren.

Sie musste einen klaren Kopf behalten.

Das alles durfte nicht wahr sein!

Sie versuchte, ihre Gedanken zusammenzuhalten, legte die Finger auf die Tastatur und öffnete ruhig das Onlinetelefonbuch.

Sie versuchte, sich an einen Namen zu erinnern. Einen Mädchennamen. Den Vornamen hatte sie. Elsa. Aber der Nachname war weg. Dann kam ihr ein Umweg in den Sinn, über den sie ihn herausbekommen konnte.

Im Suchfeld gab sie den Vornamen der Mutter ein sowie den Ort, an dem sie arbeitete.

Sekunden später hatte Ina den Nachnamen.

Schließlich gab sie den vollen Namen ins Suchfeld des Telefonbuchs ein und bekam eine Adresse in Oslo: Dynekilgata in Rosenhoff.

Sie platzierte die Adresse im Suchfeld.

Neun Namen wurden auf dem Bildschirm angezeigt.

Einen davon erkannte sie sofort wieder.

Jetzt wusste sie, wer das Leck war. Und noch mehr.

Ina spürte ihr Herz hämmern.

Im gleichen Moment ertönte ein »pling«.

Sie hatte eine Mail bekommen.

Ina loggte sich ein und öffnete die Mailbox.

Es war eine Freundschaftsanfrage auf Facebook.

Sie erstarrte, als sie las, wer ihr die Anfrage geschickt hatte:

Jacob Wilhelm Nordan

Sie holte tief Luft und klickte auf *annehmen*.

Gleich darauf kam die Meldung: »Du bist jetzt mit Jacob Wilhelm Nordan befreundet. Sieh dir Jacobs Chronik an.«

Ina klickte den Namen an.

Der verstorbene Kirchenarchitekt hatte einen anderen Freund:

Trygve Winther.

In einer Nachricht an sie beide stand:

»Sofienbergsenter, Samstag, 12. Dezember, 15.00 Uhr.«

1

Porsangerfjord, Nacht auf den 6. Dezember 1977

Er stand an Deck des kleinen Bootes und klammerte sich an die Reling. Es herrschte hoher Seegang, das Boot war ein Spielball der Wellen. Schneeflocken klatschten unaufhörlich gegen die Kapuze seines roten Anoraks, als wollten ihn die Elemente herausfordern. Seine Hände waren steif wie Eiszapfen, und in den Fingern hatte er jedes Gefühl verloren. Aber er konnte jetzt nicht aufgeben. Er musste durchhalten, nur noch ein paar Minuten.

Wieder sah er das Gesicht seines Sohnes vor sich, und dieser Anblick gab ihm Kraft. Er blickte auf den Stein unten im Boot, auf das Abschleppseil des Autos, das darumgewickelt war. Dann folgten seine Augen dem Seil bis zu dem halbnackten Frauenkörper.

Das Ende des Seils war an ihrem Fuß befestigt.

Ihre Leiche rutschte auf den Planken des Bootes hin und her.

Wer war eigentlich diese junge Frau, deren Reise hier so tragisch endete? Auch sie war einmal ein Kind gewesen, dachte er, hatte das Leben mit all seinen Möglichkeiten vor sich gehabt. Wie mochte sie als kleines Mädchen gewesen sein?

Er versuchte sich ihr Gesicht vorzustellen. Aber es gelang ihm nicht. Er wusste wirklich absolut nichts über sie. Nur dass sie eine Beziehung zu seinem Sohn gehabt hatte.

Eine hohe Welle warf das Boot herum. Er wurde wie eine Stoffpuppe ans andere Ende geschleudert und schlug mit dem Becken gegen die Wand des kleinen Steuerhäuschens. Stöhnend blieb er einen Moment liegen.

Der Schneesturm fegte über den Porsangerfjord.

Schließlich gelang es ihm, sich neben der Leiche auf die Knie zu ziehen. Er durfte nicht länger warten. Wollte er wieder heil an Land gelangen, musste er es jetzt hinter sich bringen, auch wenn er nicht so weit in den Fjord hinausgekommen war, wie er es vorgehabt hatte.

Er war sich unsicher, in welcher Reihenfolge er vorgehen sollte. Erst der Stein oder erst die Frau?

Schließlich entschied er sich für Letzteres.

Der Mann legte eine Hand hinter ihren Rücken und schob die andere unter ihre Knie.

Er zählte bis drei, erhob sich und hob die Frau mit hoch.

Einen Moment lang stand er schwankend da, ehe er sie über die Reling stieß. Das Seil rollte sich ab, bevor es sich mit einem Ruck spannte und zitterte. Die Leiche der Frau hing in der Luft und schlug bei jeder Welle mit dem Kopf und dem Rücken gegen das Boot. Dann bückte er sich und nahm den schweren Stein auf.

Mit aller Kraft gelang es ihm, auch diesen über den Rand des Bootes zu wuchten.

Das Platschen drang wie aus weiter Ferne zu ihm, und die Frau wurde in die Tiefe gerissen. Einen Augenblick lang sah er Blasen an die Oberfläche steigen, bevor die nächste Welle ihn wieder in die Knie zwang.

Die Frau war fort. Sie war Geschichte.

Jetzt musste er sich auf seinen Sohn konzentrieren, auf die Zukunft.

Auf das, was noch bevorstand.

Was auch geschehen sollte.

Er rappelte sich wieder auf, und die ersten Tränen quollen ihm aus den Augen.

Mit seinen durchnässten Handschuhen klammerte er sich an die Reling, während das Boot von den Wellen hin und her geworfen wurde und die Kälte sich immer tiefer in seinen Körper bohrte. Schließlich schaffte er es ins Steuerhäuschen. Er packte das Ruder, änderte den Kurs und hielt auf die Küste zu.

Endlich hatte er den Wind im Rücken.

Als er vor sich den Jachthafen sah, wusste er endlich, dass er es schaffen würde, wieder heil an Land zu kommen – ohne gesehen worden zu sein. Aber mit dieser Gewissheit kamen die Bruchstücke des vergangenen Abends zurück: der Anruf, der Krater im Gesicht seines Jungen, der Helikopter und die junge Frau in der Felsspalte.

Alles war mit einem Mal wieder da.

*

Er hatte geglaubt, es wäre sein Sohn. Als er zum Telefon im Flur ging, war er überzeugt gewesen, dass er die Stimme seines Sohnes hören würde. Er wollte bestimmt wieder abgeholt werden. Das war ein stilles Abkommen zwischen ihnen. Wenn er mit seinen Freunden ins Zentrum ging, sollte er anrufen, wenn er nach Hause wollte. Heute war er mit ein paar Freunden in der Grillbar gewesen. Es war ein ganz normaler Montagabend. Ein ganz normaler Anruf.

Aber es war kein normaler Anruf gewesen.
Nicht die Stimme seines Sohnes.

Es war der Ortspolizist.

»Es tut mir so leid«, sagte der Mann, »aber ... es ist etwas passiert. Eine Schlägerei, Ihr Sohn wurde schwer verletzt.«

Er stand wie erstarrt da.

»Wo ist er?«, fragte er schließlich.

»In der Ambulanz. Sie leisten Erste Hilfe ...«

»Wie schlimm ist es?«

»Wir wissen es noch nicht. Eine schwere Kopfverletzung. Er muss in Tromsø operiert werden. Er wird mit dem Helikopter dorthin gebracht.«

»Ich will ihn sehen!«

»Dann müssen Sie sich beeilen. Der Helikopter ist gerade gelandet. Aber ich bin mir nicht sicher, ob das ratsam ist ...«

»Wer war das?«

»Wir wissen es nicht ... Es ist draußen bei den Wohnwagen passiert – in der Bucht.«

Ihm wurde ganz kalt.

»Ich komme sofort«, sagte er.

Das Nächste, woran er sich erinnerte, war der Moment, in dem er sich über die Trage der Sanitäter beugte und in das Gesicht seines Sohns starrte.

Die linke Wange war nicht mehr da – nur ein Krater.

Schon in diesem Moment wusste er, dass sein Sohn nie wieder derselbe sein würde. Den Menschen, der in den letzten fünfzehn Jahren sein Sohn gewesen war, gab es nicht mehr.

Wenn er überlebte, würde er ein anderer sein. Ein Pflegefall.

Dort in der Ambulanz schob sich eine dunkle Wolke in sein Gemüt und überschattete alles. Als er in dem Gesicht seines Sohnes nach Leben suchte, nach dem herausfordernden Blick, den blauen Augen, die er von ihm geerbt hatte, und nichts davon wiederfand, schien jedes Licht in seinem Leben ausgelöscht zu werden.

Mimik, Blick und Stimme seines Sohnes gab es nicht mehr.

Sein Gesicht war nur noch ein einziges großes Loch.

Die Worte der Ärzte und Sanitäter prallten an ihm ab. Dass sein Zustand stabil sei und er vermutlich überleben würde.

Überleben? Als was? Um was für ein Leben zu führen?

Die Bosheit, die hinter dieser Tat steckte, war ihm vollkommen fremd. Als einer der Ärzte sagte, im Helikopter sei kein Platz für ihn, sie brauchten die Sanitäter an Bord, fehlten ihm die Worte. Sie umkreisten ihn wie Insekten.

»Das wird schon wieder, die Zeit heilt alle Wunden«, sagte einer der Ärzte.

Was für ein Blödsinn.

Diese Wunden konnte nicht einmal die Zeit heilen, jedenfalls nicht vollständig.

Ein Teil seines Sohnes würde für immer zerstört sein. Um das zu wissen, brauchte er nur einen flüchtigen Blick auf ihn zu werfen.

Als sein Sohn auf der Trage durch den Wind des Rotors in den Helikopter gebracht wurde, war plötzlich alles wieder da.

Da war er wieder am Grenen, rannte über die Sandbank an der Nordspitze Dänemarks, an der Louise ihn verlassen hatte – und ins Wasser gegangen war.

Die Liebe, ist sie Beileid?

Der Helikopter hob langsam ab und verließ sein Sichtfeld, und auch diese Erinnerung wurde weggeblasen.

Nur der Wintersturm blieb.

*

Er setzte sich ins Auto, um nach Tromsø zu fahren. Vorher musste er aber noch etwas untersuchen, er konnte nicht fahren, ohne selbst da gewesen zu sein. An dem Ort, an dem die Bosheit seinem Sohn das Gesicht zerschlagen hatte. Schneeflocken wirbelten durch das Licht der Scheinwerfer, und überall türmten sich Schneewehen auf. Die Scheibenwischer arbeiteten schwer, begleitet vom Knirschen des frostharten Gummis.

Endlich sah er die Wohnwagen. Sie standen wie weiße Eier auf einem kleinen Plateau oberhalb der Straße. Natürlich hatte er davon gehört, dass sich diese Frauen dort niedergelassen hatten. Und warum. Aber er wäre nicht im Traum auf die Idee gekommen, dass sein Sohn ... dass er ... Er war doch erst fünfzehn. Das war doch nicht richtig. Jugendliche sollten ihre ersten Freundinnen in der Klasse finden, im Sportverein, bei einem Fest.

Wie um alles in der Welt war er hierhergelangt?

Er beruhigte sich ein bisschen. Sagte sich, dass er ja gar nicht wusste, was sein Sohn hier gewollt hatte und was geschehen war. Er wusste nur, dass sein Sohn der Bosheit begegnet war. Er musste herausfinden, warum.

Und das würde er.

Er blinkte und bog ab.

Das Auto fuhr sich in einer Schneewehe am Straßenrand fest, kam aber gleich wieder frei und schaffte es bis nach oben.

Er war da.

Langsam ging er zu den Wohnwagen. Der Wind pfiff und heulte.

Rot-weißes Absperrband knatterte. Die Tür eines der Wohnwagen schlug in den Böen hin und her.

Hier.

Er klopfte an. Niemand antwortete.

Er drehte sich um. Überall Schnee. Eisiger Wind.

Er klopfte auch an die Türen der beiden anderen Wohnwagen.

Nichts geschah. Es war kein Mensch zu sehen. Aber damit hatte er gerechnet.

Wenn an diesem Ort vor ein paar Stunden ein Verbrechen geschehen war, wurden die Frauen jetzt verhört, oder sie waren verschwunden.

Er ging zurück zum ersten Wohnwagen, blieb stehen und starrte auf das flatternde Absperrband.

Dann packte er die Klinke und versuchte, die Tür zu öffnen.

Abgeschlossen.

Er lief um den Wagen herum, legte die Hände um die Augen und schaute durch ein Fenster.

Dunkelheit begegnete ihm.

Aber noch gab er nicht auf. Er lief weiter um die Wagen herum, als erwartete er, irgendeine Spur zu finden, Reste von Blut oder sonst irgendetwas.

In diesem Augenblick hörte er etwas. Der Wind hatte ihm ein Rufen zugetragen.

Er richtete sich auf und lauschte in den Sturm.

»Hilfe!«

Da. Wieder.

Die Stimme kam von oben. Für einen Moment bildete er sich ein, es wäre Louise, die ihn aus dem Jenseits rief. Er schüttelte den Gedanken ab und konzentrierte sich.

»Hilfe!«

Das Geräusch kam mit dem Wind, und er stolperte durch den Schnee den Hang hinauf, versank bis zu den Knien, kämpfte sich aber immer weiter vor. Jetzt zählte nur noch der Hilfeschrei irgendwo im eisigen Dunkel.

Er taumelte blind in die Richtung, aus der das Rufen kam. Lange.

Oben am Hang konnte er die Wohnwagen nicht mehr erkennen, hörte aber wieder die Stimme.

»Hilfe!«

Sie klang jetzt viel näher.

Rechter Hand ragte eine Felswand empor. Das Geräusch schien von dort zu kommen. Er näherte sich langsam, ging um einen Felsvorsprung herum und sah sie plötzlich am Boden einer Felsspalte liegen.

Die Frau.

Sie lag zusammengekauert unter einem Felsvorsprung. Ohne ihr Rufen hätte er sie niemals gefunden. Es war ohnehin ein Wunder, dass der Wind ihm den Hilfeschrei zugetragen hatte.

Ein göttliches Wunder.

Er musterte sie. Sie trug einen grünen Pullover, aber ihre Beine waren nackt und blaugefroren. Ihr Gesicht war blutverklebt. Die linke Wange war eingeschlagen … Mein Gott, die Bosheit hatte auch in ihrem Gesicht ihren Abdruck hinterlassen.

Er spürte es schon, als sie ihn anschaute. Sie hatte Todesangst. Sie zitterte. Er beugte sich zu ihr hinunter, drückte sie an seinen Körper und versuchte, sie zu wärmen. Aber sie war eiskalt. Erst jetzt bemerkte er, dass einer ihrer Füße in einem unnatürlichen Winkel abstand.

Er zog seine Handschuhe aus und versuchte Wärme in ihre steifgefrorenen Füße zu massieren. Da hörte er ihre Stimme wieder.

»The General?«, fragte sie mit klappernden Zähnen.

Er sah sie an und schüttelte den Kopf, woraufhin sie zu weinen begann.

»Rølvåg and Sande«, sagte sie dann. »Rølvåg and Sande.«

»Who are you?«, fragte er.

Sie starrte ihn an.

»Regine.«

»I am his father«, sagte er, ohne zu wissen, warum.

Sie schlug den Blick nieder.

»The boy«, flüsterte sie. »He was so sweet … tried to save me.«

Er versuchte, ihren Blick einzufangen.

»Who beat him?«, fragte er.

»Rølvåg and Sande … Rølvåg and Sande. No! The General. The other one after that.«

»Who are they?«

Ihr Körper zitterte und hörte dann plötzlich auf. Sie versuchte den Oberkörper aufzurichten, schaffte es aber nur wenige Zentimeter, bevor sie wieder zusammensackte. Einen Augenblick lang fürchtete er, dass sie nicht länger durchhalten und ihm unter den Händen wegsterben würde.

Aber sie bäumte sich mit letzter Kraft auf.

Dann war auch ihre Stimme wieder zu hören.

»Soldiers«, sagte sie. »Six soldiers. One devil.«

»Who was the devil?«, fragte er.

Sie sah ihn an.

»The General.«

Dann schien ihr Körper zur Ruhe zu kommen. Aber gerade, als er sich über sie beugen und sie hochheben wollte, ging ein Ruck durch sie, und sie flüsterte wie zu sich selbst:

»I am so sorry ...«

Er starrte sie verständnislos an, und sie fing seinen Blick ein.

»I am so sorry that I fucked your son«, vollendete sie. »Can you please forgive me?«

Ihre Worte drangen zu ihm durch, und er erstarrte. Er wusste genau, warum sie das gesagt hatte. Sie wollte seine Vergebung, sollte sie hier und jetzt sterben. Sie wollte sich alles von der Seele reden, bevor es zu spät war. Wollte ohne Sünden in den Himmel aufsteigen. Er wusste es, verstand es nur zu gut.

Trotzdem bohrten sich die Worte tief in seine Seele. I fucked your son. I fucked your son. I fucked your son. Er warf einen Blick auf seine zitternden Hände, die sich ihr bereits näherten, als wären sie nicht länger ein Teil von ihm, als würden sie ferngesteuert von einer Wildheit, die ihm völlig fremd war und von deren Existenz er nichts geahnt hatte.

Alles kam in diesem Moment zusammen.

Als sich seine Finger um ihren Hals legten und all die aufgestaute Wut dieses Abends in einer unbändigen, todbringenden Kraft kulminierte, verlor er die Besinnung.

6. Tag
Samstag, 11. Dezember 2010

1

Ina Grieg lief über den vereisten Bürgersteig der Helgesens gate in Grünerløkka und tauchte nach dem Durchqueren eines kleinen, von der tiefstehenden Dezembersonne beschienenen Fleckchens wieder in die kalten Schatten ein. Der Atem stand vor ihrem Mund. Ihre Wange schmerzte, und ihr Kopf dröhnte, aber sie war hochkonzentriert.

Sie sah auf die Uhr. 14.56 Uhr.

Sie blieb stehen, holte die Schmerztabletten aus der Tasche, drückte eine heraus und ließ sie einen Moment auf der Zunge liegen, ehe sie sie mit Wasser aus der kleinen Wasserflasche hinunterspülte.

Dann musterte sie das Gebäude vor sich. Ihr war nicht wohl bei der Sache.

Das Sofienbergsenter erhob sich zu ihrer Rechten, ein siebenstöckiger Koloss aus roten Ziegeln mit großen, alles dominierenden Fenstern. Das Gebäude lag an der Nordseite des Sofienbergparks, unweit des Holzhausviertels von Rodeløkka.

Ina ging auf den Eingang zu, der in einem niedrigen,

eingeschossigen Anbau lag. Das Sofienbergsenter wurde von der Stadtmission der Kirche betrieben, las sie auf einem Schild, und es beherbergte die unterschiedlichsten Einrichtungen: Arztpraxen, Betreuungseinrichtungen, ambulante Kliniken.

Und ein Pflegeheim.

Ina drehte sich noch einmal zum Park um und ließ ihren Blick zur Sofienbergkirche schweifen.

Nur die Turmspitze glänzte in der Sonne.

Ina sah noch einmal auf die Uhr. 14.59 Uhr.

Sie atmete tief durch.

Dann drückte sie die Tür auf.

In der Eingangshalle blieb sie etwas verwirrt stehen, bevor sie die Räumlichkeiten des Tageszentrums fand. An den Tischen saßen Grüppchen von Senioren. Ganz hinten an einem Ecktisch saß der Mann, den zu treffen sie erwartet hatte. Er hatte sich in eine Zeitung vertieft und unterschied sich auffällig von den anderen Anwesenden.

Der Mann trug einen beigefarbenen Mantel, dasselbe elegante Modell, das er immer getragen hatte. Nicht modisch, eher wie aus den 1960er Jahren, aber irgendwie vornehm.

Ina nahm dem Mann gegenüber Platz.

»Hallo, Ina«, sagte Trygve Winther, den Blick noch immer auf die Zeitung gerichtet.

»Alles in Ordnung?«

»Ich kann nicht klagen.«

»Wie ich sehe, haben wir einen gemeinsamen Facebook-Freund.«

»Ja«, sagte Winther. »Wir sind ein kleiner, exklusiver Kreis.«

»Du weißt wohl wie üblich mehr als ich?«

»Ich weiß absolut nichts, dachte aber, es wäre das Beste, der Aufforderung zu folgen. Ich habe vermutet, dass du auch kommst. Jetzt stellt sich nur noch die Frage, ob Nordan kommt.«

»Der Architekt aus dem 19. Jahrhundert.«

»Yes«, sagte Winther. »Du weißt doch, dass er die Sofienberg-Kirche entworfen hat?«

Ina nickte.

»Was glaubst du, wer ist Nordan?«, fragte sie.

»Der Mörder natürlich.«

Erst jetzt sah der pensionierte Professor von seiner Zeitung auf. Er betrachtete Ina zunächst ruhig, zuckte dann aber zusammen.

»Mann, was für ein Veilchen.«

»Die Spuren des Generals«, antwortete Ina.

»Nicht des Mörders?«

»Nein. Du ahnst, wer es ist?«

»Nein. Und du?«

»Vielleicht«, sagte Ina. »Ich weiß auf jeden Fall, wer das Leck ist. Also, wer die Infos an die *VG* weitergegeben hat.«

Winther lächelte.

»Nicht schlecht«, sagte er. »Manchmal bist du viel schlauer, als du glaubst.«

»Das nehme ich mal als Kompliment. Besonders, da ich den Absender kenne.«

»Wie bist du drauf gekommen?«, fragte Winther.

»Ich habe mich plötzlich an deine Tochter erinnert. Und dann habe ich sie im Telefonbuch gesucht. Der *VG*-Journalist wohnt im selben Haus …«

»Familienmitglieder müssen einander doch helfen«,

sagte Winther. »Der Journalismus ist wirklich nichts für Weicheier. Man kommt nicht weiter, wenn man nicht die richtigen Karten hat. So konnte ich zwei Fliegen mit einer Klappe schlagen: einen Beitrag zur Lösung des Falls leisten – und meinem Schwiegersohn zu einer Schlagzeile verhelfen. Eine klassische Win-win-Situation.«

»Die Frage ist nur, ob die Polizei das auch so sieht.«

»Du würdest mich doch nicht verpetzen«, sagte Winther.

Ina ärgerte sich über diese Antwort. Aber sie war Winthers besserwisserische Arroganz gewohnt und wusste, wie gut er sich darauf verstand, andere zu reizen. Sie durfte sich nicht provozieren lassen, sie musste fokussiert bleiben.

»Ach, woher willst du das denn wissen? Die Ermittlungsleiterin hält mich für das Leck.«

»Ich kenne dich«, sagte Winther. »Du bist für so etwas viel zu loyal.«

»Wie meinst du das?«

»Du würdest es dir nie verzeihen, solltest du mich wirklich verraten.«

»Unsinn«, parierte Ina. »Vielleicht … vielleicht bist du mir ja vollkommen egal …«

Winther musterte Ina.

»Lass uns lieber über die wichtigen Dinge reden«, sagte er ruhig. »Du hast es geschafft, den Täter aus seinem Versteck zu locken.«

»Bitte, sag mir, dass nicht du der Täter bist.«

Winther riss die Augen auf. Für den Bruchteil einer Sekunde wirkte er vollkommen verblüfft.

»Alles passt zusammen«, sagte Ina. »Das Alter. Das Facebook-Profil. Das Wissen über die Literaturbezüge im Plan des Mörders. Du hättest dir Zugang zum Praxisarchiv im Keller verschaffen können. Schließlich hast du uns die Räumlichkeiten vermittelt, vielleicht hast du ja sogar einen Schlüssel.«

»Das war *die* Theorie des Tages«, sagte Winther trocken.

»Dann bist du nicht Nordan?«

»Ganz und gar nicht.«

Ina war ungeheuer erleichtert.

»Wer ist es dann?«

»Ich denke, dass wir die Antwort bald kennen werden.«

Inas Herz hämmerte.

»Meinst du, dass ...«

»Ja, der Mörder will uns aus irgendeinem Grund hier treffen. Frag mich nicht, warum.«

»Du wirkst nicht so, als hättest du Angst.«

»Wir haben nichts zu befürchten. Wir haben uns nie an jemandem vergangen ... soweit ich weiß ...«

In diesem Augenblick kam ein Hilfspfleger zu ihnen.

»Sie können jetzt kommen«, sagte er.

»Ach ja?«, sagte Winther. »Und wohin?«

Der Pfleger musterte sie verwirrt.

»Sie werden erwartet. Im Pflegeheim. Raum 502. Fünfte Etage.«

Der Fahrstuhl bremste mit einem leichten Ruck in der fünften Etage ab, und die Türen öffneten sich. Ina und Winther stiegen aus und wurden von lauter Musik in Empfang genommen. Im Gemeinschaftsraum zu ihrer Linken machte eine Gruppe alter Menschen Gymnastik. Durch die großen Fenster warf Ina einen Blick nach draußen. Hinter den Baumkronen im Park sah sie die Dächer der Häuser, die sich den Berghang hinunter bis ins Zentrum erstreckten. Sie konnte den einen oder anderen Kirchturm ausmachen, und ganz hinten glitzerte der Fjord.

Sie drehten den Alten im Gemeinschaftsraum den Rücken zu und liefen über den langen Flur.

Schließlich standen sie vor der Tür mit der Nummer 502.

Inas Hand zitterte, als sie anklopfte.

»Herein!«

Ina kannte die Stimme, und ihr Herz schlug viel zu schnell. Sie warf Winther einen Blick zu, der kurz nickte.

Langsam drückte sie die Tür auf.

Graues Dunkel erfüllte den Raum. Der letzte Rest Tageslicht fiel durch das Fenster auf das Bett in der Ecke. Auf einen erwachsenen Mann. Ina sah sofort, dass dieser Mann ein Pflegefall sein musste. Sein Blick war vollkommen leblos. Speichel rann über seine Lippen. Sein Alter war beinahe undefinierbar, Ina schätzte es auf etwa vierzig oder fünfzig Jahre.

Auf dem Stuhl neben dem Bett saß ein weiterer Mann. Sein roter Anorak hing über der Stuhllehne.

Der Mann stand auf. Ina sah ihn verblüfft an.

»Herzlich willkommen«, sagte Erling Kåven. »Ich hatte gehofft, dass Sie kommen würden.«

Winther trat einen Schritt vor und gab Kåven die Hand. Ina stand wie angewurzelt da.

»Ich habe Verständnis dafür, dass Sie mir nicht die Hand geben wollen, Ina«, sagte Kåven. »Das hier ist nicht einfach, für keinen von uns. Aber ich würde Ihnen gerne meine Version der Geschichte erzählen. Ihr Urteil können Sie anschließend fällen. Setzen Sie sich.«

Kåven deutete auf zwei Stühle. Ina schaute ihn lange an und wandte sich dann dem Mann im Bett zu. Das Kopfende war hochgestellt, so dass der Mann im Bett saß. Seine Hände hingen schlaff herunter. Das Gesicht war leer. Alle Gesichtszüge waren wie ausgelöscht, und in seiner rechten Wange war eine tiefe Delle, als fehle dort ein Teil des Gesichts.

»Sagen Sie hallo zu meinem Sohn, Edvard«, sagte Kåven.

Der Mann im Bett verzog keine Miene, sondern starrte weiter leer vor sich hin. Und plötzlich übertrug sich diese Leere auf Ina. Der Mann tat ihr unendlich leid.

»Er ist im Altersheim, seit er achtzehn ist«, sagte Kåven, »und ein Pflegefall seit …«

»… dem 5. Dezember 1977«, vollendete Winther.

»Genau«, sagte Kåven. »Teile der Geschichte kennen Sie ja schon. Die groben Züge. Aber die Bosheit, die dahintersteht, die kennen Sie nicht. Die ist unmöglich zu verstehen. Ich habe das immer wieder zu ergründen versucht, um den Tätern zu vergeben. Aber es ist mir nicht gelungen. Ich habe es nicht geschafft.«

»Stattdessen haben Sie sechs Menschen getötet«, sagte Ina.

»Sieben«, korrigierte Kåven. »Ich habe sieben Menschen getötet. Sechs davon hatten es verdient. Der letzte Mord, oder besser gesagt der erste, war eigentlich aktive Sterbehilfe.«

»An wem?«, fragte Ina.

»Einer jungen Prostituierten aus Russland.«

»Regine?«

»Ja, so hat sie sich wohl genannt. Osberg hatte sie geschlagen. Wie meinen Sohn. Auch sie hatte diese Wunde auf der Wange. Ich habe nur ihrem Leiden ein Ende gemacht und ihr ein stilles Grab beschert – im Meer.«

»Sie haben sie ins Meer geworfen?«, warf Winther ein.

»Sie hat gelitten«, antwortete Kåven. »Sie wäre ohnehin gestorben. Das Wichtigste war, dass sie mich auf die richtige Fährte gebracht hat.«

»Welche?«, wollte Ina wissen.

»Auf die Fährte der sechs, die Edvard verprügelt haben. Sie gab mir drei Namen. Zwei richtige: Rølvåg und Sande. Und einen Spitznamen: General. Ich habe mit Rølvåg angefangen und mich immer weiter vorgearbeitet.«

Ina bemerkte, dass Kåvens Aussagen aufgesagt und mechanisch klangen, sobald er auf die Morde zu sprechen kam, als hätte er die Sätze lange vorher formuliert, ein Resümee mit den wesentlichen Details. Er hatte sich von den Opfern distanziert, so dass sie zu anonymen Schatten geworden waren, damit er seine grausamen Taten besser verkraftete.

»Wurden die Soldaten für diese Untat wirklich nie offiziell zur Rechenschaft gezogen?«, fragte Winther. »Eine seriöse Ermittlung hätte die wahren Hintergründe doch aufdecken müssen.«

»Die haben die Sache sehr schnell zu den Akten gelegt«, antwortete Kåven. »Die Polizei hat stattdessen das abwegige Gerücht in Umlauf gebracht, Regine sei die wahre Täterin.«

»Warum haben Sie nicht die Wahrheit gesagt?«, fragte Winther.

»Das *habe* ich. Ich war bei der Polizei und habe ausgesagt, dass Soldaten hinter dieser Tat standen. Aber man hat mich mit den Worten abgefertigt, dass sie dieser Spur gefolgt seien und alle Soldaten ein Alibi hätten. Das wisse man aus sicherer Quelle. Regine oder jemand aus ihrem Umfeld – vielleicht ein Zuhälter – sollte meinen Sohn zusammengeschlagen haben. Das war natürlich reiner Blödsinn. Aber dummerweise konnte ich der Polizei auch nicht sagen, was ich über Regine wusste. Dann wäre ich ja selbst ins Gefängnis gewandert.«

»Aber woher wollten Sie wissen, dass alle sechs an dem Überfall beteiligt waren?«, fragte Winther. »Vielleicht hat ja jemand versucht, den General aufzuhalten?«

»Fragen Sie wirklich, ob einer von ihnen unschuldig war?«, sagte Kåven. »Meine Antwort lautet: nein. Jeder dieser fünf Menschen hätte eingreifen und diesen Teufel aufhalten können. Oder wenigstens später eine Aussage machen. Wenn niemand von ihnen das getan hat, sind sie in meinen Augen alle schuldig. Alle.«

»Warum haben *Sie* die Verantwortlichen nicht bei der Garnison gemeldet?«

»Das war nutzlos. Polizei und Militär haben sich gegenseitig geschützt.«

»Und dann haben Sie einfach aufgegeben? Sie hätten sich an eine Zeitung wenden können. Ich bin mir sicher, dass die Regenbogenpresse auch damals schon alles Erdenkliche getan hätte, um sich eine derartige Verschwörungsgeschichte zu sichern.«

Kåven musterte Winther verbissen. Zum ersten Mal sah Ina das Unergründliche in seinem Blick. Die wilde, brodelnde Wut.

»Wissen Sie, was mein Sohn dem *Dagbladet* wert gewesen ist?«, fragte er und beantwortete die Frage gleich selbst: »Eine kleine Randnotiz. Ich erinnere mich noch heute an die Überschrift: *Jugendlicher nach Schlägerei im Koma*. Gefolgt von fünf Sätzen.«

»Das nehme ich Ihnen nicht ab«, sagte Winther. »Sie hätten wirklich mehr aus dieser Sache machen können.«

»Ich war damals schon auf eine bessere Idee gekommen«, sagte Kåven. »Wie die Täter ihre Strafe bekommen sollten.«

»Sie haben eine barbarische Mordserie begonnen, die einem strengen Plan folgte?«

»Ich sehe das nicht so. Ich erachte das alles als notwendig, sowohl die Vorgehensweise als auch das Resultat für die Opfer.«

»Haben Sie die Oulipo-Autoren gelesen?«, fragte Winther.

Kåven sah ihn scharf an.

»Das war ja der Anfang von allem. In gewisser Hinsicht.«

»Ist das auch die Erklärung für die sieben Jahre Abstand zwischen den Morden?«

»Meine Frau Louise war von den Oulipo-Autoren besessen, von Zahlen und Struktur. Als die Krankheit sie immer mehr in Besitz nahm, war sie vollkommen fixiert auf Muster, Rätsel, Anagramme und Zahlenkombinationen. Wenn sie über einen Zebrastreifen gehen sollte, konnte sie richtig zusammenbrechen, wenn sie neben einen weißen Streifen getreten war. Wenn sie zu viele oder zu wenige Schritte durch den Flur brauchte, weigerte sie sich manchmal, das Haus zu verlassen.«

»Sie sprechen von Ihrer Frau Louise in der Vergangenheitsform«, sagte Ina. »Was ist passiert?«

Kåven schluckte.

»Sie hat Selbstmord begangen«, sagte er. »Am Grenen, der Nordspitze Dänemarks, 1966.«

Es wurde still. Schließlich setzte Ina das Gespräch fort.

»Und danach waren auch Sie besessen von Zahlen und Systemen?«, fragte sie.

»Nach Louises Tod begann ich, die Oulipo-Literatur zu lesen. Ich wollte herausfinden, was sie daran so spannend gefunden hatte. Ich war mir sicher, dass mich die Lektüre deprimieren und an ihren grauenvollen Selbstmord erinnern würde. Aber ich hatte mich geirrt. Bald war ich mitten in Louises Welt. Rätsel, Zahlen und Systeme haben tatsächlich etwas Faszinierendes.«

»Die Zahlen und Palindrome bei den Opfern«, sagte Winther, »waren dann ... eine Art Gruß an Ihre Frau?«

»Wenn Sie so wollen. Es war aber auch eine Methode ... um die Ordnung wiederherzustellen.«

»Morden, um die Dinge wieder in Harmonie zu bringen?«, fragte Winther sarkastisch.

Kåven musterte den pensionierten Professor.

»Etwas in der Art, ja«, sagte er dann. »Sie sind klug. Ich habe rasch erkannt, dass Sie der eigentliche Architekt der Praxis waren, und habe mich seither für Sie interessiert. Ich habe Ihre Artikel gelesen, sie sind brillant, und in Ihren Gedanken konnte ich mich wiedererkennen. Deshalb habe ich Sie heute hierher eingeladen. Ich dachte, Sie würden mich verstehen. Aber Sie sind auch arrogant und überheblich, Winther. Sie ahnen ja gar nicht, was ich durchgemacht habe.«

Er wandte sich Ina zu.

»*Sie* hingegen wissen das.«

Wenn du wüsstest, dachte sie, für mich bist du Karstens Mörder, mehr nicht. Aber sie versuchte, sich nichts anmerken zu lassen. »Glauben Sie denn nicht, dass die Menschen sich ändern können?«, warf Winther ein. »Zum Besseren? Dass sie einen Fehler, den sie einmal gemacht haben, den Rest ihres Lebens wieder gutzumachen versuchen?«

»Sagen Sie das *ihm*«, sagte Kåven und nickte in Richtung seines Sohnes. »Fragen Sie Edvard, ob er an das Gute im Menschen glaubt. Was meinen Sie, wie sich das anfühlte, Jahr für Jahr vor seinem zerschmetterten Gesicht zu sitzen?«

»Die Familienmitglieder Ihrer Opfer sind ebenso unschuldig wie Ihr Sohn«, sagte Winther.

»Das mag sein. Aber ich kann noch in den Spiegel blicken.«

»Wer waren die Opfer Nummer drei und vier?«, fragte Ina.

Kåven dachte einen Augenblick nach.

»Jan Jakob Opdahl war Nummer drei. Er endete als Junkie in Kopenhagen.«

»Er wurde aber nicht wie die anderen am 5. Dezember getötet?«, fragte Winther.

»Er ist nicht rechtzeitig gekommen, um es so zu sagen«, antwortete Kåven. »Ich musste improvisieren. Was auch bedeutete, dass ich eine andere Verkleidung brauchte. Das hat mich schwach gemacht. Es war für mich eine Art Ritual, diesen …«

Er tippte auf seinen Anorak.

»… roten Anorak zu tragen. Ich hatte ihn am 5. Dezember 1977 an, als ich Regine auf die andere Seite geholfen habe.«

»Der Mord an Opdahl ist nirgends erwähnt worden?«, fragte Winther.

»Die Zeitungen haben ihn als eine Abrechnung zwischen Junkies aufgefasst«, erklärte Kåven.

»Und die Nummer vier war der Pastor auf Lanzarote?«, fragte Ina.

Kåven seufzte. Ina sah ihm eine gewisse Erschöpfung an, obwohl es ihm gutzutun schien, sich alles von der Seele zu reden.

»Per Erik Sande, ja. Das war der einfachste Mord von allen. Er hat mir übrigens den wahren Namen des Generals verraten. Karl Osberg.«

»Wann haben Sie begonnen, Karsten zu beobachten?«, fragte Ina.

»Ich bin Scheel von den 90er Jahren an gefolgt, bis er Psychologe wurde und in Nittedal die Praxis eröffnete. Danach bin ich auf die Anzeige gestoßen, dass Sie einen Hausmeister suchten. Das passte alles sehr gut. So konnte ich auch *diesen* Mord planen. Und als Hausmeister hatte ich ja die Schlüssel zu allen Räumen. Auch zum Keller. In Scheels Archiv habe ich auch seine Tagebücher gefunden …«

»Die Sie mir auf den Tisch gelegt haben!«, rief Ina. »Und dann haben Sie seinen Archivschrank geleert?«

»Natürlich«, sagte Kåven. »Es war an der Zeit, Ihnen die Augen zu öffnen. Karsten Scheel war nicht der Engel, für den Sie ihn gehalten haben. In seinen Tagebüchern steht es schwarz auf weiß: Scheel hat sich schuldig gefühlt. Aber egal, ich brauchte die Tagebücher ja nicht mehr. Nützlich waren sie aber trotzdem.«

Ina merkte, dass sie auf ihrem Stuhl bis an die Kante gerutscht war. Ihr ganzer Körper stand unter Spannung. Sie versuchte, ruhig zu atmen, lockerte die Schultern und lehnte sich an. Gleich darauf saß sie aber wieder vorn.

»Wie haben Sie Karl Osberg dazu gebracht, zu Karsten in die Praxis zu kommen? Sie hatten doch vereinbart, sich nie wieder zu treffen?«

Kåven lachte leise.

»Ein fingierter Brief. Karsten bat Osberg darin um ein Treffen. Ich war in der Nähe, als er kam. Ich wollte den Teufel mit eigenen Augen sehen. Und er tauchte tatsächlich auf. Sichtlich nervös. Zu meiner Überraschung kam er dann aber regelmäßig.«

»Warum haben Sie ihn nicht früher ermordet?«, fragte Ina. »Warum dieses risikoreiche Finale in Drøbak?«

»Ich hatte ihn vorher schon einmal zu einem Treffen in eine Kirche bestellt«, sagte Kåven. »Aber er tauchte natürlich nicht auf, womit ich auch gerechnet hatte. Als ich dann in der Zeitung las, dass er einen Preis bekommen sollte – er, einen Preis! –, waren Drøbak und die Oscarsborg-Festung ein brauchbarer Plan B.«

»Sie wollten nur, dass Ihr pompöser Plan mit einem großen Finale endete«, sagte Winther. »Damit möglichst viele Menschen mitbekamen, was für ein Genie Sie sind.«

»Sie scheinen ja auf alles eine Antwort zu haben«, sagte Kåven.

»Nein, es gibt eine Sache, die ich nicht verstehe«, sagte Winther, »nämlich, warum Sie von der siebenjährigen Frequenz abgewichen sind. Zwischen allen Morden lagen sieben Jahre, nur die beiden letzten weichen vom Muster ab.«

Kåven lächelte missmutig.

»Ich habe nur noch ein paar Monate zu leben«, sagte er und legte die Hand auf sein Schlüsselbein. »Bauchspeicheldrüsenkrebs. Ich musste die Sache beschleunigen, damit der Teufel bekam, was er verdiente. Die Festung

Oscarsborg war ein schöner Rahmen für das Ende, das gestehe ich gerne ein.«

»Sie haben mich nach Drøbak mitgenommen«, sagte Ina. »Und danach …«

»… bin ich mit einem gemieteten Boot nach Kaholmen hinübergefahren.«

»Aber dieser Mord war doch das reinste Glücksspiel?«, fragte Ina.

»Nun ja, ein Stück weit schon«, sagte Kåven. »Aber meine Chancen standen gut. Ich wusste, wo die Feierlichkeiten stattfinden sollten, wo ich mit dem Boot ankern konnte und wie meine Fluchtroute aussehen musste. Aber das war alles. Was dann da draußen abgelaufen ist, war Improvisation. Ich wollte mich irgendwo im Park verstecken und Osberg erschießen, entweder durch ein Fenster des Festlokals oder nach den Feierlichkeiten, wenn er über die Brücke ging. Aber als ich auf dem Weg zu meinem Platz war, sah ich Osberg aus dem Restaurant rennen und ins Hotel fliehen. Sie waren dicht hinter ihm. Und dann kam die Polizistin. Ich bin Ihnen gefolgt und habe mich ins Hotel geschlichen. Als ich den Kampf hörte, bin ich die Treppe hochgeeilt, und oben sah ich dann den General mit dem Schlagring über Ihnen stehen. Bereit zuzuschlagen. Da musste ich schießen, Ina. Ich denke, Sie sollten sich freuen, dass ich getroffen habe. Osberg hätte es sich nicht erlauben können, Sie am Leben zu lassen.«

Ina bekam Gänsehaut.

»Ja, dafür sollte ich Ihnen wohl danken«, brummte sie. »Trotz allem.«

»Aber warum sind Sie anschließend geflohen?«, fragte Winther. »Sie hatten Ihren Plan doch zu Ende gebracht.«

»Nein, ein wichtiger Punkt stand noch aus.«

»Und der wäre?«

»Sie hierherzulotsen.«

Kåven stand auf, ging zu seinem Sohn und nahm seine rechte Hand.

»Wenn ich tot bin, hat Edvard niemanden mehr«, sagte er.

»Haben Sie keine Verwandten?«, fragte Ina.

»Ich bin Einzelkind«, sagte Kåven. »Er hat eine Tante und Cousins und Cousinen in Dänemark. Aber die sind hier noch nie aufgetaucht.«

Kåven sah Ina an.

»Ich mag Sie, Ina«, sagte er. »Sie haben Ihren eigenen Kopf, sind manchmal eigenartig, aber Sie scheinen mir im Grunde ein guter Mensch zu sein. Außerdem wissen Sie, wie das ist, wenn jemand, der einem nahesteht, Selbstmord begeht. Das haben Sie am eigenen Leib erfahren. Sie wissen, wie einen das schlechte Gewissen zermartert. Ich erkenne mich in Ihnen wieder.«

Kåven suchte Inas Blick, aber sie schaute zitternd weg.

»Ich möchte mich bei Ihnen dafür entschuldigen ... dass ich Guro und Eline aus dem Kindergarten abgeholt habe«, fuhr Kåven fort. »Ich wusste, was für eine Angst Ihnen das einjagen würde.«

»Haben Sie den Ersatzschlüssel aus meiner Schreibtischschublade benutzt?«

»Eine Kopie davon.«

»Wie haben Guro und Eline reagiert?«, fragte Ina. »Ich meine, als Sie gekommen sind. Hatten sie Angst?«

Kåven suchte erneut Inas Blick, aber sie wollte ihm nicht in die Augen sehen.

»Sie haben das gut gemeistert«, sagte Kåven. »Sie waren skeptisch und haben nachgefragt, warum ausgerechnet ich sie abhole. Ich habe ihnen gesagt, ich sei ein Freund von Ihnen und Sie seien verhindert und hätten mich deshalb gebeten, eine Weile auf sie aufzupassen. Das haben sie mir abgenommen.«

»Dieser Punkt war ganz schön risikoreich«, sagte Winther. »Sie konnten doch nicht damit rechnen, dass das im Kindergarten so glatt über die Bühne ging? Außerdem hätten Sie gesehen werden können, von den Nachbarn zum Beispiel. Dann wäre der General unbehelligt geblieben.«

»Aber es war für mich beinahe das Wichtigste ...«

»Aber was wollten Sie mit der Entführung meiner Kinder erreichen?«, fiel ihm Ina ins Wort.

Kåven seufzte.

»Aber es geht doch bei alldem um unsere Kinder. Sie sind das Wichtigste für uns. Und für mich zählt eigentlich nur, worum ich Sie jetzt bitten will. Können Sie mir eins versprechen, Ina?«

Kåven hielt die Luft an, bevor er sagte:

»Könnten Sie Edvard besuchen, *hier* – einmal in der Woche, oder so? Er braucht jemanden, jetzt mehr als jemals zuvor. Können Sie mir das versprechen?«

Ina erstarrte. Sie fühlte sich plötzlich vollkommen matt und außerstande, einen klaren Gedanken zu fassen. Schließlich nickte sie, ohne zu wissen, warum.

»Gut«, sagte Kåven, sichtlich erleichtert. »Vielen, vielen Dank. Ich weiß das wirklich zu schätzen. Sie verstehen jetzt ja vielleicht, dass das für mich ebenso wichtig geworden ist ... wie diesen Unmenschen zu beseitigen. Sicherzugehen, dass Edvard jemanden hat, wenn ich ... nicht mehr bin ... Dann steht jetzt eigentlich nur noch eines aus ...«

Er lehnte sich auf seinem Stuhl zurück.

»Darf ich Sie um einen letzten Gefallen bitten? Lassen Sie mich mit Edvard allein, solange Sie die Polizei rufen?«

*

Ina und Trygve warteten im Gemeinschaftsraum in der fünften Etage des Pflegeheims. Die Alten, die zuvor Sport gemacht hatten, waren verschwunden.

Draußen wurde es langsam dunkel. Tausende von stecknadelkopfgroßen Lichtpunkten leuchteten am Horizont auf.

Ina hatte vor wenigen Minuten Inger-Lise Lie verständigt. Die Polizei war unterwegs und würde jeden Moment eintreffen und in Edvard Kåvens Zimmer stürmen.

Winther trommelte mit den Fingern auf den Tisch. Ina sah zu ihm hinüber.

»Ich weiß nicht, wieso ich jetzt darauf komme«, sagte sie. »Aber ich habe in den letzten Nächten so einen merkwürdigen Traum gehabt.«

Winther hörte mit dem Trommeln auf.

»Ja?«

»Im Traum suche ich nach meinen Kindern, ich renne von Raum zu Raum. Bloß, um doch immer wieder im selben Raum zu landen. Und Guro und Eline finde ich nicht. Stattdessen breche ich immer wieder dieselbe Tür auf.«

»Hört sich nach einem Standardalptraum an. Das Gefühl, im Leben nicht mehr vom Fleck zu kommen.«

»Aber am Ende komme ich in einen großen Raum mit einer Tür, einem seltsamen dunklen Tor. Und vor diesem Tor begegne ich Solveig.«

»Deiner Schwester?«, fragte Winther. »Die Selbstmord begangen hat?«

Ina nickte und fuhr fort.

»Sie versucht mich zu beruhigen, glaube ich, oder mich zu trösten. Denn ich habe Angst, ich weiß, dass hinter dem Tor etwas ist. Ich weiß nicht, was, rechne aber mit dem Schlimmsten. Vielleicht glaube ich, dass dahinter die Antwort auf die Frage lauert, was mit meinen Kindern passiert ist. Ich traue mich nicht, in diesen Raum hineinzugehen, wage es nicht, nachzusehen, was sich hinter dem dunklen Tor verbirgt.«

»Nicht alle mögen die Antworten, die sie finden.«

»Dann verstehst du, wovon ich rede?«

»Ja, doch«, sagte Winther. »Was dahinter wartet, ist aber nicht die Antwort auf die Frage, was mit deinen Kindern ist. Hinter dem Tor wirst du finden, was sich tief in deinem Inneren versteckt.«

»Ja?«

»Und deshalb willst du da nicht rein. Du fürchtest, dass du in deinem Inneren auch etwas Grausames finden könntest.«

»Wie Erling Kåven?«

»Kåven hat hinter diesem Tor nur die Finsternis gefunden«, sagte Winther. »Und darin hat er sich verlaufen. Es ist aber nicht gesagt, dass alle dahinter das Gleiche finden. Das ist ja gerade das Schöne – und Schreckliche – am Leben. Manche finden das Licht. Während andere …«

»… dem Monster in sich begegnen«, flüsterte Ina.

Winther lächelte resigniert.

»Nichts ist sicher«, sagte er und richtete sich auf. »Hast du schon mal von Epigenetik gehört? Dieser neuen Richtung in Biologie und Psychologie?«

»Ein bisschen. Warum erwähnst du das jetzt?«

»Sie geht der Sache direkt auf den Grund. Analysiert, was wir Menschen mit all unseren Facetten so machen.«

»Wie das?«

»Die Epigenetik geht davon aus, dass wir gewisse genetische Dispositionen haben, dass aber die Art und Weise, wie sich dies letztendlich ausdrückt, abhängig davon ist, auf was für Menschen wir im Laufe unseres Lebens stoßen. Und was wir erleben.«

Ina dachte über seine Worte nach.

»Ein und dasselbe Gen soll sich unterschiedlich auswirken, je nachdem, wen man trifft? Oder ob man im Laufe des Lebens traumatisiert wird?«

Winther nickte.

»Das ist eine Theorie. Aber sollte sie stimmen, kann sich ein Gen sozusagen an- und ausschalten, je nachdem, wie es beeinflusst wird. Hast du Eltern, die dir Liebe und Geborgenheit geben, kann sich das Gen in Kreativität äußern. Hast du weniger Glück mit deiner Herkunft, äußert dasselbe Gen sich in Aggressivität und Gewalttätigkeit.«

»Aber das gilt nicht für alle Menschen?«

»Nein, und das ist eigentlich das Interessanteste: Manche Kinder sind robust. Sie scheinen sich gut zu entwickeln, was sie auch erleben.«

»Kinder wie wilder Löwenzahn.«

»Genau. Aber es gibt auch das Gegenteil. Die neuere Hirnforschung zeigt, dass es auch einen anderen Typ gibt, Kinder, die wie zarte Orchideen sind. Eine Orchidee ist schön, aber anfällig. Wird sie gut gepflegt, blüht sie auf zur schönsten aller Blumen. Aus so einem Menschen kann ein Künstler werden, ein Virtuose, jemand, der es auf seinem Gebiet weit bringen kann.«

»Gerät er aber ins falsche Milieu oder wird mit traumatischen Erlebnissen konfrontiert ...«

»... dann welkt die Orchidee. Die Menschen können dann am anderen Ende der Skala landen. Im schlimmsten Fall als gewalttätige Psychopathen oder Mörder.«

»Versuchst du zu entschuldigen, was der General und Kåven getan haben?«

»Nein, ich versuche nur in meiner Rolle als Psychologe die Menschen zu verstehen. Sowohl die Monster als auch die frommen Lämmer.«

Ina lief es kalt den Rücken herunter.

»Dann kann also in jedem von uns ein Teufel lauern, ohne dass wir es wissen?«

»Nein, wie gesagt, vermutlich nur in einigen von uns.«

»Aber in wem, wissen wir nicht.«

Winther breitete die Arme aus.

»Haben die Epigenetiker und die Hirnforscher recht, können Gentests zu einem gewissen Grad anzeigen, ob man erblich besonders disponiert ist.«

»Ob du als Psychopath endest?«

Winther nickte.

»Aber die Epigenetik liefert keine sicheren Antworten darauf«, fuhr Ina fort, »welche menschlichen Eigenschaften erblich sind und was milieubedingt ist? Oder ob man tief in seinem Inneren gut oder schlecht ist?«

»Natürlich nicht. Es gibt keine sicheren Antworten auf solche Fragen. Gäbe es die, wärst du arbeitslos.«

»Gleichzeitig gibt es aber doch wohl auch noch so etwas wie einen freien Willen?«

»Sag das mal einem Psychopathen.«

Winther stand auf und legte Ina die Hand auf die Schulter.

»Wenn du das nächste Mal in deinem Traum bist, solltest du durch dieses dunkle Tor gehen, Ina«, sagte er. »Tritt ein, du wirst überrascht sein, was du da findest.«

»Das Monster in mir«, murmelte Ina.

Winther schüttelte sie sanft.

»Genau.«

Ina sah zu ihm auf und erblickte das ironische Lächeln, das sie zu sehen gehofft hatte.

»Sollten wir nicht wieder zu Kåven hineingehen, bevor die Polizei kommt?«, fragte sie.

»Dafür ist es zu spät.«

»Wie meinst du das? Glaubst du, Kåven ist abgehauen?«

Winther nahm die Hand von ihrer Schulter.

»Jetzt komm schon«, sagte er. »Bist du so naiv? Weißt du wirklich nicht, was uns da drinnen erwartet?«

»Nein?«

»Der Vater hat sich das Leben genommen. Er wird tot bei seinem Sohn liegen.«

»Was? Du glaubst …?«

»Das ist doch klar«, antwortete Winther. »Das ist das letzte Teilchen seines Masterplans. Er hat erreicht, was er wollte. Von Anfang bis Ende. Er war der Beste, niemand hat ihn durchschaut. Jetzt ist es vorbei.«

»Und du hast nichts getan, um ihn aufzuhalten?«

»Warum denn? So ist es für alle Beteiligten vermutlich das Beste«, sagte Winther und begann langsam zum Aufzug zu gehen.

»Gehst du?«, rief Ina ihm nach.

Winther drehte sich um.

»Es gibt nichts mehr zu tun, und ich möchte nicht hier sein, wenn die Polizei kommt.«

»Soll ich dann allein ...«

»Ich will nicht da sein, wenn du Edvard Kåven die Hand gibst«, unterbrach Winther sie. »Denn du wirst dein Versprechen halten. Wobei das eigentlich das Schlimmste ist. Du wirst Edvard Kåven jede Woche besuchen.«

»Ja, er ist doch nicht schuld daran, dass ...«

»Er wird nicht einmal merken, dass du da bist.«

»Das kannst du nicht wissen.«

»Na ja, tu, was du willst«, sagte Winther. »Es ist ein freies Land.«

»Aber du kannst doch nicht ...«

Winther hob die Hand zum Gruß, drehte sich um, ging davon und verschwand im Fahrstuhl.

Ina rannte den Flur hinunter und stürzte in Zimmer 502. Erling Kåvens Körper war vor dem Stuhl auf den Boden gesackt. Sein Blick war erloschen. Trotzdem beugte Ina sich hinunter und schüttelte ihn.

Keine Reaktion.

In der Ferne hörte sie Sirenen, die mit jeder Sekunde lauter wurden. Ihr graute davor, Inger-Lise Lie alles erklären zu müssen.

Sie schloss die Augen.

Sie konzentrierte sich ganz auf ihr Inneres, blendete das Heulen der Sirenen aus und versuchte, sich an Karstens Gesicht zu erinnern. Sie wollte das Undenkbare, das Grausame sehen: wie Karsten mit einem Schlagring auf das Gesicht eines Jungen losging.

Als sie die Augen wieder aufschlug, sah sie in das entstellte Gesicht von Edvard Kåven.

Die Sirenen explodierten jetzt fast in ihren Ohren. Sie

kamen näher und näher, wurden immer aufdringlicher, bis sie in unmittelbarer Nähe des Sofienbergsenters verstummten.

Als Ina hörte, dass die Autotüren zuknallten, nahm sie Edvard Kåvens Hand und drückte sie.

7. Tag
Sonntag, 12. Dezember 2010

Es war derselbe Traum.

Die Kinder.

Ina konnte sie nicht finden. Verstand nicht, wo sie waren oder wie sie ihr abhandengekommen sein konnten. Sie wusste nur, dass sie weg waren.

Sie rannte von Raum zu Raum, brach Türen auf, ihre Augen brannten. Irgendetwas musste sie übersehen haben, irgendein kleines Detail, aber alles sah gleich aus. Sie kam immer wieder in denselben Raum und brach immer dieselbe Tür auf.

Die Kinder waren nicht zu finden, sie waren wie vom Erdboden verschluckt. Sie wusste, dass Amund ihr Vorwürfe machen würde, und gleichzeitig lähmte sie die Angst, dass den Kindern etwas zugestoßen sein könnte, während sie in dieser Spirale gefangen war.

Derselbe Raum. Dieselbe Tür.

Wieder und wieder.

Dann geschah etwas, tief in ihrem Inneren, als reife dort die Gewissheit heran, dass sich bald etwas ändern würde.

Denn plötzlich war sie da.

In dem Saal mit dem dunklen Tor.

Sie blieb stehen.

Den Blick starr nach vorn gerichtet.

Harter Stahl.

Sie atmete. Hatte eine Wahnsinnsangst vor dem, was sie erwartete. Würde es schrecklich sein? Würde es schön sein?

Sie wollte kehrtmachen, aber etwas hielt sie zurück.

Eine Hand auf ihrer Schulter. Sie drehte sich um und sah – ganz deutlich – Solveig. Ihre Schwester. In dem weißen Kleid.

Ihre Hände winkten sie heran.

Komm!

Sie nahm Solveigs Hände und richtete dann ihren Blick auf das Tor.

Und schließlich, ohne recht zu wissen, wie es geschah, bewegten ihre Füße sich.

Nach vorn.

Die Beine hielten den Takt, langsam, aber gleichmäßig, und bald spürte sie, dass sie lief, nein, rannte. Gemeinsam mit Solveig. Sie warf die Arme nach vorn, ihre Füße flogen, und ihr Blick war fest auf das Tor gerichtet. Immer schneller ging es, und als sie direkt vor dem Tor war, sprang sie ab und drehte die Schulter wie einen Schild zum Tor.

Als ihr Körper das Tor traf und sie das Knacken des Stahls hörte, löste sich alles auf, und das Letzte, woran Ina Grieg sich erinnerte, als sie am Morgen des 13. Dezember 2010 aufwachte, war das Weiß, das Gefühl, ein Geräusch wiedererkannt zu haben, den Beginn einer Schwingung im Ohr.

Sie glaubte zu wissen, was das war. War sich fast sicher. Sie schloss die Augen und versuchte, in den Traum zurückzufinden.

Kinderweinen?

Ina richtete sich benommen auf und erahnte die Silhouette ihrer Tochter vor sich. Guro schüttelte sie an der Schulter. Hinter dem Rücken ihrer Tochter sah sie den Wecker.

05.55 Uhr.

Nein!

Sie hörte Amund auf seiner Seite des Bettes grunzen und sich von ihr wegdrehen. Ina wollte so gern das Gleiche tun, sich einfach vom Schlaf entführen lassen. Trotzdem versuchte sie, im Dunkeln die Augen ihrer Tochter zu finden. Aber sie sah nichts.

»Hast du wieder einen schlechten Traum gehabt?«, fragte sie.

»Du hast mich geweckt«, sagte Guro.

»Ich?«

»Du hast gerufen, Mama.«

»Oh? Aber ... das muss ich im Schlaf gemacht haben.«

Der Traum. Das Tor. Alles kam zurück. Plötzlich war Ina hellwach.

»Was habe ich gerufen?«

Guro kam einen Schritt näher.

»Das Monster ist hier.«

Es lief Ina kalt den Rücken herunter.

Sie setzte sich auf und umarmte ihre Tochter.

»Es gibt hier keine Monster«, sagte sie. »Wirklich nicht.«

Sie spürte Guros Atem an ihrem Hals. Kurz und stoßweise. Ina schob sie ein bisschen von sich weg und versuchte noch einmal, ihre Augen zu finden. Aber sie sah nur undeutliche, graue Konturen.

»Geh wieder ins Bett, Guro. Es ist Sonntag. Heute können wir ausschlafen.«

Ihre Tochter schüttelte den Kopf.

»Komm, ich bringe dich.«

Sie gingen auf den Flur, und Ina führte sie ins Kinderzimmer. Als ihre Tochter ins Bett kletterte und ein Bein auf die Decke legte, wie sie es immer tat, konnte Ina ihre Tränen kaum mehr zurückhalten. Sie blieb stehen und sah zu, wie der kleine Körper langsam wieder zur Ruhe kam.

Sie wusste ganz genau, dass sie in dieser Nacht kein Auge mehr zutun würde.

Auf dem Flur nahm sie aus den Augenwinkeln etwas wahr. Eine Veränderung. Etwas, was sie zögern ließ. Sie blieb stehen, sah es jetzt ganz deutlich, konnte aber kaum glauben, was sie sah: Schnee vor der Balkontür. Sie trat einen Schritt näher. Draußen schneite es. Große, wirbelnde Flocken. Endlich. Sie blieb eine ganze Weile stehen und starrte in das Schneegestöber. Die Flocken tanzten durch das Dunkel und mischten sich langsam mit den Bildern aus ihrem Traum. Das Tor. Der Schnee. Das Weiß.

Alles trat jetzt klar in Erscheinung.

Sie machte einen Schritt auf die Tür zu und legte ihre Lippen vorsichtig an die Scheibe. Ihr Atem ließ das Glas beschlagen. Und langsam formte sich in ihrem Inneren ein Satz, ihre Lippen bewegten sich und flüsterten Worte in den Sonntagmorgen. Es klang wie eine Zauberformel, wie ein Schild gegen all das, was nach den Geschehnissen kommen würde und musste. Wieder und wieder hauchte sie die Worte an die Scheibe und sah zu, wie sie beschlug und wieder klar wurde.

Es gibt hier keine Monster.

Wirklich nicht.

Danksagung

Dieses Buch wäre ohne die Hilfe anderer Menschen nie zustande gekommen. Besonders will ich all jenen danken, die das Manuskript gelesen haben. Das gilt vor allem für meinen Lektor und meine Berater bei Samlaget. Ein herzlicher Dank an Jørn Lier Horst für seine polizeifachlichen Ratschläge. Ebenso danke ich dem Psychologen Magne Mæhle, der mit Blick auf die psychologischen Details Korrektur gelesen hat – und der mich bereits zu einem frühen Zeitpunkt auf die Epigenetik hinwies.

Ein herzlicher Dank geht auch an Kari Jacobsen und Truls Grøndahl Madssen für ihr aufmerksames Lesen.

Dank auch an Simone Stibbe vom Skald Forlag, für ihre Tipps über die modernen Chatmöglichkeiten.

Und an Lars Mytting für waffentechnische Details.

Aber auch all den anderen Helfern sei von Herzen gedankt: Bjørnar Granheim im Museum der Festung Oscarsborg und Ingrid Gulowsen im Sofienbergsentrum.

Außerdem danke ich einem meiner Lieblingsautoren, Stian Hole, für den erwartet starken Umschlag.

Zu guter Letzt aber: ein großer Dank an meinen ersten und besten Leser, meinen Vater Magnus Mæhle.

Und an Mari, Yngve und Marie: Ihr seid die Besten!

Oslo, 22. Oktober 2012
Lars Mæhle

Deutschlands
größte Testleser
Community
Jede Woche
präsentieren wir
Bestseller, noch bevor Du
sie in der Buchhandlung
kaufen kannst.
Finde Dein nächstes
Lieblingsbuch
vorablesen.de
Neue Bücher online vorab lesen & rezensieren
Freu Dich auf viele Leseratten in der Community,
bewerte und kommentiere die vorgestellten Bücher
und gewinne wöchentlich eins von 100 exklusiven
Vorab-Exemplaren.
© PIKSEL / istockphoto